INK

文學叢書
297

九月裡的三十年

豐瑋◎著

目次

導讀

與時間有關・與眼睛有關

唐諾

如果把時間看成一條河流，波赫士說，那時間就有兩種可能的流動方向，或正確的說，我們有兩種完全不同的時間流向感受——一種是我們人人以為的，時間從很遙遠的過去而來，不知不覺穿越過我們，持續向無限遠的未來流去消失，這是一種很透明均勻很無言的時間；另一種，則是英國的詹姆斯・布雷德利首先提出來的，他認為事情正好相反，時間是從未來流向現在，而未來成為過去的那一刻就是我們的現在時刻。這是一種很刺激、很有知有覺的時間，我們會感覺時間是迎面撲向甚至撞上我們的，以一件一件事、一個一個人的具體模樣和質量，我們眼睜睜的看著它來，而且，所謂的現在又只是一個數學點，現在是無法存放東西的，現在一掠而過。這裡，波赫士複誦了希洛瓦的美麗詩句：「光陰就在某些東西已離我遠去的時刻消逝。」

這也是我讀《九月裡的三十年》這部小說的清楚時間感受——時間是一次一次迎面打過來的，一開始也許不那麼快察覺，但愈來愈確定的微痛感覺，眼睛然後臉上然後身體，發現原來如此。

我以為波赫士狡獪的隱藏了一個關鍵之詞（不直接說出來也許是好的），那就是死亡，這是時間第二種流向的前提。死亡彷佛豎立在那裡，未來不再膨膨鬆鬆的伸向無窮遠，而是到此爲止一堵無法穿越的厚牆，第一種流向的時間撞擊上它，轉爲第二種流向加速撲回我們，也因此，這樣的不同時間圖像和感受，又似乎是年紀，就像我們的年齡計算，通常由出生開始一年一年自動累積，我活了多少歲，但有一天，當死亡那麼明確而且逼近，我們也許就倒過來估算了，我還有幾年可以活著。

追蹤傷害，化為知識和詩歌

《九月裡的三十年》是我很喜歡的一部小說，我有不少個喜歡它的理由，聰明，冷靜，專注，事事認眞而且追問到底，卻不害怕動用情感和信任，因此，動人只是它自自然然的結果。如果考慮到最近這些年華文小說書寫夢遊也似的實際狀況，我喜歡的理由還會多出好幾個。

故事跟著胡琴這個人走，從她十七歲考上北大受一年軍訓到她三十三歲左右好友凡阿玲病逝爲止，另一種可以考慮的想法是，寫到書寫者（以及你我所有人）當下的現實時刻爲止。我不確定作者是否有意識如此，但這很清楚顯示出來，所有事情（眞實的、虛構的）係發生在書寫者和我們共有的這個世界裡這個時間裡，小說本身無意虛擬出另一個世界、創造出另一種時間（這半點不難，事實上是更自由更好寫）。我的了解是，如果小說追問的是實實在在的問題，並期待某個有效可實踐的答案，那它很可能必須接受這個世界一些最基本的限制，視之爲條件或者前提，並忍受其無法完滿。小說書寫者當然有權使用這個世界不可能存在的材料（比方人人都是惡魔或有某種不死之藥），耗用我們絕不擁有的時間，甚至援引某個不可思議的強大力量，但仰賴這些所獲取所建構起來的「成果」，往往無法攜回我們生活的這個世界成立，在穿越過兩個不同世界的邊境，堅實的部分會被擋下來，我們眞正收到的，通常只剩某個軟性的心理慰藉，某些恍恍惚惚的所謂啓示而已。

在胡琴這大約十五年的時間裡，以我們一般的生命經驗來說，死亡眞的是太頻繁太密集了，惟理由再明白不過，因爲醫門多疾，醫院如一位癌末但堅持要回家去的納瓦荷老婦人所說的是最不好的地方，人都死在這裡面。胡琴學醫（借用了書寫者本人的這部分身分和經歷），儘管她待醫院的時間並不長，但磁鐵一樣，死亡自動會尋獲她，她的親人、朋友乃至於只是萍水相識的人（如軍訓時的燒餅臉區隊長），在面對疾病和死亡的時日，總會想起她名字並打聽到她求助於她，不管胡琴自己樂不樂意。這也解釋了這小說有別於我們一般經驗的某種戲劇性，書中的人都是有下落有結局的，世界顯得較小。我們生活周遭的人總是一段一段時日更替，而且通常分開了就不易回頭，在一個逐漸加大的世界，彼此切線也似飛出，愈前行愈遠離。也因此，在想像裡，以及僅有不多的經驗裡，我們傾向於把重逢這事想得美妙甚至是驚喜，乍見翻疑夢相悲各問年；更好的是，重逢通常只半個晚上或人來人往大街上一次紅綠燈的時間，這輕輕一觸不會汙損更不會更替我們完好乾淨的記憶，只恰恰好叫醒它，讓我們油然想起某一段遙遙的幸福時光。但人不斷回頭的胡琴世界不長這樣子，沒消息才是好消息，沒再見到反而意味著他還健健康康活著。見面那一刻不至於全沒驚喜，但馬上會被更大的悲傷淹沒掉，「一個被愛的生命體什麼程度而依然是一個被愛的生命體？一張可親的臉在疾病裡，在瘋狂裡，在仇恨裡，在死亡中漸行漸遠，這張臉依然可辨嗎？」昆德拉這段話說的是眼前不堪的他者，其實也鏡子一樣的照回自己。這不是一件容易習慣的事，事實上其中還隱藏著某個悖論，以至於也是你不要自己習慣它、抵死不讓自己習慣它，仔細想想是不是這樣？所以朋友們，爲了你好我好，咱們就各自過活別碰面了吧！

然而另外一面是，即使疾病和死亡不上門，胡琴自己也會不斷看到它不由自主辨識出它。像小說的第二部分，聲稱假公濟私、其實是爲了她熱愛的樂團和音樂才出走的胡琴去了美國，這是她最遠離醫院、遠離會生病會死亡親者識者的一段時日，但異國的死亡一樣是死亡，她的醫學知識起著翻譯的功能，輕易的抿除其界線，陌生的人，但依然熟悉的疾病和死亡。死亡原來是隱密的事，但好像你知道怎麼看見它，它也就知道怎麼看見你，在費城，胡琴去聽一場夙願得償的The Cure演唱，但眞正的後續故事是她由此結識那位寫訃聞爲志業的奇怪作家，還從他那裡偷窺也似聽來自己大嘴老教授悲慟的喪女往事，那張每天樂呵呵的臉從此不一樣了；在華盛頓D.C.，她趕三千株櫻花樹一夕開放的奇景，但那樣漫天花瓣下雪般吹落個沒完的一刻，人如何能不想死亡呢？這是每一個看過櫻花祭的人都曉得的事；到芝加哥，她想的是一八七一年那場死幾千人的世紀焚城大火，也就在這時候，胡琴接到了普世醫院邊鐘的越洋快遞，一字一句讀完邊鐘已故醫生祖父那封〈寫給三十年後的你〉宛如時空膠囊又像寄自彼岸的長信；跟著，就是九一一了，胡琴來不及登頂遠眺的雙子星大樓折斷倒了下來——每一種形貌，每一條路徑，「目睹死亡的經歷，最初是一個秘密，一個無法與別人分擔的秘密。無法與別人分擔，在於無法使用語言，精準地描述出死亡在我們眼中、心中激起的反應，它牽連出記憶和情緒，還拖帶出自己存在的懷疑，對生存的恐懼，對尚未發生的事件的信馬由韁的想像，以及整個族類本質上額發一樣的孤獨，最後，竟是一種敬畏。我們正目睹的死亡，就是我們的將來。」

也因此，我們該不該稱之爲胡琴的故事呢？也許稱爲「樂器的故事」還準確些——胡琴自己、凡阿玲、邊鐘、秦瑟、張貝思、白風琴，全以樂器命名，再加上一個稍稍異類的宮商羽，眾聲喧譁。這是書寫者小小的執念，也可能是個苦澀的玩笑，故意在眞實的死亡上刷一筆最不眞實的油彩破壞它，藉此化解一點沉重和憂煩。

故事從夜裡實驗室的五雙眼睛開始講起，胡琴的畢業論文題目是「視網膜色素上皮組織」，爲什麼選擇研究這個呢？當時的醫學院學生胡琴用專業冷靜的話語回答，但稍微我們回想起來無一不是隱喻，乃至於預言——因爲「與眼睛有關，與時間有關。生物學上，與凋亡有關。……胡琴導師問：爲什麼人老了，黃斑會有退行性變，導致視力下降，進而會導致失明呢？也許是人的視網膜色素上皮細胞的DNA，在老化過程中發生了什麼變化？DNA中有沒有什麼標誌物，能準確估算出這樣的老化呢？/是的，用某一種嵌入那副肉體裡的精確標誌物，來衡量時間留下的蹤跡，在眼睛這裡，時間掃蕩的蹤跡有可能是戕害，明確表現在DNA上的某種戕害。來，來，我們來探尋這蹤跡，這天地間的秘密之一。想辦法，認識它，解決它……」

與眼睛有關，與時間有關，所以在往後的日子裡，看進胡琴眼睛裡的遠比實際攻擊她身體的多（除了原發性痛經，胡琴自己看來身體非常好，幾乎不生病），而且果然像她講的，並非只有直接發生在我們身體的才算數，看著人生病人死亡視覺也會留下痕跡會累積悲傷會緩緩成為我們生命構成的一部分，醫學試圖追蹤這樣的傷害成爲有效的知識，一如詩人追蹤這樣的傷害努力化爲詩歌，晚年兩眼失明的波赫士最常講這個，他以爲這正是文學最主要的任務。這或許也正是現代人一直在失去的重要能力之一，以至於現代小說，愈寫愈只剩書寫者自己一具身體，這最初來自於很有道理的懷疑，但逐漸轉變成單純的退化和懶，如果由我來說，我會講小說原是依賴眼睛遠勝過身體的一種書寫，程度遠超過詩歌散文其他所有書寫形式，這是小說存在的最主要理由之一，因爲小說所依據的、模擬的、擴而大之的是這個千眞萬確的事實，那就是，人的一生更多是由人看見的而不是人經受的所構成。

我在想，如果有人問小說家豐瑋本人爲什麼寫這本《九月裡的三十年》，她其實可以一字不易的用這番話回答（當然啦，問者可能聽不懂，或說沒耐心聽懂）——想想看，醫學研究和小說書寫竟可共用同一個理由，始發於一致的心志並結伴在同一個世界而行（且不論未來得在哪個岔路口分離），這眞是難得，也是我自己一直期待發生的事。

有身體的死亡

「我們是樹，時間是伐木工。」小説中，主要負責提供身體的是凡阿玲，這位「高、瘦、黑」胡琴眼中並不漂亮的南方姑娘，必定有她極迷人之處，已接近人見人愛。胡琴和她相識於十七歲什麼事都還沒發生時，是那種幾乎人人都有的少年朋友。凡阿玲是學心理的，畢業後回廣西，在一家女性雜誌社寫那種解決情感問題的專欄，但疾病讓她倆重新聚在一起，先是凡阿玲父親的心臟手術，然後是凡阿玲自己的癌症，整個小説的第三部分，幾乎就是凡阿玲的死亡故事。

米蘭・昆德拉的《簾幕》一書，有個小標題是「躲藏在簾幕後的人生歲月」，年紀已古稀的昆德拉，我以爲他是含笑講這段話的：「我讓記憶中的小説一本一本在我腦海魚貫而過，然後嘗試回想其中主角精確的年紀。説來奇怪，他們都比我印象中年輕。那是因爲他們在各自作者的心目中代表的該是人類的某種普遍的情況而非一個特定的年齡。法希利斯・載爾・東果在冒險結束後，深刻體會到自己不願意在舊日的環境中繼續生活下去，於是便進了修院。我對這種結尾安排一直覺得精采，只是法希利斯年紀未免太輕了點。一個像他那個年紀的男子，就算所經歷的失望多麼令他痛苦，如何忍受在修道院裡年復一年的日子？斯湯達爾只讓法希利斯在裡面活了一年就一命歸陰，算是破解了我們的疑問。密須金二十六歲，羅果金二十七歲，納絲塔西亞・菲里波芙娜二十五歲，阿格拉依亞則只二十歲——」

昆德拉的意思是，如果我沒想錯的話，小說家關懷的總是某個特定的悲劇，而不是人的年紀本身，年紀只是被忽略、被無所謂使用的；也因此，死亡也就只是此一悲劇的一種必然結果，或書寫者用以結束這件事的乾淨收尾，死亡本身並沒有進一步內容，死亡也是完全沒身體的——沒年紀，何來身體？

所以，在另一處地方，昆德拉也告訴我們：「史詩作者荷馬可從來沒想過，阿契力士和阿傑克斯等《伊里亞德》英雄在多次的肉搏戰以後是不是還能保有一口完整牙齒。相反，對唐吉訶德和桑卓而言，牙齒可是他們始終掛心的事，鬧牙疼啦，牙齒掉了等等。『桑卓，你要記得，就算鑽石也不比牙齒珍貴。』」

《九月裡的三十年》最不尋常的地方就在這裡。我們正確的說，只有自殺兩次才成功的秦瑟算符合上述的小說死法，至於書中最主要的兩次死亡，大明星白風琴和好朋友凡阿玲，事情正正好倒過來，不是她們的作爲、想法和行動導致了死亡的結果（秦瑟是，安娜·卡列尼娜和阿哈船長皆是），而是死亡先被判決下來，死亡不僅不是結束，而且是故事的眞正開始，死者生者的生命樣貌皆因它而變；她們的痛苦也不發生在別處、在身體之外，而是直接來自身體內部的病變及其日日凋亡，是這樣的身體才產生了人不一樣的思維和行爲。

不只如此，這還是沒有中介的一次書寫——胡琴不是折射的通過白風琴和凡阿玲的家人，病者死者被小心翼翼（或說輕描淡寫）的擺放在某個不好碰觸的位置；胡琴是直面死亡中的白風琴和凡阿玲本人，直接進入到她們的疾病和身體裡，進入到她們僅餘的生命之中。事實上，我們大可把這一整部小說想成是胡琴事後的一次回憶（其實幾乎所有的小說都可以這麼讀，小說時間總是倒著流的那種），她是在白風琴和凡阿玲死去之後，才試著說出她們的故事，包括那些最開心的片段，包括那些更早沒有疾病的日子，原來都只是記憶，因此也都是悲傷的。

其實，《九月裡的三十年》這個有點詭異的書名已告訴了我們這件事——想想，能把某個大的裝進到小的自己裡面，除了回憶的時間，世界上還有什麼東西能這樣？

有行業的故事

半開玩笑的說，《九月裡的三十年》還眞爲當代小說的死亡書寫扳回一點顏面。

我們說，人不會死得更死，死亡一旦完成，就再無法分解，無法眞正追問接下來呢如娜拉死掉了她怎麼辦，頂多只能是但丁《神曲》那樣盍名言而志但無從證實的猜想，如今我們更傾向於不去猜想；而死亡發生之前呢？昆德拉告訴我們，因爲太理所當然了，「如果它愈理所當然，就愈不容易看穿。」所以一場革命而死比一次戀愛而死容易看穿，又比一種疾病而死容易看穿，最終年老而死就只是該死了而已，這甚至不會激起我們足夠的悲傷和有意義的好奇，如今我們會說這是幸福的以此來覆蓋它遺忘它。理所當然的另一面是死亡的無可抵拒無可商量，基本上我們已完全接受了死亡是結局這件事，只有像書中胡琴那樣意識到還有機會、還有他種可能，我們才會相應的去認識去索去想盡辦法，因此一樣的，我們比較可能去想一場革命的死亡，勝過一次戀愛的死亡，又勝過一種疾病的死亡，而人們年老死去，我們能怎麼辦呢？

但小說書寫，不是號稱面對著人的存在處境嗎？不是負責認識、追問、處理人的總體問題嗎？不是說所有的事都是小說的事？那爲什麼我們現實世界數量最大、折磨最多人（包括生者死者，當然是這樣）的死亡，卻是小說中最不被書寫的死亡？這怎麼可以？

關鍵的麻煩是，我們個人有限、破碎且曖昧不明的實際經驗不足以支撐這樣的書寫（死亡不是可經驗的事，至於我們身體裡面那一點點可憐的經驗，不僅累積得太慢太沒效率，而且我們通常並不知道怎麼解讀它確認它，當下總混夾著一堆猜疑、驚惶、僥倖、沮喪、絕望等等的干擾情緒，事後我們又最樂意第一時間忘記，不是這樣嗎？），我們得借助知識，而知識，正是小說一直在遠離的東西，這是當代小說的紅位移現象。

大概兩年前，當時我自己才剛要寫完《世間的名字》這本書，有回和小說家駱以軍聊到，我們兩人都同意，現代小說中的人物已實質都是「無業之人」了，不是小說家不給他筆下的人物某個身分某個職業，而是小說故事總是以某種「下班後」的方式發生（不管實際場景是在家、在辦公室、在大街上在夜店裡或隨便哪裡），也就是說，人每天八小時十小時認眞或被迫認眞做著的事，這部分的成果、經歷、視野，以及最重要的，看事情想事情的方法，完全隔絕於（小說所揭示的）人的基本生命處境之外，好像人回到生命現場和回到生命之初是同一件事，都得是赤裸裸的、重新來過的乃至於一切從零開始的。其結果之一便是小說人物的實質趨同，小說的雜語特質消失，小說中不再有各種不同看待事物方式、不同思維途徑的有趣交鋒（如書中胡琴所說的，她就是喜歡同一事物的不同定義，不同說法、解釋和期待），小說一路向著抒情言志傾斜，小說於是愈來愈像散文甚至是詩。

人職業工作和人生活本體的分離現象，在現實世界裡，這的確是幾個世紀以來的基本事實沒錯，但並沒到這個地步。

一定有人記得卡爾維諾頑強不屈的遺言，二十幾年前，他給了我們文學家尤其小說家一幅清明英勇而且勤奮不懈的好圖像，在各門學科各種專業知識已各自走得太遠、各自豎立起難以逾越難能對話的高牆同時，只有文學工作猶試圖而且能夠穿透它們，喚回一部分的知識成果，編織成某種總體性普遍性的有效認知，仍然能讓一般人「使用」。但這眞的是一件愈來愈困難的工作，遠離持續發生，封閉性的專業愈走愈遠，令人望而生畏，我自己寫《世間的名字》時，自始至終的確有另一幅圖像困擾著我，很像是某種想像中蜜蜂分巢的畫面，每一門找到自身秩序的知識都搧著翅膀離開，只有混亂不成的才留下來，這是文學書寫愈來愈不祥的處境，因爲混亂最容易寫，混亂只在原地打轉哪裡都去不了，不鼓勵還詆毀認眞及遠的好書寫者；而且這很難避免進一步成爲一種最壞的書寫習慣，用波赫士的話來說是「對含糊言辭不可抗拒的偏愛」，小說寫得「特別的流暢和隨便」，像某種糟糕的畫家，恣意的朝畫布亂扔顏色，以爲事物的線條和層次會降靈般自己浮現出來，當然不會，但他們又會說世界就長這樣子。

世界究竟該是什麼樣子？

《九月裡的三十年》是一部「有行業」的小說，每個人都可以說出他十七歲到三十三歲的故事，說出他眼中的世界模樣，問題是看到什麼，也許更重要的是怎麼看——難得的是胡琴的眼睛，這是有專業知識支撐並引導的一雙好眼睛，精確，沉著，有記憶有層次，能進入到素樸肉眼不容易看到的死角和縫隙，對看到的東西能夠再描述再解釋，如此才有機會將短瞬即逝的視覺印象給收納下來。就像莊子所講那個有行業的故事（「庖丁解牛」樣可能是中國歷史上第一個有行業的故事），一隻牛，或說一整個眼前世界，可以就是一團，也可以一路分解開來，分解成已知的、可知的、未知的以及永遠無望得知的，分辨出人能夠的和不能夠的，你才曉得我們手中僅有這一把鋒利但也脆弱不堪的刀子，該正確的砍向哪裡、哪一個點。

胡琴的眼睛，事實上還保護了她自己太年輕的身體——小說中，她對歌的熱愛的確有其風險，小說家紀大偉說得很對，書寫者自己腦子裡那一刻是有旋律的，甚至緊緊嵌合在她某一個難以言說的生命時刻或夢境裡，但閱讀者看到的只是光禿禿的歌詞，而歌詞，單獨來看通常不夠好不是嗎？

賈西亞・馬奎茲的《迷宮中的將軍》裡，玻利瓦爾將軍和卡雷尼奧爭論著彼此的年紀大小，這段談話發生在頭頂上有7882顆星星的夜間船上，玻利瓦爾大八歲，但卡雷尼奧身上有十四處馬刀砍傷的傷疤，「我的每處傷口要算兩歲，」卡雷尼奧堅持，「這樣我是我們中間年齡最大的人。」——如此，每多看見一次死亡，要多算幾歲呢？

豐瑋其人

超過十五年的故事，但小說的第一部分只寫胡琴和凡阿玲十七歲軍訓那一年，十五分之一的時間，卻占領著小說三分之一的篇幅，可見這樣的一年何其珍貴——日子苦不堪言，被操得毫無做人尊嚴可言，吃得又糟糕，時間緩步像刀割，但大家都年輕健康，包括已故的凡阿玲，當時瘦也瘦得有型，「渾身搖蕩著清風」。其實沒什麼事不忍一下哭一場睡一覺就煙消雲散的，如年輕身體的強大自我修復能耐。

多年以後，你才曉得我們並非一直能這樣。

這的確是一段非常特殊的日子，作者豐瑋親口告訴我，考上大學先來一年軍訓這事，不知道當年是哪個掌權的傢伙心血來潮，其實實施的日子極短，前後是四屆學生就取消了，而且很奇怪的，僅限於北大和復旦的學生，以至於在大陸有此經歷的人其實非常少——因此，更奇怪的，多年之後，台灣的讀者尤其是唸過大學的男性讀者，可能遠比一般大陸讀者有感覺，它的形式比較接近我們入學前的成功嶺受訓，但時間長度和強度則是畢業後的預官受訓，讀書不忘救國，讀書不忘學會殺人放火，還好大家都沒眞的用上。

是的，我是認得豐瑋本人的，她是我近年來認識的好友，也是我這幾年來所見過最聰明的人之一——一直以來，我是相信歌德這兩句話的人：「年輕不乏友伴，年老註定孤獨。」也知道自己完全過了交友的年齡，但也許海峽兩岸的奇怪歷史，扭曲了一部分時空的形貌，帶來了一堆始料未及的效應，當然也會有好事在內。

豐瑋沉靜不太談論自己，是個令人生畏的好聆聽者，但我其實總是會破破碎碎知道她一些事。我其實很容易把她描述成某種傳奇性的人物，比方說她出生於再平常不過的家庭，但在大陸比我們更像單敗淘汰賽的成長歲月裡，她是一路戰無不勝的頂尖者，最好的大學、最難的科系、最擠不進去的醫院（北京協和，咱們老國父和平奮鬥救中國的那一家）。我認識她時，她已任職跨國的最大藥商，負責亞洲地區最重要新藥的解說工作（她聰明且自嘲的更正朱天心：「不是解說新藥，是創造出新的病」），所得驚人，這樣的人來寫小說？而且，《九月裡的三十年》才是她第一部小說，這眞是驚人。

這些話我忍到最後才講，猶豫再三的原因是，我相信豐瑋不會太高興我提這些，她不會要這些小說成績之外的傳奇性加分，當然她是對的。

這其實也正是我之前小小的杞憂以及我不得不講的眞正理由——相較於她至此一路得勝的現實人生，小說其實是個古怪的行當，小說書寫更歡迎的總是挫敗不成的經歷，成功的習慣很容易把人誘引到那些有明確答案、有顯著成果的地方去，但那不是小說眞正的戰場。

結果豐瑋比我想像的更好，我們從小説中清楚看出來，她不是個擁有者，而是不懈的追問者。

豐瑋對我個人最實質的幫助是，她是這幾年我科學知識最重要的糾正者解說者，讓我少犯了不少丟人的錯誤，即便我們不常見面，但想想遠方有這樣一個人在，兩眼雪亮腦子清晰，我獨自書寫時都變得審慎起來。

朱天文喜歡《九月裡的三十年》書中那封老教授的彼岸之信，還有感於實驗室教授説人類的基因，相應於人類演化歷史食物不足的基本處境，被設計成適應於飢餓而非飽食的狀態；我最近一次問豐瑋的則是：「人類的基因，有打算讓我們活這麼久嗎？」豐瑋歪了下頭，想了一下（她不必想的，只是代表鄭重而已）：「應該沒有。」

九月裡，度日如年

那時 每個白天都曾是黑夜的舊愛
剩下我 獨自面對一顆子彈
飽蘸傷感

那時 每句話都可能輕輕碰觸
山河與宇宙 你我的祕密
忐忑不安

不見陽光的普世醫院地下室，四月的春天已無孔不入，聞起來味道甜膩。從實驗桌抽屜裡翻出一張紙條，上面一行電話號碼。久處地下室，嗅覺飛漲但眼力退化。胡琴要做的事，和眼睛有關。

「訂五雙眼睛。今晚要，最後一次了。」

「老時間，晚上十點，帶冰盒！」

最後一次打電話給秦師傅。放下話筒，長吁氣。深呼吸，春天的甜膩自她的鼻孔進入，沿氣管順勢滑下，鑽進肺泡，隨即睏意四起。

一家屠宰場的存在，對於一個城市，並沒有太多人關心。若是豬肉漲價，倒是會牽動這世界的生物鏈條。爲了畢業論文的豬眼睛，胡琴穿上放在它門口的那雙高幫雨靴，走進屠宰場。雨靴褪色由黑轉灰，夾雜暗紅。

北京南城，穿過「浙江村」的數層圍疊後，就是它了。眞是活色生香。每晚十點，這裡燈光準時點亮，聲音旋即鼎沸。晝伏夜出的工人，新一天從這裡開始。他們套上塑膠圍裙，蹬上高幫雨靴，雨靴褪色由黑轉灰夾雜暗紅，穿插在喧譁的、倒立的豬群中。牠們被燙水，噝氣，脫毛，分割。五六個小時之後，經過切分的鮮肉和排骨，在凌晨時運往各大菜場。一通討價還價、過秤付錢，進入牠這輩子的終極——各家廚房的案板。鍋碗瓢盆一陣響，腸胃蠕動，人們打飽嗝，得以有口氣繼續忙這忙那，順帶著煩這煩那。

這一年是世紀末。

四月，離胡琴畢業還有九十天。努了八年的弦，終於也到了這八年的終極——射箭的那一刻。射程其實有限。即便弩箭離弦，無非是大家都裝高潮談論的美國：拎兩隻行李箱，去那裡，重新翻開一頁，再去念一所大學，換個地方上自修。這終點讓胡琴意興闌珊。她只能在心裡妄圖拔高過程的份量。雖然終日與普世醫院、與像邊鐘一樣的大夫們捆綁在一起，有份量的過程也並非隨手可得。

離弦之前，胡琴得花一年待在普世醫院的地下實驗室裡。博士畢業課題可以隨便選科室，但必須有「品質」。符合九十年以來自普世醫學院畢業的那種品質。滲透高標、自豪、萬裡挑一的價値觀的品質。她選的畢業論文與眼睛有關。一開始，她以爲是人眼睛。直到有一天，同實驗室的浙江人小瘦，激動地對她跳起來：「我要去取人眼睛了！」

胡琴渾身一機靈，問：「誰的？」

「執刑的罪犯，一共四個人！想想吧，四對眼睛。我都跟這兒待一年了，這頭一回聽說。」

「四對？人眼睛是論對的？怎麼取？」

「靶場上槍一聲脆響，人倒下了，你趴上去，用手術刀這麼一剜。我聽別人說的……一塊兒去的還有其他科的，各取所需，泌尿外科的扒腎，普通外科的扒肝……氣氛緊張，你爭我搶。我在外院聽說的！」

什麼樣的槍，什麼樣的靶場？遙不可及的軍訓記憶。浙江人小瘦說話時，眼睛中激起狂人一樣的光亮。平時那眼睛雖大，卻被長睫毛垂簾覆蓋，躲躲閃閃迴避著胡琴，迴避著眼前科學世界和老得快成骨灰的地下實驗室。

不想自己有一天眼睛閃得像狂人一樣，如同魯迅筆下「人吃人的社會」，胡琴暗自嘀咕要不換個課題算了。在她掂量自己絕不可能去取人眼睛時，實驗室老管家汪老太太塞給她一張紙條：「打這個電話，找秦師傅，去大紅門買豬眼睛，十塊一對，一樣做妳的課題。豬眼與人眼，結構差不多。普世醫院好幾代都這麼做研究的。別聽他的。我們幾代對人眼睛的認識，都是以豬眼睛為起點，從豬眼睛出發的。」

哦，這就以豬眼睛為起點，從豬眼睛出發。

「不，應該是十塊一雙。」數秒後，汪老太太又往回倒帶，糾正自己。不管眼睛來自人還是來自豬，應該是一雙，而非一對。她大半輩子都這麼認為。

眞是普世醫學院的老畢業生。汪老太太曾用一個下午與胡琴嘮叨，對世間每一種在體形態，普世醫院的人從來保有最起碼的尊重。即便醫院外面那社會，早已不在乎這個。醫學院解剖學第一節課，老師帶著眾學生，先向眾屍體獻鮮花，鞠躬三次，沉默三分鐘。儀式感在空氣中點燃了本來零星且孤獨的自珍，敬畏給眼前這個大步快意走向失調的世界，重新帶來三分鐘的秩序。

屠宰場的秦師傅，沒知識份子這麼講究，他總在電話裡或是當胡琴的面說：一對眼睛。浙江人小瘦不也說嗎？「被執刑的罪犯，一共四個人，想想吧，四對眼睛。」小瘦也是論「對」的。他是外地讀完本科考來普世的博士生，不是純種普世醫院的人。小瘦後來沒取到那四對人眼睛。走到半途，有人攔住他，厲聲說：想什麼呢，上面早不讓了！

接過汪老太太的紙條，一段外人不知的旅行在胡琴面前揭幕。夜晚不同尋常了起來。不再是捧著一寸厚的醫學課本與眾人在七樓西教室裡埋首狂啃。也不再是只有胡琴知道的學校旁那條街一路往北的「忙瘋」酒吧，數支大院青年編雜的搖滾樂隊跳上台表演。與同宿舍五位實習女生趴在實驗桌上加完試劑然後離心的夜晚比起來，這夜晚更原始，更生猛，更鮮活。一條巨大的拉鏈打開，生活在這裡分出枝杈，通向別處。過程的份量非同尋常了起來。她想起大一軍訓拉鍊時，貼在《挺進報》上的自己那篇〈通向高山和流水的旁路〉：

林中分歧為兩條路，
我選擇旅蹤較稀之徑，
未來因而全然改觀。

為保證買到手的豬眼睛新鮮，胡琴總在晚上九點半出發，手裡拎只冰盒，走出普世醫院的地下實驗室。從醫院去大紅門的那段夜路，佈滿忐忑情緒。坐上公車，中間倒一次，下車後快步穿過暗黑「浙江村」數分鐘。畢竟，在一個城市裡，就人們目前的有限想像力而言，並不會把任何一個公共汽車站設在「屠宰場」。

夜十點半，胡琴到達屠宰場，蹬上一雙散發著腳臭和腥味的高幫雨靴，穿過血流如河的地面，耳邊喧譁，眼前中國紅飛濺。人群中豬群中，胡琴用一雙視力欠佳的眼睛，尋找秦師傅。像從一塊水果蛋糕上剜出一粒新鮮欲滴的櫻桃一樣輕巧，秦師傅用刀挖出以「雙」而論的豬眼睛，放入冰盒。胡琴遞給他五十塊錢。

只有在取回豬眼睛之後才捨得打車，打最便宜的黃色「面的」。零點，胡琴帶著五雙新鮮眼睛回到地下實驗室。

夜深了，氣氛變了，白天沉默的聲音此刻變得響亮，密涅瓦的貓頭鷹振翅起飛。

「爲什麼要做視網膜色素上皮細胞這樣的課題呢？那麼多科室，你們醫大的，盡可以隨便選。比我們強多了。」普世醫院食堂裡，邊鐘邊大夫問胡琴，一臉不解。

他面前陳列的伙食，顯示著普世醫院標準的住院醫生伙食水準。比實習醫生高一等：已經可以買兩份菜，一份飯，加一瓶優酪乳。有一天，胡琴聽到實習歸來的同宿舍女生，在上舖狂嘯：「我要留在普世，當一名住院醫生！那樣除了吃飯和菜，還能有錢再買一瓶優酪乳。每頓都有！」狂嘯聲中，每一位女生都被勾起了「做一名普世住院醫、每頓能再多喝一瓶優酪乳」的理想。

爲什麼要做視網膜色素上皮細胞這樣的課題呢？與眼睛有關，與時間有關。生物學上，與凋亡有關。生物學上的凋亡，不等於李金髮詩裡的凋零。胡琴導師問：爲什麼人老了，黃斑會有退行性變，導致視力下降，進而會導致失明呢？也許是人的視網膜色素上皮細胞的DNA，在老化過程中發生了什麼變化？DNA中有沒有什麼標誌物，能準確估算出這樣的老化呢？

是的，用某一種嵌入那副肉體裡的精確標誌物，來衡量時間留下的蹤跡。在眼睛這裡，時間掃蕩的蹤跡有可能是戕害。明確表現在DNA上的某種戕害。來，來，我們來探尋這蹤跡，這天地間的祕密之一。想辦法，認識它，解決它。智力上的滿足。（如解決不了呢？胡琴打岔想起某禪師說：那就放下它。）導師用的是普世醫院近一百年來的「啓發式教學」。就像很多很多年前那個在街頭廣場與路人對談、循循善誘的蘇格拉底，對談者如沐春風，朝向未知探索。這時，忘了首尾，過程的份量也會重起來。

被這一刻情景感染，是做這課題的理由之一。學就一身DNA本領以更便捷地去美國聽藍調和爵士樂，也是理由之一。眼睛、時間這兩件事，一樣重要，這可能緣於胡琴十三四歲瞎讀了些詩和哲學，又在十七歲糊裡糊塗地被送去軍訓踢正步打靶一年間，有了些不尋常的體會，接下來貿然闖入醫學世界，直面身體、疾病、生存期……這一路篳路藍縷，以啓山林，多出了些問題，總得用之後的大半生去嚼、去玩。各種方式都試試，科學的，文藝的。世上有些人，不就靠這些打發時間嗎？

十三四歲時戀愛——雖按軍訓好友凡阿玲的說法，嚴格來說那並不是愛情——最吸引胡琴的不是那人高而瘦因而凜然的身軀，不是那人張口珠玉滿濺的宋詞，不是那副低沉而溫良的嗓音，首先是那雙眼睛，靜駐在六百度的眼鏡後，不說話時尤其深，建造著自己沉默的場，向外一圈圈釋發能量，將被他吸引的人席捲進去。胡琴坐在教室裡，講台上是戴六百度眼鏡的語文老師。四十多雙眼睛中，他踱步，旁若無人，對著窗外泛綠的柳樹或是一大片黃燦燦的油菜花，凝視，停頓點頭，然後轉過身，在黑板寫下李清照的詞〈聲聲慢　尋尋覓覓〉。粉筆字豎排幾串，錯落繽紛。滿教室居然一片安靜。

是時間，改變了兩雙眼睛間的格局。十五歲，胡琴斗膽以文學的名義，去他家借了一本俞平伯、一本周作人的散文集，他倆侃文學時（主要是她聽他侃），面前就橫陳著他即將新婚的大床，書架緊挨著大床。十七歲被送去軍訓，被安置坐在中原一塵不染的桌前，整個地球像只剩下自己一個人，被濃重的鄉愁驅使，主動寫了第一封信，抄了剛讀來的尼采句子：「誰終將聲震人間，必長久深自緘默」。六百度眼鏡回：「斯世獨立，淡泊明志；橫而不流，寧靜致遠。」展開豎排字的信紙，激動串出來，令人眩暈，踢了一天正步本來兩腿癱軟的胡琴，從絕緣體變為導體，全身一陣電流。

大四，回普世醫學院念解剖，有天下課，胡琴解下解剖課沾滿油膩的塑膠圍裙，離開屍體出門打飯。正打著呵欠，收發室遞給她一封信。「眼鏡」已結婚七年，兒子已到背蘇東坡背李清照的年齡。信裡「眼鏡」第一次用了「愛」這個字，遲到的他頭一次膽大，特別撞眼。自十三四歲起，胡琴一直在胃腸裡醞釀這個字，慢慢壯大，曾有一段時間飽脹得必須吐出來，但時間多厲害，這個字竟也慢慢被咀嚼、消化、排泄。用一雙被福馬林熏得疲憊、整日竟只關注解剖細節的眼睛對著信紙，胡琴笑了。像看任性的兒童玩拼字，又像自己圍觀自己，中間錯開數年，難堪而悲情。她寬容地搖搖頭，繼以沮喪，專注吃完飯盒裡的最後一塊米粉蒸肉，棕色的，一如剛才解剖課上的福馬林泡過的屍體顏色……不過，以上按軍訓好友凡阿玲的說法，都不叫愛情。沒發生過親密關係，雖然借書那次，那張新婚大床曾橫陳在倆人面前數小時，他大講《紅樓夢》和《圍城》其實是一回事。甚至，連拉手都不曾在現實中發生過。想像中，倒幹過很多次。

如果這麼回答吵過好幾架進而熟識的邊鐘，在眼前謹慎、嚴肅、古樸的普世醫院裡，就太傻了。雖然近一年的地下實驗室生活、讓胡琴離眼睛、離時間的物理距離，又近了一步。期間，北京南城屠宰場、涉及DNA的分子生物學技術，無一不在幫她拉近。實習醫生胡琴吃的是一份菜、一份飯，僅此而已。沒有優酪乳。她用力嚥下飯菜，然後說，「隨便瞎選的，混個畢業而已。」筆挺白大褂裡的邊鐘直搖頭，胡琴得逞暗笑。

夜間零點，從黃漆「面的」下來，胡琴手拎冰盒再一次走進地下實驗室。冰盒歷史很長，上面有紅色剝落的手寫字跡：普世醫院眼科生化實驗室。下面一小塊鐵皮刻著它在普世醫院資產庫中的編號，前四位數是年份，一九八六。走進夜晚的地下實驗室，人、鬼、醫魂、北京人的頭蓋骨……在醫院曲折枯靜、四通八達的走廊裡，穿梭起來。

放張Pink Floyd的《雷霆之音》聽，打開超淨台電源，將各種試劑從冰箱裡如數取出，一一陳列手邊。有一份從祖上傳下來的實驗步驟，它古老得曾經過「蘇格拉底」導師的手、汪老太太的手。最近一次經過浙江人小瘦的手。在唱片播放兩輪之後，那些新鮮豬眼睛的視網膜色素上皮細胞，被分離出來，被放進一汪晶瑩的培養液中。黑暗中細胞們在徜徉，在貼壁，在生長。技術之後，無一不是眼睛，無一不是時間。

「入夜，這就是我的山河，我的宇宙。」配上唱片中〈*Shine on your crazy diamonds*〉這首，極長的前戲，聽來離奇，嗑藥般升騰，有幻覺：我就是那一顆靜默天地間的瘋狂寶石，一雙巨大清冷的眼睛注視下，在夜裡閃著光。我坐在這裡，超淨檯前，滿把滿把已有九十年歷史的地下實驗室的空氣，順氣管滑下，鑽進肺泡，空氣也就跟著渾厚、偉大起來，胸膛跟著鼓脹起來。

「如今地球只剩我一人，我只剩想念。如想念親人血脈，我想念幾十年前那幾代普世人物。他們全部，不在人世。」

如果眞要回六百度眼鏡的信，臨近世紀末的胡琴在深夜地下實驗室裡，會這麼開篇。

七十年前，也是晚上。普世醫院的一位加拿大解剖學教授，研究「北京人」。每天晚飯後，一人潛入普世醫院解剖樓實驗室，嘴裡叼著菸斗，把玩著一顆顆從北京西南郊區周口店挖來的化石，據此命名新人種「北京人」，人類用火的歷史據此提前了幾十萬年。

「入夜，這就是我的山河，我的宇宙。」坐擁長夜，震動世界。改變人類對時間的想像，將之推向更遠。這人的長夜，與生活在距今五十萬年前到二十萬年前的祖先對話。有天早上，人們打開實驗室的門，他矍鑠的板寸頭，臉朝下，趴枕在心愛的北京人頭蓋骨上。心梗突發，再也不醒，再不貪戀人世那以一分一秒計的生存。

單這深情的畫面，如果耳邊再放Pink Floyd，就能在夜間刺激胡琴。如同十七歲時坐在軍訓書桌

235-62

台北縣中和市中正路800號13樓之3

印刻文學生活雜誌出版有限公司　收

讀者服務部

姓名：＿＿＿＿＿＿＿＿＿＿ 性別：□男　□女

郵遞區號：＿＿＿＿＿＿＿＿

地址：＿＿＿＿＿＿＿＿＿＿＿＿＿＿＿＿

電話：（日）＿＿＿＿＿＿＿＿（夜）＿＿＿＿＿＿＿＿

傳真：＿＿＿＿＿＿＿＿

e-mail：＿＿＿＿＿＿＿＿＿＿＿＿＿＿＿＿

INK PUBLISHING

讀者服務卡

您買的書是：________________

生日：　　年　　月　　日

學歷：□國中　□高中　□大專　□研究所（含以上）

職業：□軍　□公　□教　□商　□農

□服務業　□自由業　□學生　□家管

□製造業　□銷售員　□資訊業　□大衆傳播

□醫藥業　□交通業　□貿易業　□其他________________

購買的日期：________年________月________日

購書地點：□書店　□書展　□書報攤　□郵購　□直銷　□贈閱　□其他

你從哪裡得知本書：□書店　□報紙　□雜誌　□網路　□親友介紹

□DM傳單　□廣播　□電視　□其他

你對本書的評價：（請填代號　1.非常滿意　2.滿意　3.普通　4.不滿意　5.非常滿意）

內容______封面設計______版面設計______

讀完本書後您覺得：

1.□非常喜歡　2.□喜歡　3.□普通　4.□不喜歡　5.□非常不喜歡

您對於本書建議：

感謝您的惠顧，為了提供更好的服務，請填妥各欄資料，將讀者服務卡直接寄回或傳真本社，我們將隨時提供最新的出版、活動等相關訊息。

讀者服務專線：（02）2228-1626　讀者傳真專線：（02）2228-1598

前，寫給眼鏡：「誰終將聲震人間，必長久深自緘默」。回音應和，「斯世獨立，淡泊明志；橫而不流，寧靜致遠」。

將細胞們放進培養箱，已是晨光初現。那些視網膜色素上皮細胞，被分到不同的培養皿，如同我們被命運之手分到不同的父母，不同的經緯度，不同的大院或小鎮，健康王國或疾病王國。如同十七歲的胡琴被分去軍訓一年。如同本想上中文系的凡阿玲，被撥弄到文理兼收的心理系，和一群理科生一起軍訓。

「如今地球只剩我一人，我只剩想念。」胡琴與凡阿玲曾被分在一個外表綠色的培養皿中，逼真地體會：九月裡度日如年。那年胡琴十七歲。

1

十七歲的胡琴，端坐在磨得發光的木椅上，兩手緊抓著椅把兒，從沒這麼深切地體會到：用剪刀去治理頭髮，是人世間再天經地義不過的一件事了。

在前方，是一面巨大的鏡子，一道刺眼的劃痕，像經典的閃電圖形斜過鏡面。大約十分鐘後，經過剪刀的摧毀及修理，她的頭髮將能覆蓋整個頭部。把它比喻成蘑菇，或者是瓜皮都可以。看心情而定。比如在未來，從軍校食堂的清冷嶙峋的湯中欣欣然撈出一塊雞時，就可以比喻成蘑菇，夢想如能有小雞燉蘑菇該多美。而如果將來在正午的驕陽下被罰踢一小時正步，頭頂上身上開始往外滲冒一縷縷青煙時，不妨比喻成瓜皮。在想像中，已有一塊西瓜下肚，將縷縷的青煙，悉數掐滅、埋葬。

就在今天，胡琴把所有關於大學的夢想，在心底的一個角落裡，悉數掐滅、埋葬。這麼說，是因爲她不需再面對一個叫做「大學」的概念，東想西想了。東想西想它的建築，它的草地，食堂，課桌上的劃痕，在它裡面來往走動的人群的味道……「大學」已在眼前，在腳下。這是大學一年級的新生胡琴。只不過，在她的蘑菇或是瓜皮腦袋之下，是一身新換的綠色。

九月，報到的第一天。二十世紀的最後十年，九〇年代，第一個九月——看這麼多數字糾集在一起，模樣猴急。報到第一天要幹兩件事，剪去頭髮，換上新裝。從此這一年，胡琴將自己交給眼前這所中原軍校。一年後，再去面對另一所「大學」，遙遠北京的北大。

如果頭髮和衣裳，都不是熟悉的那個自己了，這時去適應一個陌生地方，便沒那麼難了吧。十七歲的胡琴想。在心底，並沒有鄉愁。雖然從高一起讀余光中的《鄉愁》，還有《鄉愁四韻》。「給我一瓢長江水啊長江水，那酒一樣的長江水，醉酒的滋味，是鄉愁的滋味。」如願以償，她離開了那個長江邊上潮濕得青鬱、繁瑣的家鄉。提著行李，斜扭著上了長途汽車，再擠進汗味濃厚的火車，短短兩天，離家千里。回頭望，禁不住逃脫的欣喜，從此與自己活過了的十七年隔著一江水。就在今天，從頭髮和衣裳開始——頭髮削短，衣裳換綠。

淹沒在「大學」人群中，沒別的事幹，胡琴看周圍陌生女孩的臉以殺時間。有的一臉撞進屠宰場的恐慌，對未來一年長如萬丈棉布的惶惑，對自己體力和心理承受力的將信將疑。有的臉掛著對往日細節的依戀，其實就是家中那張磨白邊的沙發、一台老放港台歌的「紅燈」牌答錄機的依戀。有的則在粗大的剪刀橫過頭髮的一剎那，乾脆哇的哭起來，聲音尖銳，在異鄉的空氣中劈開一道褶。

只有一個女孩，見胡琴掃視全中隊，眼神飛快躲閃。與胡琴目光交會一刻後，迅速滑向它處。那感覺像抹了凡士林的手去抓一條鱔魚。女孩還沒有被動刀。不過，她也沒必要被動刀。她頭髮還不到一寸長，自力更生，沖向天空，無聲挑戰著持刀削髮的中年女隊長。沒法再被修理成一只蘑菇或是一塊瓜皮了，早在這之前，她就將自己的頭髮削得更短——按自己希望的方式。

報到第一天晚上，全中隊一百一十號女孩，按口令列隊。第一次走齊步，喊「一二三四」去澡堂洗澡。躁動的集體味道，混合著並不香豔的女性汗味。第一次身在這麼強大的佇列中，異常孤單，齊步走的胡琴左顧右盼。在她右首，是白天人群中那個板寸沖天、目光躲閃的女孩。一個念頭竄出來：眼前這位與自己並排齊步走的隊友，將是未來一年都與自己齊步走的隊友。未來一溜展開的多少時光，將與她一起度過。胡琴看了她幾眼，一張不少雀斑的臉，類似兩廣地區的執拗輪廓，瘦，黑，高。不漂亮，渾身搖盪著清風，倒也自成一體。主動搭腔：「我叫胡琴，九班醫預科。」

「凡阿玲，十班心理系。」

在吹起一波波晚風的軍校大道上，路兩邊的白楊葉自己拍打著自己，弄出小聲的嘩啦啦。迎面而來一個中隊的男生，一百多號人齊唱《團結就是力量》。兩股強大的佇列交錯的一剎那，男性的雄猛聲浪幾乎掀起了這邊女生毛髮的律動，如果毛髮不是那麼短的話。軍帽還沒有發，男生隊一水的光頭，在兩邊清冷的路燈下，像一只只剝皮的芋頭，透出青藍色。

繼續搭腔：「瞧他們，看起來更像一個品種。和我們比。」

凡阿玲說：「可不是，一百多個東西合在一起，更一致，更一個品種。」

見識了排隊集體洗澡的「叫號模式」。女浴室十個水龍頭，兩人共用一個。胡琴暗笑自己判斷沒錯：列隊時並排齊步走的隊友，將是未來一年內都會與自己齊步走的隊友，包括洗澡。她和凡阿玲同一撥叫進去，又同一撥出來，共用一個水龍頭。澡堂裡，各種方言普通話「讓我沖會兒」的請求聲不絕於耳。一些從未離過家、從未寄宿的女生，第一次經歷眾人洗澡的大場面，看著周圍和自己一致的身體，像無數個自己在一巨東陌生的目光下洗澡，心理防線瞬間崩潰，無望地設法遮蓋自己的赤裸。

水龍頭下，年輕的身體在水簾中相對。一小團淡紅在稍顯隆起的坡上。那是胡琴第一次看見凡阿玲的乳房，以「一對」而論的乳房。凡阿玲這回眼神沒有躲閃，回以端詳和打量，臉上有一種讓胡琴羨慕死了的老練。她眼光那麼犀利一掃，彷彿一把游標卡尺，對胡琴說：「敢情妳也是A杯尺寸呀。」

「什麼，什麼A杯？」隔著嘩嘩水聲，胡琴問。

「這都不知道！真書呆子。」

倆人收拾出來，胡琴又忍不住問：「什麼是A杯？」後面還有兩撥在等叫號，按集體行動的要求，早出來的需要列隊，一直等最後一位。「明白嗎？這是集體的最起碼內涵！」中隊長的訓話告訴她們，從此一百一十號人被一根大繩拴在了一起，這根大繩叫「集體」。除了一根大繩，胡琴和凡阿玲還被一根小繩拴在了一起，這根小繩是「因爲個子相似，列隊時並排前行」。往後，小繩將在大繩的股掌之間苦中作樂。

「妳看著像兩廣地區的？」胡琴問。

「我長相典型，標準廣西。桂林米粉，醋血鴨。包括平胸。彼時半洋腔的廣東人，加上硬邦邦的廣西人合成一支太平軍……有人說。」

「硬邦邦？也是，廣西，似乎就沒有胸部特別肥美的？」

「妳比我強點，不過也遠不是奶光頻閃。眞不知道，A杯？」

「不知道。胸罩都是撿我媽剩下的。從一開始就這樣。這事，重要嗎？」

「這是自治權。雖不肥美，心理上要清楚，這是妳地盤。」

胡琴問：「那妳什麼時候心理上自治的？怎麼就考了心理系？」

「廣西壯族自治區來的，能不自治嗎。選心理系？塡中文了，沒取，服從分配調系來的，心理系文理兼收。我根本沒想學心理。心理多複雜呀。」

「心理系就是琢磨別人心思吧？有意思。上中文系幹嘛呢？讀些老朽的文章，琢磨點新意思？要不，就自己琢磨自己的心思，寫點自戀散文詩？意思少點。」

「管它，有個大學上就不錯了，何況還北大。」

「可……上北大，要軍訓一年哪。我本來考普世醫學院的，拿到通知書才知道，就因爲在北大生物系學預科，也得跟著訓。」

「這都不知道？89級開始的，全國兩大學，新生都訓一年。前人的後果我們具體還。這也沒啥。也沒準，有聽說要軍訓嚇得沒敢塡北大的，偏讓我，瞎混進來了。」

「瞎混？沒那些北大女生狂嗎！」

「嘿，都補習兩年了，太知道滿足了，我。」

說北大的狂，胡琴多半在揣度自己的狂。接到「普世醫學院」通知書時，父母正熱烈地吵著架，像家裡大多時候一樣。看著通知書，胡琴立刻忘了吵架的他倆，成爲身外不相干物質。她做好了懸壺濟世的準備，滿心的狂妄撐得她身高漲了三公分，原來有些弓的背，頃刻間挺直。再一看，通知書大信封裡，一張要求帶「毛選」到河南信陽陸軍學院報到的紙，掉了出來。

一向從容的祖母看到這紙，聲音有些抖：「都別吵了！軍訓，一年？那地方？我三十多歲時做生意全國跑，都沒去過那裡，妳才十七，第一次出遠門，去那地方？什麼叫軍訓？要打仗嗎，還一年？」對這張紙，胡琴也覺得突然，剛被雄心撐直的背又弓了。隨即，她趴在中國地圖上找到了位於河南省最南端的去處，一條象徵鐵路的黑線經過。還不錯！她一心希望坐上火車，遠離每年梅雨如期而至的潮悶家鄉。

「又不是我一個人一年。只要出門能坐火車，我都愛去。」她安慰祖母。

澡堂外的走廊裡，洗畢的女生列隊，在等「剩下的集體」，與左鄰右舍熟識，問的是「妳家誰送你來的」「妳原來哪個重點中學的」「妳高考考多少分」「妳報北大時知道軍訓一年嗎」「妳計畫大學不念完就出國嗎」「妳打算大幾考託福考G」……樓道裡，一隻四十瓦的燈泡照著這支隊伍，一百一十名女生洗完澡後，身上散發著蓬勃的生命力，指向一個無趣的方向——生命不息學習不止。這是大學的味道嗎？未來一年眼前橫陳，九月裡，竟開始覺得度日如年。

2

十七歲的胡琴，不需要再面對一個叫做「大學」的概念，東想西想了。很快熟悉了這裡的建築、草地、食堂。很快熟悉了這裡課桌上的劃痕。胡琴在語文課桌上寫「生有七尺之型，死惟一棺之土」，「觀古今於須臾，撫四海於一瞬」。軍事理論、馬列主義哲學、革命史課……大部分人手捧一本朗文字典，立下「一年背成活朗文」的志向，有幾位與時間賽跑的，一個月已背到以F打頭的單詞，背到著名的F—U—C—K時靦腆一笑。拿到字典就瞌睡的胡琴，讀課桌上的劃痕：「在信陽花一年讀完《資本論》，找到了馬克思的感覺，唯身邊缺一燕妮，紅袖添香！回北大，惡補！」「29中隊的五班長，妳穿軍裝可愛至極，胸部曲線畢露！像女特務！」感嘆號特別多，像荷爾蒙一樣多。圖書館桌子上，感嘆號更多：「城外的人想衝進去！城裡的人想逃出來！人生的願望大都如此！」「汪國真的詩集還是別借了！建議去讀《台港文學選刊》上的詩！」凡阿玲果真順著指引，借了期《台港文學選刊》，讀到〈不繫之舟〉，詩是林泠寫的，台大化學系畢業。

沒有什麼使我停留
——除了目的
縱然岸旁有玫瑰、有綠蔭、有寧靜的港灣
我是不繫之舟
也許有一天
太空的遨遊使我疲倦
在一個五月燃著火焰的黃昏
我醒了
海也醒了
人們與我重新有了關聯
我將悄悄地自無涯返回有涯，然後再悄悄離去凡阿玲讀出聲來，拿起鉛筆在留言下寫：「和柳亞子先生——心如已灰之木，身似不繫之舟，問汝一生功業，黃州惠州儋州。」

寫完滿意地說：「大概，中文系的生活，是這樣的。」

胡琴說：「中文系？就是自己琢磨自己的心思唄。」

「但我，真沒自比蘇東坡在黃州。這生活多輕鬆。六點吹起床號，十點準時睡，從不失眠，也沒大考，空氣清新，全當療養。」複讀兩年的凡阿玲，一臉自足。

很快熟悉了來往走動的人群味道，是混合了食堂大鍋飯菜、伙食房幫廚、下田施肥、餵養隊豬、佇列訓練的汗水的味道。勞作完畢，物理性疲勞湧起，讓胡琴想起高考後，手捧六百度「眼鏡」語文老師送的《大地》。雖然得了諾貝爾獎，作者賽珍珠好像並不讓大家買賬。但在等高考通知期間，每看完一百頁《大地》，胡琴就想像農民那樣，掄起鋤頭在烈日下找塊地幹活。但她只能將自己家平房前的一小片空地比喻成廣闊的田野。找來一把小鋤頭，將這田野翻了好幾遍，種上廉價的花，每天澆水，鋤草。累出一身汗，體力勞動的疲憊占滿意識空間，幫她忘了面對高考政治卷兩大問答題的窘迫。但烈日高溫，還是逼死了廉價花種。

此外，還有別的味道。開學後，一百一十號女生在組織下，選舉自己的領導。副區隊長三名，中隊宣傳、勞動、學習委員三名。正區隊長，是軍校畢業的三名女軍官，已對付了兩年軍訓生。一個嫩而矮小，如四川水蘿蔔，堪稱颯爽。一個黑而略駝背，歌喉像山間泉水一樣叮咚，經常領唱，或是起調。一個高而煞白，一張燒餅臉如扁平足，最無特長，最沒感染力地訓話，胡琴和凡阿玲歸「燒餅臉」管。

新生報到前，這些軍官們憑兩屆軍訓生的經驗，閱讀新生檔案，哪些當過幹部，哪些社會活動踴躍……重要參數一拉，篩出十三個名字。報到後，十三個名字與眼前眞人對上號，密切觀察。軍官們在暗處，十三人在明處。在視線緊密編織的城堡中，兩星期後，三人從名單除去。

十個倖存名字，光榮地掛在選舉大會的黑板上。十個人站起來，揮手，鞠躬，有禮貌、繼而昂揚地自我介紹，然後是「爲什麼要選我？」的即興拉票演講。坐在小板凳上的其他群眾，實在無法將十個名字一一對上眞人，因爲這十個人都是「三好」，都容貌端正，都氣質颯爽，都堪稱女幹部長相。甚至，胸部都A杯。一個品種，一致性。

最後產生的六位，是排在最前的三位加最後的三位。可能因爲勾起來方便。「是早內定好了的，其實！」胡琴與凡阿玲並排坐在小板凳上，評論說。這猜測不無依據。因爲六人產生後，指導員幾乎沒喘氣，直接就宣布了誰是一、二、三副區隊長，誰管學習、宣傳、勞動。

「總得配合一下吧。我們當群眾演員。」凡阿玲轉而寬慰說。

一絲沮喪在胡琴心裡翻動，攪開波紋，擴大面積。對那個管宣傳的委員，有點動心。她從小到大都是班長，作文都是範本，唯一失手是高考，作文被不知哪位價值觀高正的老師判了不及格。一道「近墨者黑」議論文題，胡琴偏選了從反面論證，「近墨者未必黑」。可那年，就是要告誡年輕人們

「近墨者黑」呀。排除這個，她早在幼齒階段就嶄露文學熱情，讀幾寸厚的書就會進入文字織成的魔幻境界。初二時，她將自己關房間裡練習寫一千字的短文，十分鐘寫就，文思堪比飛流直下三千尺。高一時，帶領一群青春痘的男女生搞八〇年代時興的文學社，刻油印刊物，寫〈孤獨的格調〉〈不要擋住我的陽光〉，尤其擅長分行、不按常規斷句的散文詩。她需要寫文章，需要有讀者。

這絲沮喪，在散會後升騰，成了一股懊喪。空會議室裡，胡琴發現地上有張揉縐的紙，上面赫然寫著最初的十三個名字。其中一個是「胡琴」。在「胡琴」兩個字上，畫著鮮紅大叉。是作風剽悍的指導員在選舉結束後，揉起來準備塞在褲袋裡扔掉的紙團。

得有多麼差勁，能讓人在兩星期內就畫紅叉呢？胡琴思忖。罷，苦中作樂，不妨做個遊戲，借用他人的眼睛看自己。頭上頂著一只蘑菇或者一塊瓜皮的胡琴，看起來肯定滑稽，換了髮型和衣服後就當不是眞自己地沒心沒肺。列隊遲鈍，好幾次最後一個衝出樓門，皮腰帶耷拉在肚子上。站在隊伍裡，背還有點弓，是那種暗示自命不凡的弓。疊被子總疊成麵包團，像一個被徹底社會化的人般沒稜角。吃飯總有資源不夠的緊迫感，愛爭搶，愛囤積。上課時，打瞌睡、背英語單詞、偷讀英文影印小說……這「毒草三件事」都學別人幹過，幹著幹著就像生來就有的惡習。

選舉後的晚上，胡琴在空無一人的洗漱間裡洗衣服，盆裡的水被拍得噼啪響，響聲激起回音。凡阿玲進來洗手，她剛用帶來的毛筆、宣紙寫幾個篆體字，「清慎勤忍」幾個字沒寫完，手上先染了一團黑。凡阿玲搓著手上的墨汁，小眼睛斜看胡琴，「看著不大開心嘛，好像。什麼事？」

「沒什麼，其實。但……有些不開心，確實。」裝沒事的胡琴，感激有人這時關心自己。就想告訴一個人自己不開心。很不開心。

「什麼事？」

「不習慣這兒，」胡琴在找更合適的詞，「嗯，懷才不遇。」這個詞有些那個，文藝腔了。

「懷才不遇？什麼才？要怎麼遇？」

胡琴抬頭看凡阿玲的單眼皮，忍不住笑了。沾滿肥皂的手一抹臉，自我解嘲：「嗨，時間長了就習慣了。就當療養。」

凡阿玲轉身準備離開，回頭說：「懷才就像懷孕，時間長了，總會顯出來的。」

十七歲的胡琴，愣在了那裡。

「十三進十」攆出局後，胡琴所在的九班面臨大調整。中隊下令每個區隊的第一個班，是列隊模範班，外形、紀律上要齊整，氣質上要類似，八個乖乖女就是八個乖乖女，齊步走時擺手得一個高度。一個品種，一致性。

再一次，胡琴被攆出局。她從九班挪到十班，與凡阿玲同班，佇列時倆人挨著。胡琴正學習邁著無所謂的步子站入十班時，從九班被攆出局的另外兩位痛哭，哭聲一個福建口音一個四川口音，在會議室裡撕心裂肺地回盪。新隊形下的胡琴和凡阿玲，相視一笑，互相鼓勵中笑出了不多的坦然：「來吧，來得再猛些吧。」

第二天佇列課，就顯出了「新九班」的工作量。其他人休息，九班還在練齊步走的擺手。「全是瓜子臉！」凡阿玲看著她們說。

「說實話，在九班待膩了。」胡琴說，自己都聽出在裝出來的不忿裡，不成功地摻著酸。

「妳不是她們那品種。」

「我是大圓盤臉。」

「臉型是一個問題，影響一致性。她們乖，守紀律。妳呢？眼裡老竄出一股讓往東偏向西的勁兒。」

「難怪，高考作文給我不及格呢。近墨者未必黑。都不喜歡這個。」胡琴開始嘗到自嘲的美妙，自己搶先一步撕碎給自己看，好過別人不打招呼撕碎了給自己看。

「我在十班也煩，不少理科出生的數學尖子，全是正經想學心理的，想去哈佛耶魯搞研究，讀Ph.D。就我，莫名其妙調配進來的，還學文的。」

「九班，全是報普世醫學院來念醫預科的，見面就問——妳爲什麼考普世？回答百分之九十是——要做新一代的林巧稚。我原本也要做新一代的林巧稚呀。我一開桌子抽屜下的櫃門，露出顛簸一路帶來的《傅譯傳記五種》、《約翰．克利斯多夫》，就有人比著說帶了《卡拉馬助夫兄弟》，還有《咆嘯山莊》，英文版的。我剛爲自己高考數學全省第一沾沾自喜，就有人說她也省數學第一。才來了兩個星期，每人掏出一本英語字典，全英文解釋的那種。就我手上是本張愛玲小說，還中文的。」

說到這，胡琴被湧上來的不耐煩淹沒，本想寄望將來，「明年，明年到北大要跟這些牲口做同學，挺沒勁的吧？」

北京女生們說，她們在學校被尊稱爲「牲口」，北京話裡指能讀書、能考試的超能兒，非人，不是人，除了男人、女人之外的第三種人。

「什麼有勁？北大校園裡，全在背單詞，考G和托。」

「那上大學有什麼樂？九月還沒過完呢。」

「我反正就混個畢業。但從前的大學，老師縱橫古今，學生沒上沒下，校園裡見面就嘴皮子掐架，比誰能辯，誰滿腹經綸。活潑無禁忌像天人遊戲……新出的刊物和書，爭著買來看，像早晨上街買小菜蔬果那麼鮮潔。學生千里求學，跟名教授換學校，不在乎文憑……那愛情，像天上星辰的皎皎。追求理知，也像天上星辰的迢迢……我聽說的。聽著比現在這個有勁得多。」凡阿玲說的這些，是從她曾經懷才不遇的中學歷史老師那裡聽來的，他姓龍，從北大歷史系畢業回廣西教歷史，特別喜歡民國那一段，看了不少書。「要說民國那一段，少不了那時的知識份子，那時的大學。可惜哦，要麼不在了，要麼不在咱這兒。」這是他掛嘴邊的話。

3

還有些別的味道。「小時候，鄉愁是一枚小小的郵票，我在這頭，母親在那頭。」胡琴開始頻繁寫信，把鄉愁寄託在郵票上，把收發室當做鄉愁出口。面對不確切的未來，將所有過去泛化成一腔肆意的鄉愁。寫給那位單戀的眼鏡語文老師，寫給高三陪自己回家、高考後只一次擁抱別過的口吃男生，寫給把數學教出藝術感的溫良班主任……對這些過去，該在枯寂日子裡，貧瘠無物的桌前，巨大空曠中，一一清算了。過去十七年，那些心跳加速、醍醐灌頂、悲傷甜蜜、小事放大……的時刻，在巨大空曠中，質感像絲綢一樣熨帖又陰涼。

後來，這些都不足以讓自己變成那位寫作成癖的赫爾索格。寫給同年級那位老和自己較勁比誰第一的女生。這封寄往上海交大的信中，胡琴回憶那些被迫為考分做題的夜晚，動情處引了齊秦〈自己的沙場〉：「不要對我說生命中輝煌的事，不要對我說失敗是命運的事，那些經驗裡我只相信一次，因為我和你一樣，要這樣走過一生，我只有低頭前進，低頭前進。」兩星期後，一封從上海交大寄來的信說：「收到這封信，非常驚訝……妳怎麼會在軍訓中想起我？不太可能呀，妳那麼驕傲……妳們訓一年是不是有很多空閒？難以打發？是不是很無聊？所以低頭前進？」高中三年，除了領獎台上作為冠亞軍目光交錯之外，她倆沒說過一句話。

寫給一位遠在四川的筆友。筆友自小學油畫，美術學院高考落榜，暗戀鄰家一位俊秀軍校大哥。胡琴在高一時的散文詩〈孤獨的格調〉，發表在一張面目樸素、輔以粗拙版畫插圖的中學生文學報上。這份看上去不起眼的報紙，發行面如此廣，以致在四川上高一的筆友，陰霾的黃昏讀到，兩行敏感之淚落下，她停下手中的油畫筆，提起鋼筆給胡琴寫信，文字夾著畫，《七里香》裡席慕蓉式樣的畫。

穿軍裝的胡琴和畫油畫的筆友在信裡說起三毛的《滾滾紅塵》，有共鳴。五天後，自四川給胡琴寄來棉布包裹，裡面居然是一本封面已磨破的《滾滾紅塵》劇本，扉頁上寫：「來易來去難去，數十載的人世遊，分易分聚難聚，愛與恨的千古愁。」

「一位北京四中畢業的女生，來軍校兩個月後，面容肥碩，雙頰下垂，她在大食堂水泥地上蹲下，面前是一張盛放肉絲炒麵的大籠盤，直徑約有一米五。她神情專注如錐，挑選炒麵中夾雜的一根又一根的肉絲，還原混合物為單一原料，放進自己碗中，食堂喧鬧，她巋然不動，如入忘我之境。」胡琴給筆友描述著白天在食堂的一幕。信紙翻頁，胡琴繼續發議論，「我認為這是《莊子》裡提到的一種。」

……

無數個軍號吹過、佇列完畢、口號散去的夜晚，歸於空寂。眼前這夜晚，與地球上無數個其他夜晚有什麼不同？靜謐，深情，蒼涼，一樣不可測。胡琴開始寫信。把方正的字扔進十七歲心底，應答那裡汩汩流出的感傷，任性而放大。她需要寫文章，需要有讀者。

在秋天的葉子徹底被風掠光前，中隊開始培養一門軍事技能——射擊。這件事很隆重，全中隊開了一場「射擊動員大會」。強調射擊技術的重要，軍隊紀律要經得起考驗。強調做好刻苦練習射擊的心理準備，光瞄靶練習就得好幾個星期。強調你們畢業了是預備役軍官，日後祖國需要，一聲哨吹過，得脫下俗常五色服裝，一身翠綠上場。

會後每人領一把老式的衝鋒槍。槍把和槍身上有一股鏽味，撲鼻而來。入夜睡覺時，這些槍就一根根地豎立靠牆，在黑暗中仍散發著鏽味，飄入顏色貧瘠的夢中。膚淺地讀過佛洛伊德的凡阿玲，對胡琴說，槍也是一種隱喻。胡琴好像經催熟劑處理過一樣，明白了，回以膚淺的一笑。

常常一整天，胡琴像所有隊友一樣趴在地上，準星、缺口、靶心三點一線，如若扣動扳機，就有無聊的一聲「吧噠」空響——沒有子彈。前戲和高潮，在此被消解成一條直線。趴著的姿勢，不便消化，不便呼吸，不便懷想過去滿心芬芳，但有一個好處，糾正子宮後傾的位置，治療原發性痛經。這是副區隊長——一位北大物理系女生、「十三進十再進六」的受益者——在廁所悄聲告訴將來要當醫生的胡琴的。「妳將來不是要當醫生嗎？現在就趁打靶練習時，先把自己的痛經治好。妳將來在手術台上，突然痛經起來，那可怎麼辦？怎麼當林巧稚？白罩子下，還躺著病人呢！他多需要妳呀！」她倆是在上一次共同痛經時認識的，兩個人都向「燒餅臉」區隊長請了例假沒法跑步，都疼得額頭上黃豆大的汗珠翻滾，滿世界找止痛片。

「我考醫學院，頭一件事就去找位普世醫院的教授，先把痛經治好。這點近水樓台，應該沒問題。我媽就這麼勉勵我的。每個月，我也這麼勉勵自己一回！」胡琴在廁所的另外一個坑裡說。

「聽說一結婚就好，一生孩子就好。我媽說。」關於痛經，每個女生的媽似乎都是林巧稚。胡琴媽甚至不許她吃止痛片，理由是聽說吃多了會影響智力。

「這問題我想過好幾次。一結婚就好，醫學上講，不就是有了性生活就好嗎？不一定非得結婚那天。」未來的醫學生胡琴在廁所的另外一個坑裡說。

「你們學醫的，說話眞是！」隔壁副區隊長言語裡聽起來有點羞澀，肩上像扛著副牌坊。旋即，她嗓音又正色說：「趴著練瞄靶，也能緩解痛經。」胡琴蹲著笑想，可不能接著跟她說，槍也是一種隱喻。再想自己，找誰先來解決痛經問題呢，六百度眼鏡？高三口吃男生？數學班主任？……算了，回北大再說。

瞄靶休息時列隊，胡琴把副區隊長在廁所裡的理論學給凡阿玲聽：「趴著練瞄靶，也能緩解痛經。」

「作爲領導，她在激勵妳這個下屬。這個領導力理論，她應該是從西點軍校學來的。」凡阿玲眞是讀雜書無數，難怪要複讀兩年，西點軍校的書她居然也看過，都是那個懷才不遇的歷史龍老師那兒借來的。

「可我趴一會兒就歪了，三個點絕對不在一條線上。老有種衝動，想站起來，看全世界都傻趴著。就我，一個明白人兒似的站著。」

「得了，站一會兒還行，一直站就很累，那還不如趴著呢。明白人哪那麼好當，菁英主義做怪，演過了就是淺薄。再說，趴著的子宮和站著的子宮不一樣。趴著，就有治療痛經的效果。站著呢，子宮後傾，受累。」凡阿玲逗她。

多年後，胡琴並沒能在普世醫院把痛經治好。那位教婦產科的女教授只是定義說：妳呀，這是原發性痛經。站在普世醫院那條枯暗的教室走廊裡，胡琴很失望，非常失望，等這麼多年，什麼呀，跟沒說一樣。倒是在同樣枯暗的圖書館裡，她一個人，讀到一個美國女人寫的書寫到月經，說在這社會，「正常的身體、預設好的身體、每個理當如此的身體，都是不會從陰道中流出血來的身體。因此要『成爲』自然，就得被視爲自然，來經的女人不可提及自己流血，還得藏好一切證據」。這讓胡琴想起，軍校時凡阿玲感慨：多少人能想到，月經讓身處學校、單位、軍訓這些集體場合的女人，有特別的需求呢。又何況，一具不僅會從陰道中流出血來、而且疼得到處找止疼藥的身體呢？胡琴想，自己恐怕眞不適合站在手術台上，臨陣瘋找止痛片，白單子下面，還躺著人呢！

中原夜色，像親手一針針織成的圍巾一樣攏過來。外頭的來信說，外面大學的女生宿舍樓道裡，入夜後都時興自己織圍巾送人示愛，雖然針眼稚嫩，深一腳淺一腳的，難敵滿腔蜜意。臨近深秋的中原，傍晚起散發荒涼，它來自風中偶爾猛劃過一絲料峭。一隊人馬，終於把子宮從趴著的姿勢豎了起來，直立列隊，邊前行邊唱「日落西山紅霞飛，戰士打靶把營歸」。隊伍中胡琴意興闌珊，下午第一次實彈打靶考試，她扣動扳機時腦中空白，三點一線眼前竟出現了六個點，虛虛實實。到底看哪三個算數呀？倉皇之下乾脆心一橫，連發五槍。背後盯場的戰士看完報靶，冷嘲熱諷：「嘿，妳眞會打！38環，打了個38婦女節。」

難免掃興。連回營的路程，都更漫長？從靶場到營房，往日一刻鐘的路，今天用了半小時。中途還停了一次，讓大家稍息。作風剽悍的指導員召集三個區隊長，一旁小聲議論，區隊長的表情一個驚訝一個憤慨一個木然。難道要譴責那些打靶成績40環以下的敗兵？隊伍裡，一些超過40環的光榮戰士，還在興奮地議論剛才的成績，彷彿那些子彈眞擊中了敵人，包括45環的凡阿玲，竟也面露豪邁。胡琴一言不發，沮喪，饑餓難當，開始在想像中為自己畫一盤紅燒肉吃，伸腰《許三觀賣血記》那樣，五香肉味開始一波一波升騰，散開虛擬的暖意。

隊伍終於在營房前停住，沒有像平時喊「一二三四」，宣布「解散」。山歌嗓的二區隊長大聲喊「稍息」，「立正」，「下面請中隊長講話！」嗓音裡有不同於平時的昂揚成分。那種被什麼新鮮事刺激了才會有的，非同尋常的昂揚。

北大軍訓新生分成兩股，一股理科，一股文科。胡琴所在的這股是理科生；心理系文理兼收，凡阿玲編在理科生這股。文科生在另一個中原城市的陸軍學院軍訓。兩邊進程基本相同，但人員構成不同。理科生悶騷、理性、勤奮。文科生明騷、活躍、懶散。在秋天的葉子徹底被風掠光之前，文科生也開始打靶。他們也為了打靶特地進行了一場「動員大會」，大會上，也強調了射擊技術的重要性，軍隊紀律要經得起考驗，做好刻苦練習射擊的心理準備……就在今天，這群明騷、活躍、懶散的文科生的一支男生中隊，在另一中原城市進行最後的打靶考試。本來每人應該五發子彈射向前方的靶心，但一男生的靶上只有四個洞，得了40環，靶場上他以飛快的速度旋轉手中那把舊式的衝鋒槍，將剩下的一發子彈對準了自己。

也許是衝鋒槍桿過長，也許是男生在扣動扳機時突然想起了心愛的姑娘意亂情迷，也許是身後那位看守打靶的河北籍小戰士反應敏捷，迅速將他踢趴……最終，那發子彈射向虛無之處，未傷一發一毫，留下中原曠野裡的聲音，又響亮又孤獨。

4

聽完中隊長訓話，久乏刺激的隊伍騷動起來。所有人都開始想知道這男生究竟是誰。中隊長厲聲報出了那位肇事並立即被處分的男生的名字和系別——「秦瑟，圖書管理系」。來自哪裡——「廣西」。

喪氣38環的胡琴側過臉去，對得意45環的凡阿玲說：嘿，妳老鄉哎。

凡阿玲沒理她，臉上有一刻凝滯，一顆石子扔進河裡掀起一圈波紋。

兩天後，胡琴才知道，凡阿玲也在寫信，寫信時無奈、深情地懷念著一些人和事，又斷然拒絕另外一些人和思念。凡阿玲一言不發，直到再無法一人承受祕密的重負。

「上週寫的信，徹底拒絕了他。長痛不如短痛。是我複讀時的同桌，他寫一手好詩，會彈吉他，嗓子不錯，不是純的那種，聽起來成分豐富複雜。難得數學也好。我可憐的立體幾何和解析幾何，都是托他的福。與其說是我補習，不如說是他幫我一起補習。他眞花在自己複習上的時間，加起來不到兩個月。他把另外的十個月給了我，所以這麼說，我複讀一年，有了二十二個月……他見我報中文系，也報中文。結果兩個人分數都差那麼一點兒，一個服從分配，調到心理系，一個調到了圖書館系。心理系跟著理科生軍訓，館兒系跟著文科生……但這是愛情嗎？應該不算是吧。是一個瘸子和一個瞎子攙扶的感覺——在高考大難前，妳知道的，一個瘸子就會和一個瞎子攙在一起。我信裡寫的就是這個。得說明白，讓他不要再等，不要再抱希望。信尾用了剛讀到的一句，米蘭昆德拉不也說嗎？愛情不是非此不可，而是別樣也行。

「但這話，想想也挺違心。可能，大多用在失戀後的解嘲。我卻用它來寫分手信，不夠意思。我眞愛過的是阿龍，龍老師，那個歷史老師。上高三，背著書包跟他在公園裡牽手，甜蜜吻過，怕人看見，又飛快挪開……阿龍懷才不遇，惦記著考研。考上了戲劇學院，去上海。我複讀第一年還是沒考上，再讀一年，又到了這兒。這什麼地兒呀？河南信陽。越來越遠。現在，阿龍留了長髮，鬍鬚，大熱天穿雙高幫皮靴，有時話裡夾著英文，聽上去像一堆花生米中夾著幾粒腰果……要說愛情不是非此不可，而是別樣也行。其實，眞不是。我眞愛的是龍老師。」

胡琴愕然。這麼貧乏的生活中居然發生了這麼一件愈顯偉大的事件。有些激動，有些冒險。喉嚨搔癢，找不出一句話來安慰凡阿玲，只是陪她在週末夜晚的黑暗中坐著。這是週五的自修晚，胡琴軍訓生活中鍾愛的時間之一。與平時不同，能拎著隊裡統一發的黑色上課包，自己踱步走出營房，不用列隊，直接走去圖書館。耳機裡是齊秦〈紀念日〉，「別問我最後要向何處走，我不在乎讓一些感覺停留，別問我我要爲青春付出什麼，從現在直到日月不再交錯」。每逢此晚，她可以自由地在圖書館的書架間踱步，目光掠過書脊樑，一格一格頓挫，慢慢等待錯覺生成：自己坐擁此城，世事俱忘。圖書館乃穿梭時間之門。書架間自由如燕，幻想漫天，讀書讓胡琴忘了那些投射在身上的目光、束縛、紀律……精神飛到別處。

而此夜惟有兩隻上課用的黑色手提包，攤在圖書館後的台階上。不遠處，圖書館某張課桌上，有凡阿玲用鉛筆抄下的〈不繫之舟〉。眼前這世界，邊界開始延展，朝向更深更遠，遼闊的，深幽的，危險的，可知的混合著不可知的去處，在年輕的眼中竟更壯美迷人。

「靶場事件」在這所學校中的一千多號軍訓生中掀起的波瀾，循著這世間每個事件的軌跡，能量衰減，漸漸成爲漣漪。廣西的「館兒」系男生，據說被送回老家。花樣年華，男生爲情自殤，爲愛扣動扳機……在被忘卻之前，人群中流傳著這出故事的各種版本。故事有時蕩漾著瓊瑤小說一樣的抹淚動情和單薄，有時又帶著一股如捲起軍裝褲管的崔健式的衝擊力，挾裹著荷爾蒙的粗壯和迸發。具體風格，看轉述者和評述者的自我寄託，看轉述者和評述者的風格。民間傳說還曾猜測究竟是位什麼樣的女主角，釀成這起事故。她一定「手如柔荑，膚如凝脂，領如蝤蠐，齒如瓠犀，螓首蛾眉，巧笑倩兮，美目盼兮」……這些詞是軍校語文課上剛學的，不少人都背了下來，男生用來寫情書，女生用來鞭策自己少吃玉帶豆或大肉捲。

凡阿玲的眼神，有段時間飄忽不定，像蒙上薄霧的冬日天氣，像胡琴在九月第一天的人群中第一次看見她。除了胡琴，沒人知道廣西的「館兒」系男生會爲整套翠綠軍裝下的這個小板寸、單眼皮、胸部A杯、瘦而黑的女生意亂情迷。每當行進在強大佇列裡，異常孤單湧來，胡琴對旁邊的凡阿玲，就多一份無言的情誼。強大佇列裡，一個行進著的祕密，一個只有兩人情知意會的祕密。

5

除了週五的圖書館自修晚，胡琴還鍾愛軍訓中的兩個時間。不復九月裡度日如年，時間魔力般翻轉黑白，或潛入內心。你可以不只是物理性地去理解正規時鐘上的時針、分針和秒針。你還可以去觀想一只變形的時鐘，像達利那幅著名的顯擺的畫一樣，時間有著三維可塑形的曲線，讓詩意膨脹，強壯到足以超越物理意義。在客觀存在之上，刷一層更濃的心理情境。

之一是值班。胡琴和凡阿玲結對值班。十點，睡覺號吹響，宿舍樓眾人傻睡。透過窗玻璃，三個區隊長依次嫋嫋地送男軍官們出中隊樓門，笑聲如鈴，灑在樓前一排黑暗中。夜越來越深，氣氛變了，白天沉默的聲音此刻響亮。世界重新構造。頭重腳輕，半夢半醒，不知不覺間鬼祟而神秘，胡琴手捧一本《鄭愁予詩選》。黎明前是黑夜，先食桑後吐絲，先成繭後化蝶。不是說嗎，「只有天黑之後，密涅瓦的貓頭鷹才會起飛。」

後半夜，電話來自男生隊，一位自稱北大物理系的24中隊男生打來，寒暄幾句後問接電話的胡琴，有什麼愛好。從台灣新詩、紀弦〈狼之獨步〉、齊秦，一氣聊到粵語歌，BEYOND、白風琴。他在電話那頭唸紀弦〈狼之獨步〉：「我乃曠野裡獨來獨往的一匹狼/不是先知，沒有半個字的歎息/而恒以數聲淒厲已極之長嘷/搖撼彼空無一物之天地/使天地戰慄如同發了瘧疾……」將要學醫的胡琴最喜歡這句「使天地戰慄如同發了瘧疾」，因爲提到了疾病，預感遭遇知音的激動。

「向妳隆重推薦BEYOND的專輯。我操，特棒！」男生又說。

「你們嘴裡老說的我操，指什麼？罵人嗎？在南方沒聽人這麼說。罵人最狠的是，son of a bitch翻成中文那個。」

「本來指F-U-C-K吧，嘿，現在衍生得沒什麼實質了，物理學上講。成了一個感歎詞，表示強烈語氣。我們常用。說正經的，推薦妳聽BEYOND！白風琴！我這有兩盒複製的，送妳！」他手邊一定複製了一打磁帶，準備隨時送給接上暗號的女生隊。

淩晨五點，是「燈光與黎明」之間的五點鐘。牆角沉默多日的槍，開始起作用了吧，深睡多日的荷爾蒙開始衝向峰值了吧。一套軍裝加軍帽出現在胡琴眼前。

這位來自天津的物理男生，眞不像北方人，一米七，瘦削乾癟，巴掌大小的臉上倒是目光炯炯。接過索尼的翻錄磁帶，兩人警惕看四周，飛快分開。

進屋，凡阿玲那單眼皮眼睛裡，全是對眼前俗男女的高清度掃描。胡琴揚一揚手中的磁帶，再張開一隻手掌：「一米七，枯瘦幹小，臉有我巴掌這麼大。」

「心靈美也行。不過，那男孩說的是，粵語歌好聽，粵語有古韻，多聽上癮。白風琴的很不錯！」地處廣西的凡阿玲，對粵語沒隔閡。

「粵語聽不懂。白風琴誰呀，這麼勾人？」

「絕對。她身上有種氣質。我數學不好，但學了質數以後，我強烈認爲那是一種質數氣質。又好像雌雄同體，蠱惑人心。」

「質數？雌雄同體？這說法，夠特別。」

「品種稀有。人世罕見。祖籍也是我們廣西，一樣的胸部A杯。不羈，陰柔，大無畏，沉厚……全在她一人身上。傳奇人物，是可以這樣質數的，也是我們永遠達不到的。」

……

胡侃。狂噴。激賞質數，勝過合數，勝過「1既不是質數，也不是合數」。激賞雌雄同體，勝過純雄純雌傻生物性。昏天黑地。黎明別走。再過片刻，起床號該吹響了。正經的一天又開始。

之二是週末申請上街。上街名額，每班兩個。星期四開始申請、競爭、交換。週末早上九點集合，齊步走出校門後分散。下午四點前歸隊，消掉上街記錄。過時不歸，半年內不能再上街。規定上說，身在街道，仍是軍隊一員，必須遵守軍容風紀。嚴整軍容儀表，也是一種治軍手段。傳聞在大街小巷，散落著數位便衣軍官，專門糾察軍容風紀。那些逛街熱得不行而解開風紀釦的主兒，無一例外被便衣抓住。

第一回上街，按事先研究好的地圖，兩人計畫將信陽的三家大小新華書店悉數逛盡。胡琴買了一本張愛玲和打半折的詩集，凡阿玲買了一盤白風琴的磁帶，又侃「質數氣質」。中間，一人吃了一張有餡的油餅，咬出縱截面，飄出溫暖韭菜味，讓胡琴想起小時候吃的那張類似的油餅。逛最後一家書店，胡琴順著興致，起勁地想念家裡的醪醩湯圓、糯米大燒賣。凡阿玲說，「別這山望著那山了，我還想念桂林米粉呢，尤其是滷味粉，能吃四兩。」

「牛呀妳，四兩！」四兩，怎麼這麼熟？胡琴猛一激靈，四點該歸隊。抬腕看錶，三點半。

「跑！」

兩人對視一秒，旋即撒開腿。軍訓以來，第一次跑得這麼渾然忘我，心裡一直在哼李宗盛的〈和時間賽跑〉。不是按字母順序背整本朗文字典，不是嚴格要求自己火線入黨，也不是規劃進了北大兩年拿下托福GRE考完「鐵人三項」第三年出國……再簡單不過，就是在四點前趕到那個山歌嗓區隊長跟前，不致被扼殺今後的自由。

風紀釦先解了，後來綠軍裝外套的鈕釦悉數打開，滿頭生汗，喉嚨生煙。人在逃跑時，就會忘了體面、風貌這些形而上的東西。巨大壓力壓榨下，還能體會到瞬間忘了小我和皮囊的快樂，腦中空白，靈魂出竅，生理感受該比雲雨交歡的高潮。幸虧傳說中的便衣軍官沒出現。到「山歌嗓」面前，三點五十八分！兩人面色蒼白，倒了好幾口氣才說出「十班的胡琴、凡阿玲！」「山歌嗓」瞄了一眼她倆，像小刀子割，嘴裡嘟囔：「奇了怪了，這破地方就那麼值得逛？」

第二回出門，事先說好讓胡琴掐錶，因爲胡琴高考數學滿分，可推論對數字更敏感。胡琴的廉價電子錶，還能在下午三點提醒，這次應萬無一失。週五晚，兩人拎著黑色皮革包去圖書館自修，凡阿玲拉胡琴坐在老地方圖書館後門的台階，核計第二天出門計畫。凡阿玲問：「新生報到時，帶秋天的便衣了嗎？」

胡琴想了想，雖說報到通知書上說在軍校統一著裝，不必帶便衣，行李箱裡應該有件米色風衣，一條有褲縫線的長褲。長褲是臨行前媽媽硬塞的，那刀鋒一樣的褲縫線太土了，爲此還在走前和媽槓起來，媽直堅持說那叫做工好。

凡阿玲建議：「今晚申請開行李房，拿出來，明天出門塞軍挎裡。」

「妳是說出大門了換便裝？」

「這樣就不用注意軍容風紀了，不用提防便衣糾察了，還能臭美一下。天天穿這套綠皮，大家都一樣，沒勁。」

「好玩！」

「有更好玩的。」

「什麼?」

「阿龍明早到信陽，來看我。」

「他要來?眞沉得住氣。」

「中午收電報才知道。上面就說明天幾點坐哪趟火車到，月台見。他們文藝青年做事，都這樣。」

「我，一起見他?」

「是，信裡跟他說起過妳，再說隊裡規定了，出門必須兩個人同行，中間不得分開。」

「當電燈泡我受不了。我中間閃開一段。一起中飯，然後分開，走時集合。」

「我也這麼想。」凡阿玲心滿意足。

6

一間有四張桌的簡易飯館，在新華書店旁的一條街上，這裡距火車站五站地。這是目前爲止，胡琴與凡阿玲對這城市的瞭解所能達到的極限了。

阿龍出來已第十天，一路走一路玩。下一站去雞公山，說那裡「青分楚豫，氣壓嵩衡」。他不是一個人，同行的還有阿龍的下鋪兄弟，一個也留長髮的北京男生。兩人背著巨大背包，尼龍布的，很多繩子和口袋，裡面吃喝拉撒一應俱全。在胡琴看來，像把行李箱換了個方向，不是拉杆，而是揹在了背上。他倆出火車時，像是兩隻行走著的巨大行李箱。只是每個巨大行李箱下面，有一桿槍。孔武有力，挑戰著這邊假裝沉睡的欲望。

凡阿玲有些驚訝，見阿龍不是一個人。但很快回復平靜，根號一、開和不開一個樣的小眼睛，掩飾著波瀾。那些不再明白書寫的愛情，在有閒工夫的小男女之間，就是這些把戲的來回博弈。看見凡阿玲，阿龍第一句話是：「妳胖了！」接著問：「沒穿軍裝?!我以爲妳會用標準的立正和軍禮迎接我呢！」是調侃是嘲諷，說不好，胡琴聽著有些急。

凡阿玲一件紅毛衣，火一樣地在人群中燒，軍訓以來她胖了十五斤，本來過於瘦黑的她豐潤起來。胡琴穿著米色風衣、褲線如刀鋒的長褲，走前靈機一動，往軍挎裡塞了一塊綠色絲巾，這才多少挽救、並改寫了全身氣質。只是兩人身上的「爲人民服務」軍挎，胎記一樣，暴露了難以掩藏的眞實身分。

「來軍校後，頭一次做回正常老百姓。」凡阿玲解釋，頭一甩，其實沒什麼頭髮。

千頭萬緒先甩一旁，她利索指揮眾人上了公共汽車，去往小飯館。

菜是阿龍點的，一把拿過一篇紙的菜單，有力決斷，說他請客，得意地吹前段時間和北京男生一起，給人當槍手寫了個劇本，講一個突然發了財的中年男人看不上糟糠妻有了年輕外遇的三角故事。

現在外面特別流行看這樣的題材，將AB線段搞成三角形。一人得了五百塊錢稿費，兩人發了財，決定出來旅遊。這是九○年代初。最後一個十年，總該以某種癲狂失眞的步調去向新世紀。

「旅遊？背著那麼沉的行李箱大小的包？」胡琴看他倆的背包。

「這叫背包族，Backpacker，歐美早就流行了，我們這剛開始興這個。我們搞藝術的都開始玩這個。盡量徒步，盡量少去著名人爲景點，不買門票，盡量少花錢，用自己的一雙腳丈量大地。這叫——回到旅行的本質。不少搞藝術的，都想去西藏，到那兒，離本質更近了。」阿龍說。

「旅行的本質？用得著那麼遠嗎，還揹個倒掛的巨大行李箱？自己踩著自己的腳。哈，那我和凡阿玲兩倆人週末上街，手裡捏一地圖，走大街串小巷，不坐公共汽車，是不是也算用自己的一雙腳丈量大地，信陽大地也算大地吧？」胡琴有意把氣氛搞輕鬆，手法卻力不從心。

「妳們不算，自己根本沒有選擇的自由，也沒眞正接觸自然界，充其量接觸的是從農村往城市化的城鄉結合。」喝了一口僞劣信陽毛尖茶，阿龍甩一下長頭髮，「沒自由，就什麼都不算！」

一直沉默的凡阿玲換了話題：「講講你們戲劇學院的都怎麼過吧。我們這確實不算大學生活。」

阿龍說：「上課、戀愛、接活，同步進行，有的寫本子，有的演配角，有的拍廣告，有的排話劇。老師縱橫古今，學生沒上沒下，校園裡見面就嘴皮子掐架，比誰讀的文史哲多，誰能雄辯，誰滿腹經綸。學校管得像用舊了的鬆緊帶一樣，自由！大有民國時期的大學風範！哪像你們這，出學校大門，找個沒人的角落偷偷換衣服，回去之前再找個角落偷偷換回軍裝。男生一個大隊，女生一個大隊……都什麼事兒呀，這哪是眞正的大學生活呀！味道，整個不對。我認爲，一所大學裡最寶貴的是——freedom！而你們恰恰沒有的就是這個——freedom！」又甩一下頭髮。

北京男生看著，兩女生，眼露慈悲找話說：「平時聽什麼，音樂？我們那，好多聽搖滾樂的，國外的磁帶，各種風格，稀奇古怪都有，以前都沒聽過！國內現在最火的，數北京的一樂隊，叫黑豹。」

「聽過，一個天津男生給我的翻錄磁帶。人潮人海中有你有我，相遇相識相互琢磨，人潮人海中是你是我，裝做正派面帶笑容……」念著這歌詞，胡琴煞車，像說眼前的阿龍和凡阿玲。

北京男生又轉問凡阿玲，「妳喜歡聽誰？」

「粵語歌，白風琴。」凡阿玲答。

阿龍這才注意到一直沉默的凡阿玲：「廣西中學生，那時候都時興聽白風琴。依我看，數〈似水流年〉最耐聽——浩瀚煙波裡，我懷念懷念往年，外貌早改變，處境都變，情懷未變，留下只有思念，一串串永遠纏……」他哼起粵語來，看上去興致高昂。此時唱不如不唱，雖然胡琴不怎麼聽得懂。

他又說：「阿玲，我考戲劇學院的研究生，眞考對了！很對我的路子，能感覺到inspiration，靈感，很多，很多靈感湧出來。」

胡琴揣摩眼前情勢，也許，凡阿玲並不需要自己吃完飯後走開。這時凡阿玲提議：「不如吃完後，我倆帶你們一起去人民公園坐會兒。」又自我解嘲：「這兒，其實，也沒什麼好玩的。我們，也不太熟。第二回出軍校門。」她拉緊胡琴的手，手心沁汗，準備起身。

公園，當年凡阿玲和教歷史的龍老師牽手、接吻的公園。彷彿自己就是設身處地的兩個主角，焦急之後更多的惆悵像水面枯葉泛出來，胡琴忍不住想：如果不是在眼前這城市，如果不是不自由身，也許凡阿玲就可以穿著裙子和阿龍親熱一整天一整夜了，肯定會發生些什麼，男男女女本來就該發生些什麼。她似乎才明白《傾城之戀》講什麼，是外力，強大的外力能成事也能敗事。再關切地瞟一眼凡阿玲，那張瘦黑的臉，又回復平靜，像眼前公園的秋天湖面了。

7

如果僅僅因爲拒絕「館兒系」男生，就期望眼前的阿龍能重回高三時光，回到去上海前在車站與凡阿玲緊緊相擁，這種對等交換的公式，天地間從沒有哪一種力量可以幫助設定。時間是一架一往無前的機器，它碾過的軌跡，頂多說明它經過。在未來能否複製，全是未知。〈似水流年〉：浩瀚煙波裡，我懷念懷念往年，外貌早改變，處境都變，情懷未變，留下只有思念，一串串永遠纏……應和眼前。

胡琴的電子錶準時響了起來，下午三點！人民公園小湖裡一艘藍漆斑駁的木船靠岸，兩位軍訓女生起身，告別阿龍和北京男，其時他倆正在爲第二天的旅行計畫熱鬧地爭執著。場面寥落，凡阿玲冷靜。胡琴有點揪心，著急，想做點什麼卻無能爲力。找了公園一個角落，兩人換回軍裝，整整軍裝的衣領和衣角，一路無言，走向陸軍學院。

走向熟悉的生活。因爲熟悉，竟變得理所當然地正常起來。飄起了雨，打在換回了軍裝的身上，激起寒氣。要說外面的世界多繁雜多生動而誘人，但眼前，不到二十歲的她倆，最該待的好像還是那所塡滿綠色的學校。回到那裡，回到人們認爲她倆眼下最「應該」待的地方，回到這世界給她倆計畫好的地方，回到一身綠色並無二致的人群裡。不錯，是失去了些什麼，但那裡，起碼還有一個屬於自己的坑。起碼你不在時，會有區隊長、組織、紀律、學校來找你，教訓你，規範你，也算是在乎你。給你吃，給你消磨時間的課程、訓話、吃飯、埋怨……一切順理成章。是不自由，但那裡大家都一個樣，一個品種。只要有一致性，就沒有比較，就可以不用忍受阿龍「backpacker」「freedom」「inspiration」三大論調的刺激。

清冷日光燈下，十班眾人坐在宿舍大房間裡自修，偶爾有人咳嗽一聲，空寂的大房間裡都有回聲。翻出第一回上街買的半價詩集，讀到周夢蝶〈逍遙遊〉，胡琴一天淤積的感慨全對上了眼前這幾行：

從冷冷的北溟來

我底長背與長爪
猶滯留著昨夜的濡濕；
夢終有醒時——
陰霾撥開，是百尺雷嘯。

昨日已沉陷了，
甚至鮫人底雪淚也滴乾了；
飛躍啊，我心在高寒
高寒是大化底眼神
我是那眼神沒遮攔的一瞬。

不是追尋，必須追尋
不是超越，必須超越——
雲倦了，有風扶著
風倦了，有海托著
海倦了呢？堤倦了呢？
…………

在一張陸軍學院抬頭的信紙上，用鋼筆工整地一行一行抄下這些，每個字都認眞灌注著想勸慰凡阿玲的企圖。抄完疊起，遞給同屋正看周作人吃「大白兔」奶糖的凡阿玲，她表情平靜得像白日公園的秋天湖面。展開一看，她小眼睛一斜，小聲揶揄說：「這是什麼文藝腔的行爲呢？我是蒸不爛、煮不熟、捶不扁、砸不碎……後面什麼來著，背不出來了……的，一粒銅豌豆。」

「炒不爆、燒不糊、響噹噹的一粒銅豌豆。德性，妳，還銅豌豆呢。」胡琴想擠出笑，反倒眼眶一熱。

十班長從區隊長那裡開完會，夾著筆記本進屋，一副標準婦女幹部的模樣。她臉色略有尷尬，對凡阿玲說：「去區隊長那兒，找妳。」

第二天中國革命史課，講毛澤東在陝北的三戰三捷，一九四七年三月下旬到五月初，青化砭、羊馬河、蟠龍鎭三場戰役打完，消滅國民黨軍胡宗南的一萬餘人，穩定了陝北戰局。課間，凡阿玲說：「猜區隊長找我談話說什麼？」

「出門換便衣的事被發現了？」

「沒那麼千里眼。她思維很怪，可能是小時候在老家濰坊放風箏放多了。說我剛來軍訓時是個乖學生，很上進。和妳經常在一起後，她認爲深受妳的壞影響，我退步了，退步很明顯。」

「暗地裡，她觀察這個？」

「她說，胡琴本來是十三個備選幹部名單中的，軍訓來了兩星期，就被軍官們否了，那樣子哪能當小領導呀。甚至上回咱倆上街回隊差點遲到的事，山歌嗓也跟她說了。她認爲是妳拉了我後腿。這回，該妳銅豌豆了。」

「典型的不完全歸納法。不少女人的思維，容易走上這條路。妳打算和我劃清界限？沒事，我正準備學習做一粒銅豌豆。」胡琴氣得笑了。

「眞的，區隊長希望我與妳劃清界限，鼓勵我，爭取軍訓結束時入黨。我跟她認眞說了，胡琴跟我是在軍訓中建立的友誼。她眞實，善良，聰明。在我失意時，她抄好多行的詩，一筆一畫，送給我勵志。她文理兼備，高考數學是滿分。文筆好，筆頭有硬功夫，舉個例子，前幾天的事，她三千字的檢查半小時就流暢寫完，當眾念畢，眾人喝采。我有很多要向她學習。區隊長聽完，哼了一聲，難以掩蓋的失望，擠出一句：高分，高分，高分有什麼用，高分還低能呢，更別提那份三千字檢查了，她讀完還以爲多光榮呢！我一看不對勁，就說一定嚴格要求自己，與胡琴互幫互學。她這才稍微滿意地點頭，放我走。什麼居心呀，妳說區隊長？」

「她希望全是九班模範班那樣的吧，一水的乖，一水的瓜子臉，上進好學生。一個品種的，一致性。妳不也說，我眼裡有股讓往東偏向西的勁兒，這可能惹惱了她。可能惹惱的不只是她。」

8

讀賽珍珠《大地》曾激發胡琴的那一股原始勞作熱情，在這裡的人們身上，一樣能看到。她們並沒有多少人讀過《大地》，只是在一種簡單樸素、選擇稀少、勞動光榮的大環境中，對勞動產生了空前熱情。這樣的勞動有：整理內務，幫廚，餵豬，種樹，鋤草……等天氣越來越冷，就是踩著冰涼滲水的解放鞋，上街鏟雪，心裡想媽。

與農民不同的是，除了勞作熱情，這裡還有一種乾淨。一種以整齊、同一、物質近於貧瘠為特點的乾淨文化。這種乾淨，在另外一種美學體系裡，是紀律的存在，鬥志的昂揚，統一的行動，高度的戰鬥力。

有幾天，胡琴琢磨：為什麼區隊長要找凡阿玲談話。怎麼就看出來了胡琴的眼裡就有股讓往東偏往西的勁兒。琢磨這個，如同琢磨她為什麼遭遇「十三進十」的快速失敗，在沮喪之餘有一種思辨的快感，這比單純的思辨快感要成分豐富。在眼前的生活中，也算是美妙的享受。

想起來，之前的星期三，上午各大隊集合，去禮堂聽北大來的校長講話。講話很長，整整一上午。校長講話前，有五位高矮不一、胖瘦不同的軍校領導，分別進行了全面且概括的鋪墊式講話，彼此重複交叉，你絆我搶。如同每次禮堂開大會一樣，胡琴保持端坐軍姿，腦子裡開始放電影，回憶自己的這十七年。她發現這是一個消磨時間的絕好方式。一開始，她很低段位，大寫意式地花三個小時的開會時間就回憶完了十七年，基本是編年史的手法，每年大事記，沒有起伏跌宕，結果無外乎哪年小學畢業，哪年來月經，哪年暗戀「眼鏡」語文老師，哪年考高中第一名……一個人的最初十七年，原來這麼經不起概括。

要去大禮堂開的會很多，再接著開時，這樣的走馬觀花已不能滿足面前橫躺著的大段時間。畢竟，她只有一個十七年可以回憶。開始嘗試「小事大說」。比如暗戀「眼鏡」的起因——一首李清照的詞，主要是那首〈聲聲慢・尋尋覓覓〉，深幽意境，讓胡琴移情。第一次感覺到「眼鏡」對自己額外關注，是一節作文課，春天下午，窗外大片的油菜花盛開，「眼鏡」用溫良的低音，對全班朗誦胡琴的作文，題目叫〈我在時間機器裡穿梭〉。「眼鏡」的聲音包裹著胡琴的文字。一邊是欣賞，一邊是愛慕，多渾然一體的結合。坐在下面的胡琴甚至想到「靈與肉」——剛聽來的張賢亮小說名，渾身一哆嗦，田野的油菜花隨風飄搖，迎接蜜蜂。

那天上午，五位軍校領導與北大校長講話期間，胡琴在放這麼一部電影，一位高三女生在無聊而緊張的備考期間，漸漸喜歡上了她本來認爲木訥的中年數學老師。在晚自修的教室走廊裡，與數學老師談論人生存的意義究竟是追求密度還是長度，是燦爛燃燒還是平安度日，凡人一天是不是也可以過出一個月的感覺，高三備考這樣的度日如年是否日後回憶起來就像打個響指那麼輕佻。高三女生拿著一本自己奉爲經典的小哲學隨想書，送給數學老師，封面已磨破，上面寫著《人與永恆》。數學老師不無心思地說，妳還小，有些事放手是爲了珍惜更多。哦，這是什麼意思？數學老師說，長大了，去讀莊子。但這樣的切磋，很快就結束了，因爲強大的高考結束了，女生數學考了滿分，當之無愧的全省第一名。數學老師很開心，彷佛是用另外一種形式實現了交好的開心。畢業那天，女生坐在數學老師的自行車後座上，自行車是二八的，老舊得如同畢氏定理。到家門前，兩人只說了兩個字道別：再見……若干年後，胡琴看許鞍華的《男人四十》，與軍訓聽報告時的這部只存在於大腦裡的電影，還眞有幾分相似。

在她腦中放師生戀電影的期間，兩次被野蠻打斷。一次是各中隊之間的拉歌比賽，有意向北大校長展示一下軍訓成果。男生隊那邊的《社會主義好》，像巨大的浪一樣拍打過來，迫使胡琴不得不暫時停機。第二次是響徹大禮堂的笑聲，因爲北大校長說道：大學的功能，不僅僅在於知識，甚至根本不在於知識。比如，一個上完北大化學系的學生，畢業後可能只記得硫酸的分子式怎麼寫。全場大笑，笑聲裡各懷鬼胎。旁邊的凡阿玲輕聲嘀咕：妳看，教育，從來都是一心培養出時刻準備戴著白手套爲國捐獻的未來戰士，而不是獨立的人。

那天從大禮堂回來，中隊營房樓前氣氛異常，全體列隊訓話。開會期間，可能是被領導們的報告觸動了，中隊長想回來檢查一下軍訓成果。她率領一幫下屬，也就是指導員、三個區隊長殺回宿舍，突擊檢查了各班的內務衛生。結果胡琴所在的三區隊，扣分最多。那天早上八點吹哨集合去禮堂，眾人慌忙下樓。有的被子疊得像無錫豆泡。有的桌面上還放著一本書，書名更是讓人發笑，《汪國眞詩選》，假若是《資本論》性質倒會好些。有的鞋墊放在窗台上晾過夜，忘了收，鞋墊有些臭，上面是中國畫寫意式的腳汗印跡。最慘的是十一班，被扣的總分最多，管理內務衛生的副班長，首先被要求寫檢查。而忘了收中國畫鞋墊的、忘了收《汪國眞詩選》的、疊被子像豆泡的……也一併被要求。

「每份檢查三千字！明天中午之前交給我。」大禮堂回來集體訓話後，三區隊長很沒面子，板著「燒餅臉」，對眾犯罪份子說。三區隊長還將眾犯罪物件展覽在眾人面前，包括胡琴的那雙中國畫寫意式的腳汗印跡的鞋墊，看著不是罪證般的震懾，反倒是有些滑稽。

比鞋墊更滑稽的是胡琴聽完要寫檢查後的心情，她暗自竊喜。自十二歲時就練習十分鐘之內寫一千字短文，幼時打下的扎實基本功，雖開學兩星期後沒混上軍訓的宣傳委員，現在也算終於派上用場。她需要寫文章（管它什麼文章），需要讀者。所以，她才能令凡阿玲後來心悅誠服地對區隊長說「她高考數學是滿分，三千字的檢查半小時就能流暢寫完。我有很多要向她學習」。

先是陳述事實，爲什麼鞋墊會出現在窗台上，用去五百字。再是就鞋墊論鞋墊，從一雙沒有收回的鞋墊反映出的問題，由表及裡，剝洋蔥式，挖掘思想流弊，用去八百字。進而擴展引申，今天的一雙鞋墊，昨天前天的沒有疊好的被子……處處反映了自己有待提高的地方。明日如果上戰場，需要的是鐵一般的紀律。再聯想到整個軍訓的意義，是建立高度的集體主義、自我嚴格要求，與眾戰友建立一致性，鍛造戰無不勝的戰鬥力……統統這些，皆需融化在血液裡，進入紅細胞。這部分精彩，用去一千字。最後，提出今後的具體要求，用去七百字，關於生活和學習的林林總總，展望，甚至想到普世醫學院八年畢業後如何像林巧稚一樣，晚上有人拍門，就能立馬拎起接生箱，走進風月夜色中。如果能行，犧牲小我，咬咬牙，也像林大夫那樣不談戀愛不結婚。一生的身影，自省而慈悲，令無數讀傳記的普世後輩動容。

多年後，胡琴開始在公司上班，開始被更龐大的軍訓力量教導「客戶導向」。她那在二十層樓的格子間，桌子上散亂堆著文件和書，雖不整齊但創造了頗有靈感的氣氛，胡琴回想起這份三千字的檢查，仍歷歷在目。原來，在十七歲時的信陽，胡琴已朦朧地領悟了出來混的基本哲學：一份出色的檢查，一定是「客戶導向」的，緊密從區隊長期待的幾點出發，甚至要最後寫成的，要比客戶期待的還要好，給客戶帶來幾點不曾期待的驚喜。只是，同樣多年後的凡阿玲，對這些出來混的哲學已無甚興趣。她需要的是，在自己的問題面前混的基本哲學。

凡阿玲形容，星期三那晚趴在桌上奮筆疾書的胡琴，就像傳說中的西方大作家們，這時如果有僕人送飯過來打擾，肯定會抄起一把手槍，對僕人大喊：「出去！」「因爲半小時流出三千字，那速度肯定是碰到礁石就能飛濺浪花，一隻子彈飛出槍膛。」提到槍，胡琴想起了已被遣送回廣西的「館兒系」男生秦瑟，想起了走出火車站時背著兩隻巨大行李箱的另兩桿槍。不過，她沒用這個回擊凡阿玲。相反，過分大度地笑了笑，令準備接招的凡阿玲有些失去對手的空虛。

拿到胡琴的三千字檢查，三區隊長一定有驚豔的感覺，高度肯定，她說第一次在檢查裡居然能讀到「一致性」和「紅細胞」這樣的詞，情眞意切地出現在那裡。肯定的結果是要求胡琴在星期四晚上的整風集會上當眾第一個朗讀。三區甚至善意地開導胡琴：「要求妳當眾讀，不是說妳的錯誤最嚴重，是讓大家看看，一份優秀的檢查是怎麼寫的。」倉頡造字，天雨粟，鬼夜哭。一份由方正文字碼成的優秀檢查，讓人也變得善良起來，她竟怕當眾讀檢查讓胡琴自尊受挫。

用齊步走的簡約風格上台，停在強大列隊的前方，胡琴稍做停頓，調調話筒。在此之前，區隊長嚴格批評了這次突擊檢查中的本區隊表現，胡琴聽出來了，區隊長主要重複了自己檢查中的第三部分，也是胡琴認爲最精彩的部分。

三千字讀來很費時，但胡琴的語調始終平穩，沒有悔恨情緒的跌宕起伏，與整個氣氛不相稱的從容。人群裡不時傳來竊笑聲。讀到今後要求那一段，要學林巧稚晚上如有人拍門，就能立馬拎起接生箱時，有幾位實在忍不住，笑出了聲。在念到最後一句帶著大大感嘆號的展望「面迎風雨，做一棵革命的高山之樹」時，胡琴對著強大佇列展開一個表示完結的微笑，不露牙齒地微微謝幕。

第二位朗讀檢查的是錯誤最嚴重的十一班副班長，負責全班內務衛生，但她們班扣分最多。一本《汪國眞詩選》，兩床被子不符合要求，三只茶缸把，沒放成45度斜角……她走上去站定，打開檢查的一剎那，眼淚嘩嘩流了出來。唏噓念完一頁，大約四百個字時，泣不成聲，開始用軍裝袖子擦鼻涕和眼淚。三區隊長容她繼續哭了兩分鐘，可能認爲這動情的哭聲，本身就是一份再生動不過的檢查。

那天散會，有幾個人上來拍胡琴的肩膀，說要交換一下平日的創作小文或詩歌。在走廊裡，不時有人議論胡琴的三千字手法，以及與副班長形成鮮明對比的表情。這次讀檢查，竟讓所有人都認識了胡琴。

眾人回到宿舍，繼續過起平常日子。看著《新概念英語》，胡琴只覺睏意翻湧，趴在桌上打瞌睡。背上被人有力地拍了兩下，是標準婦女幹部架勢的十班長，塞給她一張紙條。紙條上寫：「親愛的戰友胡琴：不要哭！不要傷心！不幸是最好的一所大學──高爾基」。

胡琴實在忍不住，笑出來。對著班長，她有些殘忍地說著眞相：「《新概念英語》編得太差，看著沒勁，我趴在這兒打個瞌睡。不是在哭。其實我還算堅強，比十一班副班長要堅強。」

十班長的臉上尷尬凝聚，成了一隻發育不全的紫茄子。但畢竟是正宗婦女幹部，她隨即說：「好心，怕妳傷心，那就共勉吧！我很喜歡高爾基這句話。」胡琴沒糾正她，這話不是高爾基說的，是同一國家的別林斯基說的。不能把所有給勁的話都算在高爾基頭上，這對別的基們眞不公平。

9

把一樁本來嚴肅正經的事情，搞得越來越滑稽。那晚讀檢查的表情太平靜了，不具表演性質。讀完檢查引起的眾人反應，也沒達到區隊長期望的一場教育，反倒更像一場文學青年們交好的詩歌朗誦會。舉著「不幸是一所最好的大學」紙條的十班長，一定也因爲好心無報而覺得懊惱，越反芻越懊惱。

前後串起來，沮喪之餘的思辨快感帶來豐富體驗，享受完之後就扔一旁了。有比這更重要的，胡琴更關心凡阿玲和龍老師見面後的心情。她猜，凡阿玲多少會傷心的。但看上去竟像什麼都沒發生。

寫檢查的特長再次發揮，竟就在一星期後。按照排班表，凡阿玲排在週四餵豬。本來那天胡琴應和凡阿玲一起去，但一位應去伙房幫廚的四班女生，懇求與胡琴對換，說她特別喜歡餵豬。後來才知道，四班女生堅持每週去餵兩天豬，和中隊裡管餵豬的山東籍小戰士，產生了起先朦朧進而熾熱的感情。排班餵豬的兩人應在下午兩點出發，一起到中隊食堂找小山東。但凡阿玲說有事晚點去。四班女生急不可捺，先行一步。等到下午五點餵豬歸來，還不見凡阿玲蹤影。四班女生和小山東求之不得廝守在一起，也不想告狀，偏偏在回廚房時被中隊長撞見，問排班應該兩人餵豬，另外一個人呢？找回宿舍，發現凡阿玲正趴在桌上寫信。信是寫給阿龍的。

再一次，「燒餅臉」區隊長惱怒，對凡阿玲施酷刑：寫檢查，三千字！在心裡，暗暗給眼前這個看上去黑瘦溫順的廣西女生，也打了個否定的大紅叉。「原來和胡琴一路子的，這些天之驕子，太需要送過來，徹底改造了。一年，都太短！」

凡阿玲央求胡琴幫忙，手中拿著家裡寄來的上海「大白兔」奶糖。那是軍訓女生零食中的極品。剝開「大白兔」糖紙，奶糖在舌間緩慢挑動，不錯過一絲一毫牛奶的香味，胡琴心滿意足，爽快答應：週五晚，圖書館自修時交貨。老地方，圖書館後的台階。從凡阿玲與阿龍見面後，胡琴一直想爲她做點什麼。

圖書館後的台階，是這所偌大軍校中幾乎被人遺忘的角落。第一次是凡阿玲講秦瑟、阿龍的事，第二次是策劃穿便衣上街見阿龍，這回是交換三千字檢查。坐在台階上，胡琴很享受這種被世界遺忘的感覺，後來她到美國知道，這叫「Leave me alone!」

「給阿龍寫什麼呢？把餵豬這麼大的事兒都忘了。」胡琴小心地開玩笑，掩飾不住試探。

「中午收到他一封信，說回上海了，在信陽見到我很高興，還說他的下鋪，那個北京男生對我有好感。」

「哦？不鹹不淡。不過失A得B，也挺好。妳怎麼說？」

「我知道四班女生愛餵豬，本來也不想去當電燈泡，所以就在宿舍待著寫信了。其實吧，也沒寫幾個字。下午沒事翻到這句詩很喜歡：平衡把我變成一棵樹。順其自然吧。」凡阿玲答非所問。

「都順其自然了，信裡還寫什麼呢？妳心裡沒妳說的這麼坦然吧？那天跟妳出門見阿龍時，忍不住有個想法，假如不是在這裡，假如妳有自由，比如是在北京，也許妳就可以穿著裙子和阿龍過一整天一整夜了，你們倆肯定能發生點什麼。這個年紀。我眞希望，你們倆能發生點什麼。」

「還是現實點，面對此時此地吧。不過，妳想的也有可能，換個時間、換個地方的話。但誰讓我們在這兒呢？我和阿龍曾經那樣做過的，一整天一整夜，他要去上大學前一天。就在他的小平房裡。」

「驚人的文科生！」胡琴飛快調用想像力，腦裡先冒出來的是槍。

「大驚小怪啥，我眞不認爲，可以有愛情是不做愛的。妳第一次在水房裡抱怨懷才不遇，我開玩笑，懷才就像懷孕，時間長了就顯出來了。阿龍沒考研究生之前，教我們歷史那時也總說懷才不遇，我就這麼勸他。但後來沒告訴他，我把孩子打了。」

「妳？孩子？一直沒跟他說？」此外，胡琴還在心裡嘀咕，自己難道至今還沒經歷過眞正的愛情——按照凡阿玲的理論。

「沒有，也沒這個必要吧。『館兒系』男生陪我去的。那段時間家裡的事、自己的事都堆一起，腦子裡反倒空白一片，好多情緒現在想不起來了。我也不知道爲什麼就那麼鄭重地回絕『館兒系』男生，是不是確切地否定了什麼之後，我才更清楚自己在肯定什麼呢？尤其聽說他在靶場的事情後，很矛盾。上次見阿龍，在人民公園划船時，又想起靶場的那桿槍，當他把槍對準自己時，腦子一定也是空白一片吧。但前面總有美好的，在某個地方。我們還年輕，總得信一回吧。」

「試著這麼總結。原先A和B好。因爲高考，A和B分開。因爲高考，B和C在一起，但B不確定喜歡C，因爲心裡惦記A。」胡琴說，兩次「因爲高考」。

「如果不是軍訓，A本可能和B再好，但這不是在北京是在軍訓。如果不是軍訓，考上一個大學B也可能就和C好了，但軍訓把他倆分開了。」胡琴接著說，兩次「如果不是軍訓」。

「現在，都不是如果。B拒絕了C，C絕望，把槍對著自己斃了算。」數學滿分的胡琴，試圖展示概括才能，又補充：「這A、B、C，其實你我他都有可能。在此之外，一股特別強大的外力。」

高考語文被判不及格的胡琴，竟然企圖揭示某種意蘊。

「高分低能，想起燒餅臉區隊長說妳。」凡阿玲笑，哼唱「浩瀚煙波裡，我懷念懷念往年，外貌早改變，處境都變」……

餵豬檢查交上去了，「燒餅臉」區隊長非常滿意地讀著，文學水準有限使得她還不具備鑒別風格的來源。看到最後一句帶大感嘆號的展望句「面迎風雨，做一棵革命的高山之樹」時，停頓說，「有些熟！」

凡阿玲繃不住了，說：「上次聽胡琴讀檢查時讀到這最後一句，覺得精彩，也非常適合我。」區隊長「哼」了一聲，說：「不過，胡琴讀檢查時態度很不認眞，完全起了反作用，後果很嚴重，還是越少學她越妙！」至此，果眞驗證了胡琴的推斷。

餵豬事件在中隊裡沒有張揚，但影響了一些人。凡阿玲交了份三千字的檢查，代價是給胡琴一袋「大白兔」奶糖交換。代寫完檢查，胡琴長出一口氣，終於爲凡阿玲做了些什麼。中隊長單獨找四班女生談話，以後不允許超額度進行餵豬工作，注意影響，特別是作風影響，中隊長肯定聯想到了謝晉《女兒谷》中，女犯與男犯急不可捺地在豬圈旁的稻草堆裡幹那事。「燒餅臉」區隊長讀到那份洋洋灑灑、起初順意、最後卻以一句濃重胡琴風格收尾的檢查時，又激發起了打擊胡琴、分裂胡凡二人幫的想法。只是快放寒假了，等開學再找機會吧。

飄雪了。「前面有美好的，在某個地方」。還年輕的每個人，都在積攢耐心，漸漸發現它是一只地攤上的氣球，廉價，有韌勁。翻開一道道用筆劃過的日曆，離回家還有半個月，連中隊裡要求在外面飄雪的大冷天踢正步這樣的事情，民間也再無怨言。幾乎每位女生手中都有這樣的一小張日曆。那些傳說中家訓中「寶貴的光陰」，就這樣用筆一一否定了？誰讓度日如年的感覺，油漆一樣沾在心上呢。

半年眾人收穫頗多，隊裡平均每人增重十六斤。最多的那一位是三十斤。是老管凡阿玲無理由索要「大白兔」奶糖的十班長，正宗婦女幹部模樣的她，一定默念「不幸是一所最好的大學」，用奶糖、包子、紅薯、速食麵、玉帶豆……悉數應對壓力和空虛。三分之二強的人，收穫了英語單詞，按計畫背到了朗文字典或牛津字典的以N打頭的單詞，不禁讚自己NB，並讀完了《飄》、《咆嘯山莊》、《雙城記》這些英文影印小說，胃口強壯的，加讀了《查泰萊夫人的情人》或《北回歸線》，雖然這些加速荷爾蒙分泌，不利於內心安寧。三分之一的人，希望在軍訓下半學期入黨，津津有味研讀了部分流派的哲學，並參加大隊的馬列主義哲學知識競賽。

臨走那頓，中隊廚房格外善解人意，包子和肉捲，比往常多蒸了一籠，蒸籠的直徑是一米五。女生們用完餐，都不忘往軍裝口袋裡左右各塞一個，火車上吃。坐在靠門領導桌上的中隊長，一掃往日的嚴厲，看著眾人往肥大的軍裝口袋裡塞包子和肉捲，滿眼是慈愛。她心裡可能想，都不容易。往日她常堵在樓門口檢查哪個女生吃完晚飯私帶伙食，憤怒地發現常有一半女生在兩側軍裝口袋裡各塞一塊熱呼呼的紅薯。

回家，重新回到不需軍訓的其他百姓之中，不啻是一場文化休克，英語好的直接說Culture Shock，並加上，My God！

半年裡用上了新語言，「內務」「風紀」「動員」用得特別溜。用的是新動作，胡琴回家看見媽，第一個動作是「敬禮」，胡琴媽覺得這個動作很特別，讓胡琴見了熟人就先敬一個禮，接受敬禮的熟人，表情卻大多莫名其妙，看怪物一樣打量胡琴，這讓她自尊有些受傷。凡阿玲進家門第一個動作是脫鞋，然後將兩隻鞋對著扣起來，一隻對著另一隻扣，整個寒假進家門都是這個動作，直到有天穿的是高幫皮鞋，實在沒法扣了才醒過來，自己來到了社會上。因爲增重，每個人回家都是離開時走了形的版本。胡琴媽尤其不能接受，目光上下掃一遍從車站回來的胡琴，像看一個陌生胖妞，實在憋不住了說：「妳胖得不像樣了！」等胡琴回家捧起飯碗夾起紅燒肉時，坐在對面的媽又上下打量說：「不能再胖了！怎麼見人哪。」意思是妳不能再吃那麼多了。想起自己在中原一筆筆劃過的日曆，不就是爲了回家穿便裝、吃紅燒肉嗎？胡琴委屈，眼淚嘩嘩流，實在止不住，扔下飯碗和兩塊快到嘴的紅燒肉，關在房間裡對著一套軍校圖書館借的《卡拉馬助夫兄弟》，關了一整天，讀得如置身於俄羅斯大地般天寒地凍。到底，到底哪兒才是自己「應該」待的地方呢？後來，胡琴媽在門外大聲拍門，直道歉：「不知道自己說重了，不知道妳這孩子軍訓了自尊這麼強。」胡琴才憋著餓得實在不行的胃，開門吃肉。

最深刻的那一場文化休克，是寒假的老同學聚會，胡琴發現自己已被那個眞實的世界隔離、遺棄，甚至嘲弄。他們那些不需軍訓一年的傢伙，嘴裡描述的大學生活眞放蕩，談的是大學裡如何辦掃盲舞會，如何在跳三步時規劃好時間和步驟，泡妞或者貼男。如何大談戀愛，有的出色男生或是女生實在忙不過來，就同時應付著兩三個可能人選。最極端的是位考上清華機械系的滿臉麻子女生，驕傲地說她被奉爲系花，作爲班裡唯一的雌性，開學一個月，有十幾位男生遞過情書，兩位是高考狀元，其中一位彈著箱琴每晚在樓下放歌，歌聲裡有齊秦的神韻。有幾位當年被胡琴拉在旗下一起辦文學社的「青春痘」，吹的則是大學裡思想、言論如何自由，行動如何自由，租房子同居一夜五次司空見慣。一個男生吹噓，有天忙得不可開交，做完那事後，光著上身去廁所撒泡尿，後背人肉居然黏著一隻避孕套的小塑膠袋，好比錦旗一樣招搖。至於一人報名參加好幾個社團，那是常事——文學社、話劇社、吉他社，看的是《查拉圖斯特拉如是說》和羅蘭巴特……總算知道《查拉圖斯特拉如是說》，胡琴在高中就讀了，羅蘭巴特誰呀，這位就不熟了。那個曾在高三時陪胡琴回家、高考後擁抱別過的口吃男生，在人群裡默不作聲，悄悄對胡琴說：「妳，妳比原來豐滿了，眞，眞得減肥了。」胡琴剛爲「胖」和「吃」在家鬧了一場，聽著特別不順耳，瞪了他一眼，再也沒有與他擁抱告別的欲望。

最後是那位溫良的數學老師，看一直沒能插上話的胡琴說：「妳要不給大家演示一下怎麼軍校踢正步吧，看看軍訓一年的和他們這些只訓一個月的有什麼顯著差異。」眾人看著快要撐破紅色羽絨服的胡琴，齊聲笑了起來。胡琴站起來，說了兩個字道別「再見」，衝出聚會。

一日曾如一年，要說眼前這是自己曾一筆筆劃去日曆上的數字、希望回到的生活嗎？好像也不是，反倒不如再歸去。「前面有美好的，在某個地方」，正是十七歲反正還年輕，信它一回吧。

10

第二學期再來，綿長如百丈白布的生活裡，添了些新花樣。先是每天起床號一吹，眾人不漱不洗，帶著眼屎下樓，圍著大操場跑五圈，一圈一千米。每晚吃飯前，再五圈。這些是爲鍛鍊體能，迎接四月份的一個月拉鍊。鍛鍊的感覺太逼眞了，胡琴幾乎能感到脂肪細胞在一粒粒乾癟，能聽到小腿橫紋肌的肌纖維在生長的強壯咯吱聲。

每人發了一根綠色背包帶，練打包。念「布衾多年冷似鐵」，將那床半年沒見陽光的軍被，紮成「井」字，再將兩隻解放鞋扣在「井」字裡面，工作時胡琴想起史上曾具革新意義的井田制：「從此一直到周朝，皆是這井田的演繹，生產力繼續以高於經濟地域繼續擴大，而引起田畝單位的改變與邦國關係的移動。」新的競技在你我她之間展開：比打包的結實程度，比打包的速度。似乎，天下任何類似的競技總離不開兩個指標——又快又好，尤其是勞動密集型。也就產生了「勞動標兵」。

打包過關後，練緊急集合。開始是打招呼的緊急。晚飯結束，常常中隊長像想起某種消遣似的：「晚上九點緊急集合！」打著紅薯味的飽嗝，大家上床打包，花大把時間修剪背包邊緣，「井」字在一百瓦的日光燈下，三三分割，像用尺精確量過。九點吹哨時，眾人整齊地紮著腰帶、背著背包，優雅地出現在樓門前。中隊長門前巡視，眼神裡因爲沒有意外而一潭死水，揮手解散。「也一併揮去了我們所有勞作的意義，有空虛感。」胡琴開玩笑。凡阿玲撇嘴：「當好群眾演員，配合一下嘛。」

漸漸不打招呼了。突然樓道裡哨響，「山歌嗓」區隊長喊「緊急集合！」晚上九點半，踢了一天正步，腳只能黏在地上走。胡琴正琢磨《音樂天堂》雜誌中「披頭士」〈隨它去吧〉（Let it be）的歌詞，揣摩搖滾樂的初級意義。但顯然不能對崛起的響哨說「隨它去吧」。她想起正在衛生間如廁的凡阿玲，第一反應是通知戰友。凡阿玲懊惱地提起褲子，一臉不成功。洗漱間裡不少人正衣不蔽體地往宿舍裡衝，慌亂間，碰翻了隔壁的臉盆，水灑了一地。

一年又一年，就是這麼看一茬一茬軍訓生長大的。不打招呼的緊急集合有多狼狽，中隊長早有準備。胡琴和凡阿玲背著球一樣團起來的軍被下樓，本來期望是「井」字的背包帶，自己還原成了「一」字，幾乎快掉了下來。猛地撞見軍官領導們臉上淡然的表情，讓掐了〈隨他去吧〉的胡琴、如廁中途武斷收場的凡阿玲，有些懊喪。犧牲那麼多，好像什麼都沒有。但集體生活的力量在於，雖然最終結果沒有什麼，對那些犯了特殊的個人就會有無形的排序，施加了一種重壓和鞭策。比如，緊急集合時落在最後；比如，笑著唸完檢查。皆是集體一致性對不一致個體的無形懲罰。

一次不行兩次，再三次，不是有行爲學家研究嗎？建立一個新習慣，需要重複二十一次。緊急集合漸趨從容的胡琴想，這可能是軍訓背後的行爲學原理。有天，夜間八點，一聲哨響，平地春雷。是眞正類比實戰的緊急集合。不出十分鐘，揹著被子闖進夜色的胡琴，跟著強大的隊伍走出校門。隊伍摸上了一條田間小道，兩邊地裡種著油菜。她呼吸著田埂間入夜清新的空氣，竟有跟凡阿玲週末一起上街的感覺。她邊走邊看著天邊人爲製造的假炮光，竟開始在黑夜中串出英雄主義，如同行走在一大幅日月山川裡。帶頭的區隊長一聲命令「臥倒！」她就隨眾人趴在泥地上。因爲前後距離太近，她幾乎磕在了前面戰友的解放鞋上。她用舌頭舔著嘴裡的泥巴，覺得這種晚上才是眞正的緊張而充實，身在強大的集體中，既異常孤單，也有一種一起表演的美妙。這樣的經歷，眞可以再來它幾次。

只是「井」字包，在持續顚簸了兩小時後，終於散架。胡琴只能慌亂地將它包紮起來，直慶幸中隊長在樓前總結訓話時沒顧得上檢查每人的背部。那裡的世界，一片狼藉。這番折騰後已是晚上十二點多，胡琴拖著腳步上樓，回想著油菜地，饒有興致咂摸著嘴裡的泥土味兒。背後傳來響亮的一聲「哼」，回頭一看，頓時瓦解。三區隊長繃著燒餅臉，正對著胡琴散亂的背包仔細端詳。

「練十遍，每次限時一分鐘！我掐碼錶。」三區隊長勒令胡琴單獨留下，在走廊裡練習打背包。打到最後一遍時，胡琴鼻子一酸，眼淚模糊了背包的「井」字圖型。

「要是軍訓能留級，我選妳第一個，留級再訓一年！這樣吧，明天中午之前寫份檢查交給我，三千字！」奇怪，聽到這，胡琴眼淚反而乾了。她需要寫字，哪怕沒有讀者。

「妳當時都在想什麼？」凡阿玲同情地問。胡琴說，一開始想的是剛才趴在泥地上臥倒，像動物一樣用舌頭舔著嘴裡的泥巴，那感覺眞不錯，特別踏實，像讀賽珍珠的《大地》。到後來，思維奔逸開始想，在靶場扣動扳機的秦瑟腦子裡在想什麼，中原曠野中那聲音一定響亮而孤獨。她竟有類似的感覺，如果手邊也有桿槍。

三輛軍卡載著二十五中隊的三個區隊，加足馬力，追上前面已經開出的好幾十輛綠色大卡車，浩浩蕩蕩地離開了這個城市，去往前方更紅色的地界兒。傳說中的拉鍊開始了。四十來號人在軍卡後面齊刷刷坐著，頭頂上，一張綠色的篷布蒙住了天。起初大家很興奮，不久顛簸的山路，顯得睏意四起。燒餅臉區隊長竭盡所能，開始用並不豐富的文藝細胞調動氣氛。先起了個調唱〈打靶歸來〉，眾人唱「日落西山紅霞飛」時，才發現時間才早上十點，唱日落和紅霞，未免操之過急。她於是又起調〈華沙進行曲〉，自責調子稍微低沉了點。黔驢技窮到最後，她只能發出一聲感慨：「社會主義好」。眾人便唱〈社會主義好〉。這個，胡琴有感覺。那位值夜班勾搭上的天津物理男生，後來又送胡琴一盤索尼的翻錄磁帶，叫《紅色搖滾》，其中一個叫張楚的小瘦男人就翻唱了〈社會主義好〉。比翻錄的《紅色搖滾》更讓胡琴驚喜的是，天津男生在磁帶盒裡夾了幾張澡票，說自己畫畫一直不錯，「照著澡票的標準模子畫的，軍校澡堂裡絕對可以通行使用，試驗過了。祝妳多洗幾次澡，更英姿颯爽！」

合唱這種集體行爲，對音調偏低的胡琴來說，始終是折磨。偏偏軍校裡沒有獨唱，全是合唱。唯有合唱才能彰顯集體一致性，將個體的特殊性統統殺死。大多時候，胡琴的音域攀比不上眾人，到了高音只能變調，掉鍊子，好多次只能假唱「對口型」蒙混過關。凡阿玲分析，多半是胡琴年少變聲期，聽了首〈沉默是金〉的歌，或是讀了尼采的「誰終將聲震人間，必長久深自緘默」就迷信上了。

寡言少語。等終於開腔說話了，世界已經變了，聲帶已經寬了，世界已經不帶你玩了。但凡遇上合唱這樣的集體活動，只要一開口，你就被定義成了「非正常」。

「不過，妳唱白風琴應該可以，就是別齊豫。更別，郭蘭英了。」

「女中音唄。可妳看，也就軍校裡合唱最多了，慷慨高揚最多了，這兒的歌根本就沒有獨唱的女中音。」

「試試白風琴，我教妳〈似水流年〉，路上正好給我解悶兒。」

春暖花開這是四月。草長鶯飛難免動物性蠢蠢欲動。北大軍訓生集體出動一個月的拉鍊——沿著預先設計好的路線，一路的停靠點都與某場戰役或某個著名地下活動點有關，因而都叫紅色老區。與此相關的紅色故事，指導員之前動員會上花了一天才講完。在胡琴不太好使的歷史腦裡，它們攪和在了一起，但至少「紅色」和「革命」的主題，了然於胸。早在接到那張讓祖母發抖的軍校報到通知書，胡琴就大概齊明白了這兩主題詞，將在未來一年如影隨形。

合唱停了，燒餅臉區隊長有些累，人群開始自娛自樂。有人掏出口琴，怯怯地吹，見無人制止，開始放肆大聲。旋律從綠色的大篷車中輕揚出去，撞到山，掠過樹，融進滿撲的眞綠色。口琴又換了個爛熟的，〈愛上一個不回家的人〉。四十多號人跟著琴聲唱，除了跟不上高音的胡琴閉嘴無聲。三區隊長一開始閉著嘴哼哼，後來也唱，唱到「善變的眼神，緊閉的雙唇，何必再去苦苦強求，苦苦追問」，猛一激靈，覺得自己太大聲了，太投入了不符身分，立刻正色說：「大家收拾好，準備吃午飯。」

原來，拉鍊是這麼回事。是胡琴喜歡的第三個軍校時間——週末上街的加長版。凡阿玲笑她：「可惜在加長版的週末上街，有人嗓子不靈，不能一起唱流行歌。」

「看到一本正經的燒餅臉區隊長都唱『何必再去苦苦強求，苦苦追問』，即使自己唱不了，感覺也不錯！」

「依我看，是她善變的眼神，妳合唱時緊閉著雙唇，她又何必苦苦強求妳又紅又專，又何必苦苦追問我為什麼不和妳斷交。」拉鍊動員會那天，區隊長又找凡阿玲談話，說胡琴不求上進，沒有紀律，軍訓一年都太短，要凡阿玲拉鍊時一邊自我改造，一邊隨時揭發。口氣裡的嚴重，好像這一路上，胡琴會從偽裝的羊變成一隻狼。

「阿龍善變的眼神，妳緊閉的雙唇，『館兒系』何必苦苦強求，苦苦追問。」逗完凡阿玲，胡琴覺得好像不大妥。

但第一天坐綠色大篷車的凡阿玲心情不錯，嘴一撇：「這詞，怎麼能套人間百態呀，可見不特別，本質上跟合唱差不多。」

中午飯，是在一片林子裡席地解決。提前到達的炊事班戰士，已就著空地安了兩口大鍋，一口做菜，一口煮米飯。因為是木柴生火，米飯夾生。菜是番茄炒圓白菜，這是胡琴生平第一次看到這兩樣蔬菜可以擱在一起，你炒我，我炒你。得有多麼素，才會把這倆人擱一起呀。圓白菜沾上了番茄的紅顏色，番茄則讓圓白菜變得更加酸甜。多年後，胡琴在費城的中國城，對著眼前物質極大豐富的超市，差不多整整一年提不起食欲，每一種食品背後都再沒有那一顆鮮活的靈魂。她唯一能想起的是買棵圓白菜，兩只番茄，回家在鍋裡你炒我，我炒你。如果能在軍訓拉鍊途中的林子裡，支一口大鍋，和餓慌了的凡阿玲一起瘋狂搶食，那就更美味了。

美味不在於碗裡盛的是什麼，在於餓到極點，在於因資源有限爭搶起來，然後搶到一大堆。這時，數量勝出了品質，對數量的擁有帶來了品質級別的幸福感，具備飛躍性。想起小時候過端午節，一家圍坐在八仙桌旁，胡琴的額頭、四肢上被祖母塗上雄黃酒，說這樣一年不怕蛇蟲侵襲。端起飯碗的祖母就問胡琴：「世界上最好吃的是什麼?」胡琴機靈地應景：「粽子!」祖母搖頭，說：「是——餓!餓的時候什麼都好吃。」

吃完飯，繼續爬上大篷車。三區隊長講話，正色說：「今天是拉鍊第一天，以後要比這艱苦得多，基本全步行，最長一天要走30公里。有時一天只能吃一頓。做好準備!」

胡琴小聲讓吹口琴的戰友務必收好樂器，實在撐不住，聽聽琴聲也行。她自己的軍挎裡，帶了一台小收音機、一本張愛玲的書和一個筆記本。撐不住時，還能聽點音樂，看書，寫點字。凡阿玲的軍挎裡塞了一大包「大白兔」奶糖，三塊巧克力，一本沈從文，其他的就準備搶胡琴的收音機、張愛玲、筆記本。因爲天氣開始熱，凡阿玲一路上又總用手護著軍挎，那三塊巧克力已變成無定形了，她還是忍著不打開。「一定要用在咱倆最艱苦時，一天只吃一頓的歷史時刻。」她這麼說時，胡琴想起了張愛玲的好友炎櫻。到了溫度微降的晚上，三塊巧克力又只好湊合著重新凝聚。

夜宿新縣，一個破舊的民兵集訓地，圍牆的磚大概每隔一段就被人扒走幾塊，高高低低，像後來去北京看到的崇文門附近的老城牆，胡琴喜歡的老舊殘缺美。整個民兵基地只有三隻40瓦的燈泡，分布在三個大宿舍裡。晚上全中隊集合，在民兵操場席地坐下，聽中隊長訓話。在星光下，這樣的訓話都彰顯得浪漫。再一次強調了紀律，再一次昇華了拉鍊的意義，再一次重申了往後更艱苦做好準備……夜風吹過胡琴沒法用水清洗的臉龐，抬頭看頭頂上的星星，想起齊豫唱過：「天上的星星，爲何像地上的人群一般的擁擠呢。地上的人們，爲何，又像星星一樣的疏遠」。不是指星座，那其中，天上的星星預示著地上人們的命運。這歌詞有什麼地方犯著狡猾。前後兩句，悄悄轉換著丈量對比的標準，一個是物理距離，一個是心理距離。正如時間，可以一種是物理意義的時間，一種是心理意義的時間。悄悄轉換著標準，類似的範式在齊秦的〈一面湖水〉：「有人說，高山上的湖水是躺在地球表面上的一顆眼淚。那麼說，我枕畔的眼淚，就是掛在你心尖的一面湖水。」由前面那一句也無法推論到後一句。A是B，不能反過來說，B是A。除非A=B。

較勁。天馬行空。這時中隊推舉拉歌選手。一個矮小的身影在黑夜中跳到了隊伍前面，對大家說：我們來唱首〈我的祖國〉。竟是四班那位熱愛餵豬的女生。眞是眼力非凡，抓住了不錯的公關場合。她的建議多少帶有炫技色彩，因爲「一條大河波浪寬」，唱到波浪兩個字時，已無情地刷下了像胡琴這樣的低音，不帶你玩。到了「這是美麗的祖國」時，有一半人在企圖攢積晚飯一碗玉米粥的元氣，蹣跚著、掙扎著走向緊接其後的更高音。以非凡的耐心，餵豬女生引領眾人唱完〈我的祖國〉。僅一口氣的間隙，接著她又起調：「一個人在孤獨的時候，走到人群洶湧的街頭」，BEYOND的〈你知道我的迷惘〉，這個胡琴可以參加合唱，成爲集體的一份子：「是在抗議過分自由，還是荒謬的地球」……凡阿玲捅了捅胡琴：「妳聲音好大！難道想起了那位天津物理？」黑暗中看不到中隊長、區隊長們的表情，但他們起碼沒制止，不知道是因爲這個新鮮事物突如其來，還是歌詞根本沒聽懂，或者是旋律符合了優美、高亢、有力的三大主流審美標準。

「餵豬女生」回到隊伍中，二區隊裡一位矮小精瘦得像「濃縮液」的女生竄上台，向全體宣布：中隊裡打算在拉鍊期間辦流動壁報，亮出咱中隊風采。報名已起好，叫《挺進報》。「濃縮液」賣弄知識說：「《挺進報》歷史是這樣的，一九四七年二月，國民黨包圍了重慶的中共四川省委和《新華日報》社，迫令全體人員撤回延安。重慶一時謠言充斥，白色恐怖加劇。中共重慶市委在陳然、蔣一葦、劉榕鑄等辦的無名小報基礎上，創辦了市委機關報——《挺進報》，共出23期，直到被反動力量破壞。各位隊友，你們在中學語文課本裡都學過這一課！《挺進報》的歷史，就貫穿著『紅色』和『革命』這兩個主題詞。」

哦，原來「挺」，不是爲了強調這是一份來自已發育女生中隊的報紙，也不是爲了強調「做女人挺好」，是迎著困難上的昂揚鬥志。

在她昂揚的演講結束處，「主題詞」幾個字尤其升調，老練地向黑暗中索要掌聲。黑暗中，於是就響起一片掌聲。似乎是在追加對剛才〈你知道我的迷惘〉的回味，起碼胡琴這麼想。

「濃縮液」說：「現在徵集各區隊通訊員，請願意加入的在散會後到我這裡報名。《挺進報》歡迎每位隊友的來稿。」又加一句，「文體不限，中英文不限。」據傳，「濃縮液」父親曾是《參考消息》主編，子承父業，一直懷有辦報理想，並刻苦學習辦報技能。但生物系的她，還有一個理想——去哈佛讀生物系博士，所以她捧著朗文詞典，已背到了以O開頭的單詞，軍挎裡就塞著拆卸下來的自O頁往後的朗文詞典，便於這一路紅色旅途上攜帶。

胡琴萬沒有想到，「濃縮液」在散會後竟會拍著自己的肩膀，邀請加入通訊員。胡琴暗想：我沒有那麼挺呀，頂多比飛機場強一些，報到第一天洗澡，凡阿玲就斷定我A杯。「濃縮液」神祕地擠了擠小眼睛，隨後，堅定地說：「聽說了，妳特別擅長寫三千字的檢查。只是囿於地理條件和文體限制，沒有更合適的文體發揮平台，《挺進報》就是妳的平台！愛寫字的，就需要有讀者！」不愧是父親在北京幹《參考消息》的。從選才、到用人、到激勵潛力發揮，「濃縮液」已初步體現了胡琴日後進五百強公司才明白的一個詞：Leadership——領導力。

11

吃飯在一所中學操場上的一隅。三口鍋支在操場上：米飯、番茄炒雞蛋、番茄雞蛋湯。聽到這個菜譜，胡琴就止不住對凡阿玲笑開了。這裡面包含了某種幽默。不是簡單的重複，是物質重複，但形態進行了變換。就像在液態時是水，在固態時是冰，溫度再高點，還能成爲蒸汽。你不能說喝水和嚼冰，是一回事。

三口鍋旁邊就是女生中隊晚上就寢的地方。中學教室，一個區隊一間教室，課桌爲床，兩側的大玻璃窗既漏風也漏光。中隊進駐的第一件事，就是打掃教室並擦玻璃。人民軍隊是有勤快愛乾淨的美譽，但胡琴忍不住想：革命老區的中學生們也太懶了，偏等我們這些未來的預備役軍官來打掃。

教室走廊裡，立著一塊支起來的板，上面遒勁的毛筆字寫著「挺進報」，出自五歲開始練柳體毛筆字的「濃縮液」之手。「挺進報」三個字下面，用別針別著第一天收繳上來的稿件。有詩歌、散文、散文詩、雜文等多種文體，有一篇是完全押韻的詩歌，讓胡琴認爲作者是在練習、顯擺自己的辭彙量，因爲詩是用英文寫的。小說題材還是缺席，蓋因爲小說這種東西，雖然是小的說，但在行軍路上還是不能急就，需要一個人有控制感地拉動繩子，繩下的木偶上下盤旋、跌宕起伏。礙於「濃縮液」對自己三千字檢查的肯定，更感動於那句「愛寫字的，就需要有讀者」，胡琴也交了一篇，白天聽老區英雄報告時寫的。憶起《挺進報》歷史，取了原創辦人的名字做筆名：一葦。凡阿玲讚胡琴顯出了國學功底，胡琴莫名其妙。響亮地喝完番茄雞蛋湯的凡阿玲，瞇起小眼睛吟道：孰謂河廣，一葦杭之。這句也不錯，縱一葦之所如，凌萬頃之茫然。

《挺進報》前，聚集了很多讀者，可能是有一半的稿件都在肆無忌憚地直抒胸臆，在泥土和花香的包圍下，一些密涅瓦的貓頭鷹，等不及夜晚就起飛了。草長鶯飛難免催情，有一些明顯與「濃縮液」提出的「紅色」和「革命」主題詞，相去甚遠。至於胡琴那篇〈通向高山和流水的旁路〉，通體隱晦，用詞古怪：

……飲盡甘露行者上路，如此接過自己的一生。他一人走向高山和流水，以及更多的高山更多的流水。他一人用自己的來去，不斷定義著這個世界的遠方。一些飛鳥就此離地，身載一雙靈異的翅膀，選擇自天空俯視大地，自眼角別視世界，以及世界的遠方，那些正在延展或者正在退縮的遠方。你有所不知，在這些高遠的目標之間，之外，存在著一些不爲人知的旁路。或是視力所及但大腦經過手術、修飾後視而不見的旁路。那些旁路們，通向炊煙，通向桃花源，通向凹凸豐滿之境……「林中分歧爲兩條路，我選擇旅蹤較稀之徑，未來因而全然改觀」……在旁路與正途間，飛鳥般靈異轉換，物理距離哪堪心理距離，時間也一樣。萬古長空，一朝風月。你信不信，我曾見過，在有一種特異情境裡，九月如同三十年……

其實胡琴不過想說：拉鍊就是她喜歡的第三個軍校時間——週末上街的加長版。拉鍊行進途中，一條旁路在面前展開，總能電擊她。比如山路彎曲，看似壯猛山體擋路，但突然一拐彎，豁然開朗，草地上鮮花滿眼，剎那間一把火燒起了漲滿胸膛的希望。

難能可貴的是，「濃縮液」展現了Leadership的另外一個閃光點：包容。她在大鍋邊往瓷飯盆裡加番茄雞蛋湯時，拍了拍也在加湯但已撈不出一片蛋花難免沮喪的胡琴，說：「很喜歡妳的文筆和意象。有大志初展的生澀，漂亮。妳要動員妳們區隊更多的人投稿。」眞行，除了包容，還能激勵。

傳說中的一天三十公里終於來了。之前的幾天步行，是劑量遞增法，十公里、十五公里、二十公里，大家已習慣背著背包連走數小時，漸漸麻木且沉默，直到區隊長說前面就是一片小樹林。林子裡集體坐下，齊刷刷地脫下解放鞋和襪子，十隻趾頭朝天晾腳，白花花一片腳掌。腳上起泡的，已學會如何挑破它們，像捏死一個假想敵那麼乾脆。

早上六點就吹哨起床，中隊長又說了一遍今天三十公里，一天只有一頓飯，每人領兩只大餅放在軍挎裡以擋饑餓。凡阿玲慶幸，軍挎裡的三塊巧克力，在經歷了天熱變形、夜間遇冷又重新塑型的反覆折磨後，它們今天將犧牲在最正確的歷史時刻，也就是胡琴祖母說的「最好吃的時候」。凡阿玲說這話時，兩隻手一直渾身上下搔癢，一如動物園裡那些不愛乾淨的猴子。胡琴上前，扒開她衣袖一看，驚叫一聲：眼前全是大蕁麻疹，一顆顆如同鮮草莓，看了如同複製在自己身上的搔癢。「燒餅臉」區隊長聞聲過來，一見眼前是「胡凡組合」，助人爲樂的排難勁兒癟了大半，不加掩飾眉頭一皺：「大驚小怪什麼呢?!」

管不了那麼多了，胡琴抹抹臉，換一副孫子樣的表情，討好地問：「區隊長，有沒有抗過敏藥呀?」「燒餅臉」一臉無所謂和不屑：「才出來幾天呀。拉練又不是遊山玩水，別嬌生慣養了!」剛才如同複製在自己身上的搔癢，加上一股氣竄上頭頂，胡琴禁不住向區隊長的背影衝去，被凡阿玲使勁拉了回來。

已經十天沒洗澡了。扒開凡阿玲的衣袖時，胡琴可以聞到一股汗臭，心想自己肯定也一樣。依然無法平息怒火，她甚至都攥緊了拳頭，好在凡阿玲勁兒眞大，將她拉回到一個角落說：「得認命，承認吧這就是現實，沒事我還能忍，我能忍妳就能忍。」

胡琴的A杯胸脯上下起伏，大口喘氣，她突然明白了「館兒系」男生的衝動。一桿槍，子彈出膛，飛向天空。並不是爲了目標，是爲了能量爆發的那一剎那，打破了世間的固有秩序，將硬碟重新格式化。讓這個拒絕聆聽自己的世界，聽聽來自自己的聲音吧。

三十公里的這一天，坎坷崎嶇。山路高低不平，是山裡農民砍柴踩出來的路。好不容易走上一段柏油路，猛然響起嘈雜不齊的鑼鼓聲，這時聽來，卻也格外振奮人心。把《桃花扇》翻成英文的「中國迷」艾克敦這麼說，中國人素食多，因此愛熱鬧，西方人吃肉，因此需要寧靜。在三〇年代的北京，他自己吃了幾年中國飯菜後，說響鑼緊鼓對他的神經已是甜蜜的安慰，「在陰霾的日子，只有這種音樂才能恢復心靈的安寧。」

鑼鼓聲是幾十位當地老鄉敲出來的，像傳說中的、電影上的、書中寫的那樣，一群老鄉在路邊給人民軍隊送大碗茶。胡琴期待著最好有花生、核桃之類的實質土特產吃個飽。可惜，全是清湯寡水的大碗茶。中隊裡的領導和軍訓生中的「領導胚子」，都上去和老鄉握手、寒暄、言謝。一位顫巍巍的老大娘手上滿是茶垢的大碗，端到胡琴面前。胡琴閉上眼，一口氣喝光大碗茶，連著說了一串「謝謝」。大碗蓋住臉時，她想起了端午節考自己「世界上什麼最好吃」的祖母，如今已不在人世，竟有些悲涼。

但隨即，饑餓更甚，壓倒一切。轉身向正渾身撓癢的凡阿玲索要那塊珍貴的巧克力，它一路而下撫慰食道和胃，這才稍微溫暖起來。別過鑼鑼緊鼓和大碗茶老鄉，一直陰著臉的天空下起了雨。

往日與胡琴並排走的九班瓜子臉女生，因爲昨天二十公里走猛了腳踝扭傷，跟大軍卡先走了，走時還掉了眼淚，惋惜自己錯過了這一年甚至這一生最輝煌的三十公里。這一天與胡琴並排走的，是九班一位粉嫩的瓜子臉女生，看似嬌小，嗓門奇大，北大化學系的，言語間極端「南方主義」。「南方主義者」家在崑山，是後來國際資本港台資本大舉進駐、搞得整個城市到了夏天用電都需按地區劃片三班倒的縣級市。大嗓門所在的中學，是江蘇有名的百分之百高考命中率，他們的綽號是「質優考試機器」。從高二起就軍事化管理，早上吹起床號、疊四角方正的被子、大合唱這些事，大嗓門根本就不陌生。加上一副瓜子臉，很早就具備了入選九班「模範班」的資質。她問胡琴家哪兒的，胡琴答長江邊上的。「南方主義者」隨即澄清：哦，江北的？

江南是天，江北是地。江南富裕，江北貧窮。江南改革開放，江北閉關自守。在「南方主義者」看來，有本質區別。「南方主義者」問：「妳們那是不是睡炕、不吃白米飯只吃大饅頭大白菜？」一早就被「燒餅臉」氣暈了的胡琴，再次氣暈：「除了隔著一江水、妳們炒青菜都喜歡加糖外，眞對不起，我和妳的生活習慣完全相同。」

在莫名其妙的雨中，莫名其妙的這一路，和莫名其妙的人有一搭沒一搭地說起一江水，王洛賓的〈永隔一江水〉：「姑娘人人有夥伴，誰和我相陪」，應景的憂傷掠過，胡琴使勁甩甩頭，才把它甩走。

三十公里的後半段，她倆有一搭沒一搭地議論下個不停的雨，像兩個陌生的倫敦人在公園長椅上一樣。剩下的時間就是幻想今晚吃什麼，像兩個茶館裡的成都人一樣。「南方主義者」在吃方面的想像力傑出，她所描述的在雞肚子裡塞上豬肉燉、在魚肚子裡塞上雞蛋煮，胡琴聽起來很陌生。多年後，遍翻時尚雜誌，胡琴明白了這叫「混搭」，這時她眼前的世界已到處是混搭，不少人、不少事都是雞肚子裡塞上豬肉燉，魚肚子裡塞上雞蛋煮。

抑鬱無望中天變昏黑，雨仍舊沒有停，謠言開始四起。傳說打頭陣的男生大隊今晚將集體露營，女生大隊搞不好也將睡在地上。想到晚上將會貼著冰涼的大地，胡琴還完全沒有「大地母親」的性別準備呢。小腹開始疼，女性特徵再次顯現，她的「老朋友」來了。如此刻苦的拉鍊，有沒有預設過一具有月經的年輕身體呢？

12

到達三十公里盡頭時，天色鐵青，群體失聲，上下濕漉漉一片。渾身蕁麻疹的凡阿玲，三十公里的體力折磨幫她轉移了一整天注意力，此刻重新奇癢難忍。痛經臉都變形了的胡琴，嘮叨自己的「老朋友」眞會挑時間，老天眞能「苦其心志，勞其筋骨，餓其體膚，空乏其身」，那得降多大的任呀。

所謂「目的地」，是一間年久失修的村會議室，淹沒在齊膝的野草中。從大路通向村會議室的路，是先行部隊的炊事班戰士臨時用鐮刀披斬出來的。村會議室牆上，用石灰刷著標語：戰無不勝的毛澤東思想萬歲！按年代往前斷，起碼二三十年前。如果是近年的牆，多半已刷成了「紅桃K」廣告，或者「生男生女一個樣」，「要想富，生一個」、「要致富，養長毛兔」的勵志話語。村會議室的地面是泥地，蚯蚓鬆土，蜈蚣活躍。此外，會議室裡還有幾十把開會坐的長椅，落滿灰塵，每張能坐三個人。十張長條桌，也是落滿灰塵，每張相當於兩張長椅拼成的寬度和長度，與長椅椅背等高。從長、寬、高來說，整個會議室裡的家具，倒具有數位上的美感。

三位區隊長召集各班長，部署如何睡覺。選擇一，兩位女生合睡兩把長椅，兩人只能側著睡，長椅對拼，正好兩側的椅子背當護欄。人均面積0.3平米。選擇二，兩位女生合睡一張木桌，十張木桌搭成大通鋪，必須得睡下二十位體型嬌小、臀部狹窄的女生。人均面積仍然0.3平米。選擇三，睡在地上，可以任意睡姿，可以躺成大大的「人」字，但半夜可能會有蛇、蚯蚓、蜈蚣以及其他無法具體命名動物的侵襲。

凡阿玲與胡琴，被迫選擇了第一種。在手電筒的微弱燈光下，倆人就著雨水吃過了軍卡運來的壓縮餅乾，用雨水清洗了自己的四肢。胡琴吞下從「痛經聯盟」副區隊長軍挎裡挖出來的一粒去痛片，凡阿玲則吞下好說歹說從燒餅臉區隊長那裡討來的抗過敏藥。服藥完畢，兩人便同時側身臥倒在了拼起來的兩張長椅上，像兩個病人一樣清冷絕望。凡阿玲在胡琴腳那頭一邊撓著渾身，一邊試圖開玩笑：「哎，妳們的《挺進報》呢，今天怎麼不挺了？」

胡琴說：「我算明白了，其他都是假的挺，能在眞正的床上躺著，沒有痛經，就是眞的挺。」

「《挺進報》成了停經報。」南方口音的凡阿玲分不出前鼻音和後鼻音。

已沒力氣表達懊惱還是好笑了，被疼痛折磨的胡琴沒志氣地問：「妳說，這一夜能熬過去嗎？」

「前面總有美好的，雖然不知道在哪兒。我們都還年輕，信一回吧。」腳那頭的凡阿玲一邊抓癢，一邊壯膽。

經過喧譁感慨、大驚小怪、爭吵橫躺面積之後，古舊的村會議室安靜了下來，三十公里和陰霾天氣在努力的沒心沒肺之間，俱成往事。雨點打在村會議室的屋頂上，像打著汪洋中一隻隨浪浮沉的小船。睡不著的胡琴，礙於0.3平米的人均面積，無法翻身，只能固定在一個彎曲的姿勢，而且她的彎曲弧度必須正好塡補凡阿玲的空白處。睡不著，打開軍挎裡的小收音機撥到中波，台灣《中廣音樂網》正放齊秦〈一面湖水〉，信號不太好，斷斷續續。但在這陰霾、靜謐的黑夜裡，這一點靠想像完成的音樂，對胡琴已是好友止痛藥一般的安慰。「這一夜能熬過去嗎？」倆人又禁不住同時坐起，她把一隻耳機遞給全身搔癢同樣睡不著的凡阿玲，如同遞去一粒抗過敏藥。接著，響起了白風琴〈似水流年〉。第一次，胡琴覺得這歌裡怎麼就同時唱出了不甘和認命呢。

多年後，胡琴讀到這句話：人生在世，不外是在惡劣的旅館住了糟糕的一晚。她首先想起的，是軍訓拉鍊那著名三十公里之後的糟糕一晚。她想問凡阿玲，換是妳，妳會想起哪個糟糕的一晚呢？

醒來後，雨已停，隊伍出發去宣化店。鄂北古鎮，曾是鄂中通往河南的要道。中原軍區在宣化店周圍戰鬥時間長，司令部設在宣化店。一九四六年，周恩來與李先念在這與美蔣代表談判，商討和平。之後蔣介石進攻，中原部隊在這打響「中原突圍」第一槍……指導員出發前普及的知識。

傍晚在宣化店小學駐紮，離開飯還有兩小時，允許在小學內自由活動。經過昨晚的折磨後，胡琴和凡阿玲很想雙倍體會一下眼前的祥和幸福。不如去看看指導員介紹的「挑不完的宣化店」，盛產板栗、銀杏、花生、黑瓜籽、青油茶……

倆人摸上小學旁的一條主街，看到了很多像三十公里那天給人民軍隊送水的樸素臉，目光在她倆臉上掃來掃去。板栗、銀杏、花生……一個沒見著，胡琴除了收穫一包用中文拼音拼成的「挺進」牌衛生巾外，發現這裡到處支著小攤，賣油炸的餅，分有餡的、沒餡的，讓她想起軍校第一次上街時見到的油餅攤，頓時來自人間煙火的氣氛升騰——特別是在睡過那家古老村會議室的兩張長椅後，在凡阿玲過敏搔癢、胡琴痛經以爲快熬不過去了之後。

想起後半夜輪到她倆值班保衛全中隊安全，與其等晚上三口大鍋支起來，繼續搶食番茄炒雞蛋、番茄雞蛋湯，不如先吃一個有肉餡的和沒餡的油餅，積攢體能，守候後半夜。胡琴一手攥著「挺進」

牌衛生巾，一手拿著兩張油餅啃，對著凡阿玲念起中學課本裡的那句：「吃一口黃連吃一口糖，王貴娶了李香香。」凡阿玲掏出一塊「大白兔」奶糖，送給油餅攤主的小姑娘，小姑娘指著糖紙問這是什麼字？凡阿玲大聲讀：「大——白——兔，世界上最好吃的奶糖！」眼前這景象，比起昨晚尤顯幸福。

堪比小山堆砌的油餅上面，出現了三區隊長的那張「燒餅臉」。「燒餅臉」先是驚訝，旋即教訓說：「誰批准妳們離隊了？回去！小心記妳們的過。別忘了，下半夜妳倆值班！」她也是出來逛逛這「挑不完的宣化店」。

值夜班，是胡琴在軍校生活中喜歡的第二種時間。拉鍊，則是胡琴喜歡的第三種軍校時間——週末上街的加長版。在拉鍊過程中值班，疊加的雙重喜歡，人生得意須盡歡。這裡的值班，分前半夜和後半夜。每晚的地形、地勢不同，可能產生的想像也不同，特別是關於鬼的傳說，關於陌生環境的臆斷。天漸暖起來，有時夜空會劃過閃電，響起雷鳴。這時，立在全中隊門口保衛安全的兩位值班人員，即使端著假槍，也可能自己先撂下槍先逃。

這晚，終於睡上了水泥地上由課桌拼成的通鋪，人均面積擴展了五倍，1.5平米。挨著明晃晃的教室大玻璃，好像對著自己的「本我」在睡覺。如同一則心理學實驗。小學建在一個山谷的空地上，值班的瞭望點選在了小學教室後面的山坡上。可能是宣化店鎮大街的那兩張油餅吃撐了，在前半夜，胡琴就被窗外劃過的雷電給照醒，對著玻璃窗上雷電映照的「本我」，想著如此離奇的地方，如此離奇的睡覺方式，又是如此離奇的天氣……這一生往後，將會有多少超越想像力地發生，眞是翻過牆去妙不可言。越想越清醒，越來越離奇，遠超過了從前那副「高考腦袋」的腦容量，這更挑起了新鮮和刺激。

到午夜十二點，和凡阿玲一起接過倆隊友手中那桿沒子彈的槍，在又一段雷電的照耀下，麻利地爬上了教室後面的小山坡。

整個小學在一片靜謐和黑暗之中躺著，那裡睡著傍晚時爲了一頓蛋炒飯就可以瘋搶的戰友們，此刻睡夢單調而安寧。偶爾照亮大地的閃電，才以一種粗暴的方式揭開靜謐和黑暗背後的祕密，以及人們內心裡那深藏的恐懼。

「怕嗎？」凡阿玲問胡琴以壯膽。

「說不怕就太裝了。小時候就怕雷電，家裡父母老吵架，一到打雷時吵得就更兇。但我是理科生，軍訓都是唯物主義教育，理論上應該不怕的。」胡琴開玩笑以壯膽。

「我不行，我是混進你們理科生陣營的文科生。前半夜都沒怎麼睡著。」

「我也是，兩張油餅撐的！」兩人在山坡上笑，一道閃電照著她們年輕的臉，夢境一般。

「感覺太不眞實。」凡阿玲下意識握緊了手中的槍。

「前半夜我就在想，叫離奇更準確。明天等油餅在胃裡徹底消化了，就給《挺進報》投稿，大寫一通。」

「哈，這是阿龍轉的那個單詞inspiration吧？」

「還真是。靈感，很多。靈感迸發。雖然沒有——freedom。」

「我爸被抓走那天，就是這樣的晚上，半夜，外面雷電。密集的敲門聲，敲得我心臟快裂了。一群人把我爸帶走。他是一家旅遊公司管財務的，上面的領導把錯誤全栽他頭上了。」

「冤枉事？」

「那時我正高考落榜，在家閒待著。爸被帶走後，我媽連哭幾天，哭瘋了，我反而冷靜了。那以後，我就試圖讓自己準備好，什麼都會突如其來。說歸這麼說，其實是後來與阿龍第一次上床，才幫我真正忘了這些。還是需要高潮時忘掉這些。高潮很美妙，很神奇！妳應該儘早，儘早試試。走時，阿龍還寫紙條勸我：猝然臨之而不驚，無故加之而不怒。」

「那不如，我這拉鍊一結束，也學四班的餵豬去，和小山東。」

又一陣雷聲和閃電，打斷了交談。過後的黑暗，醞釀著更強勁的靜默，將兩人包裹。在這力量前，兩人被震懾，覺得有必要閉嘴，有必要敬畏。胡琴端著槍，開始在腦子裡打明天的草稿。這回該換個寫法了，換個酷一點的，妖一點的。不要直接寫實，寫實就太傻了。誰還需要臨摹畫呢，那還不如照相呢。這樣吧，寫在各式各樣的離奇中遊弋的各種幻覺，那應該是方塊字最牛之處，超越想像力地發生，翻牆過去妙不可言……怎麼像披頭四的lucy in the sky with diamond……對，就是這種味道的。這回先試試這個味道的。看能不能用方塊字用筆調出這種味道來，遠遠比雞蛋番茄、蛋炒飯要豐富要妖豔得多的味道……如果一把幻覺放在顯微鏡下，會發現食土者的憨厚，星空變成泳池，呼吸也是沐浴，貼膚的情愛如同高調獨唱……又一道閃電，跟著一串雷。

「誰?!」凡阿玲大喝一聲。

她手中那桿槍敏捷指向了前方。

閃電照耀下，從幻覺中驚醒的胡琴，看清了面前，是一張滿是汗水的臉。

凡阿玲的槍口對著那張滿是汗水的臉。

13

什麼是「離奇」？十幾年後的胡琴，坐在紐約哈得遜河的一條大船上，與同公司的一群人正襟危坐地商務晚宴。波浪搖著大船，身體不由自主跟著晃。那是另一種集體的力量。

同桌幾位美國人聊天：嗨，哥兒們，拉斯維加斯和紐奧良，是那種你一去很興奮、但過幾天就特別想離開的城市。這兩個城市，都很離奇，都疏離現實，都不切實際，都有SIN CITY的別稱。在正襟危坐的人群裡，胡琴一個人瘦削起來，想起了那片中原曠野，在宣化店值班的那一夜。這時的凡阿玲，好友，妳在哪裡呢?眼前世界，迴音稀渺，如同扣動一桿沒有子彈的槍……想到這裡，人群中胡琴越發瘦削起來。

「你！怎麼會在這裡?!」後半夜，凡阿玲的吼聲離奇，像子彈一樣從槍裡出膛，也走了音，與遠處低沉的雷聲交雜在一起。

對方的口吻堅定溫和，「來找妳，不覺得這種相遇的方式很特別嗎？」

人沉默幾秒，天地渺渺間以雷電。

「阿玲——我—愛—妳！」男人口吻中的溫和，稍稍打消了胡琴的恐懼，但她還是止不住地問凡阿玲：「要叫區隊長嗎？要叫區隊長嗎？我這就去叫。」

「不用！千萬別！」凡阿玲嗓門奇大。

「館兒系」男生再次出現在凡阿玲面前，居然對準的是凡阿玲的槍口，一桿沒子彈的槍。他被送回廣西老家，是因爲他把槍口對準了自己，一桿有子彈的槍。從被河北籍小戰士摁倒到遣送回廣西，他耳邊一直迴盪著中原曠野中最透心涼的那串聲音。能量爆發的那一剎那，打破了世間的固有秩序，硬碟重新格式化。

後半夜帶著手電筒出公兼帶查崗的「燒餅臉」區隊長，還是發現了宣化店雷電之夜下的一男兩女，一開始，她的本能反應也是扔了手電筒立即逃，但旋即，她「社會化的我」鎮定走上前，「誰！不許動！」

看見手電筒光，「館兒系」男生一怔，飛也似的消失在小學背後的那一大片黑暗中。「燒餅臉」區隊長突然明白了些什麼，掩飾不住大叫：「原來電報是他發的！他是那個誰！」

響了一晚的雷，就是沒有雨。太陽一出，就蒸發了夜裡的所有，好像什麼也不曾發生。第二天行軍中途在小樹林裡晾腳，一個角落裡，燒餅臉區隊長塞給凡阿玲一份捲成團的電報，厲聲說：「別跟任何人說！」

電報上寫著短促的句子：「阿玲，知妳值班時間，宣化店見。廣西秦瑟。」

區隊長一臉正確地說：「我看上面內容莫名其妙，有違軍紀，就扣下了。秦瑟？這名字不就是那在靶場自殺未遂開除回家的嗎？」

凡阿玲像在雷聲中的後半夜一樣大吼，子彈出膛：「爲什麼！妳這叫扣押！」

「燒餅臉」鼻子哼了一聲，咬著牙低聲而有力地說：「他不就是那個被開除的廣西嗎？他不是因爲跟妳有事兒才去自殺的嗎？妳希望我報告中隊長？小心妳的檔案，記妳的過！」

凡阿玲上身探向前，被胡琴使勁揪回。無語回到人群裡，繼續晾腳，曬襪子和解放鞋，挑破腳上新起的泡，像捏死一個假想敵那麼乾脆。

所有胡琴在雷電之夜中曾想構思成文的靈感，也抵不上「館兒系」男生出現在凡阿玲的槍口前，以及這一份因爲被控制的命運而遲到現身的電報。用遠遠超過忍受痛經的克制，胡琴才不至於在動筆時，忍不住去描寫見證的一個又一個生活場景。這就是滿布突如其來的生活，讓人敬畏。她不再需要方塊字，不再需要讀者。

關上水龍頭，關緊，冰封上。面對「濃縮液」的《挺進報》頻頻約稿，胡琴一個字也寫不出。

「濃縮液」特別心領神會的表情：「沒了靈感，inspiration?」胡琴意味深長地搖頭，如果按英文語法理解，那就是表示「是的，沒了靈感」。凡阿玲沉默了三四天，任憑胡琴怎麼啓發、開導、提各種開放或閉合式的問題。實在過意不去，凡阿玲擠出幾句：「說什麼呢？都不準確，沒法明白告訴妳我在想什麼。我也不知道我在想什麼。」胡琴閉嘴，點點頭。關上水龍頭，關緊，冰封上。就像胡琴一個字也寫不出。

她想起讀過的一個比方，雖不那麼確切：很多人以爲戰場上回來的人有很多故事要說，但那個腦子好使的班雅明發現，打完第一次世界大戰的士兵滿臉疲憊，無話可說。凡見過地獄的人，就知道世間有言語無法形容的虛無。方塊字無力，語音亦無力。

心被某種特別的場景撬動，但生活再次覆蓋以一層更廣泛的蒼涼。拉鍊一路，兩人只剩目光交流，言語帶著礙事的盔甲退場，因爲太不準確。想起〈通向高山和流水的旁路〉——這倒又是一條通向高山和流水的旁路，超越之前可憐的想像力。但似乎也只有身在山水間的恣意，才會放縱對語言精準度的完美苛求。「沉默是金」其實很奢侈，只有在絕對純粹的情境下才能實現，並奢侈地放任自己沉溺其中。「誰終將聲震人間，必長久深自緘默」，如果生活摻進了瑣碎摻進了世俗，牙齒便會硌著沙子，又會回到往日的嘮嘮叨叨、罵罵咧咧。

拉鍊回校的一門重頭課是作訓練習，也是一年軍訓畢業前的最後一門重頭課。講完理論後，一隊人被拉到軍校的大草坪上——也就是相當於軍校人體胸脯的位置——揣著槍，先急行，「臥倒，匍匐前進」一聲令下後，就地側臥，匍匐前進。輪著胡琴那一組時，因爲常年戴耳機聽音樂聽力太差，胡琴的臥倒比別人慢了一拍，繼續往前爬時就落後了一拍，忙亂和壓力之間，她揣著的衝鋒槍硌了一下小腿，草地上的一塊石頭劃破了小腿的表皮，進入眞皮層。疼痛阻礙了速度，更比同行匍匐的隊友慢了兩三拍。別人到達終點時，只剩胡琴還在地上側著身體面露痛苦地爬行。「燒餅臉」區隊長放任一大片來自隊伍中的噓聲，或許那竟是她需要的音效。眾目睽睽，在地上匍匐的胡琴臉脹得通紅，尊嚴掃地。

爬到終點，用絆倒自己的槍枝撐著自己，勉強站起來。胡琴低頭拉開褲腿一看，鮮血正順著小腿往下流，滴在了軍綠的襪子上，眞像綠葉配紅花。

站在隊伍中的凡阿玲看見了，宣化店之夜後第一次大叫了起來：「天哪！」水龍頭上的冰化了。叫聲招來「燒餅臉」區隊長的目光，如X光一樣冷漠透心涼，X光掃遍了胡琴全身上下，扔下八字判決：「自由散漫，自作自受！」

凡阿玲衝上前直視X光：「再說一遍，您剛才說什麼?!」

對方懶得重複，被賦予的權威讓她盡可以從容面對眼前情景，下定每一個無情的結論。胡琴疼痛難忍，彎腰捂著小腿。凡阿玲還要爭辯。X光大聲叫「全體集合」，眾人齊步（胡琴蹣跚）行軍至宿舍樓前，X光定格，不忘總結：「今天的作訓練習課大部分學員表現很出色，需要重點批評的是個別學員，平時就自由散漫，動作完成不到位，還傷了自己。四個字——自食其果。八個字——自由散漫，自作自受。請其他人引以爲戒！」

宣布解散後，凡阿玲和胡琴坐在門前台階上，查看傷口。三區隊長走近，用X光又上下掃了一眼，鼻子哼了一聲，轉身離去。凡阿玲對著背影猛砸一句：「這，還算人嗎?!」背影猛轉身，對凡阿玲小聲卻有力地說：「說什麼?!」停頓數秒，「小心記妳的過！小心把宣化店的事情告訴中隊長，記進妳檔案！」

晚上的值班，是畢業前凡阿玲和胡琴最後一次值班。除了胡琴的小腿受傷依然隱隱作痛，除了凡阿玲打抱不平與三區隊長再次衝撞之外，這最後一次半夜值班的經歷，像人生每個能預知的最後一次，值得胸懷愛惜和感傷，包紮起來，擱在心中收藏架的某個地方。雖然珍藏成癖的人們其實也懶惰，其實事後也很少翻起。

晚上十點睡覺號吹響，全隊休息。夜深了，氣氛變了，白天沉默的聲音此刻變得響亮。透過窗玻璃，看見白天像X光一樣的三區隊長送男軍官出中隊樓門。哦，這回怎麼不像往常一樣笑聲如鈴?男軍官像在使勁責問三區隊長什麼，三區像在解釋，搖頭，上前，晃動男軍官的肩膀。男軍官被搖動的肩膀大山一樣木然，似乎某個結論已經生成，不可更改。三區搖晃無望，低頭，肩一上一下，像在哭。哭了一會兒，手拉住男軍官的胳膊。男軍官甩手，大步離去。三區立在樓門前，看著黑暗處，肩膀抖動，漸漸停止，平息，轉身回樓。背影很沮喪。

發生了什麼事?胡琴描述給凡阿玲聽。兩人猜，嗨，男女之間能有什麼離奇套路，可能是兩人有誤會了，鬧掰了。三區被甩了。可憐的女人。「我們倆都還沒過二十，未來幾十年裡，我們也難免會有眼前這一刻的吧。」

14

作訓練習課的休息間歇，隊伍裡小聲議論著未來的北大生活，難掩興奮。還有一個月，軍訓就結束。度日如年的油漆，竟也有剝落的那一天，年輕的心臟準備好煥然一新。

已經陸續有來自北大的高年級師兄師姐的慰問明信片寄來，北大各系的輔導員也開始陸續組團來座談慰問。不同系別的分野開始出現，比如胡琴被安排成天跟一堆來自醫學院的人泡在一起，他們身上散發著一股消毒水味，還坐著火車帶來了一具人體模型，甚至已經開始教一些初步解剖知識和急救手法。而凡阿玲所在的心理系，成天被安排圍著一個提前禿頂的年輕輔導員，聽他侃榮格和佛洛伊德。

坐在營房門前的長凳上，剛練完急救等哨吃飯的胡琴，檢查著作訓課上留下的小腿傷口，已經結疤。她盼著疤能很快熟透，可以揭開，從小她就愛看新長成的皮有些粉的樣子。

「恢復得怎麼樣？」是三區隊長。

「結疤了。」胡琴有些怨氣，但也沒抬頭。她不想抬頭交會三區的目光。畢竟，那是一雙失戀女人的眼睛。一個女人的失戀，總歸比一個女人腿上被槍劃一道口子後被嘲笑，要痛苦吧。

晚上自修時，胡琴被三區隊長傳喚。走出宿舍門時，凡阿玲警覺地瞪了一眼，讓她小心。

三區隊長的宿舍裡，唯一的一張辦公桌上散亂地堆著一些紙片，有兩根筆斜躺在上面。

「幫個忙，行嗎？」眼前的三區隊長，憔悴堪憐，語氣中卻仍然硬撐著架子。

「就我？能幫什麼？」胡琴很驚訝，驚訝之餘忘了就前幾天被槍、石子、X光、嘲諷硌傷的小腿有多疼。

「替我寫封信。我寫了個草稿，但辭不達意。」

「什麼信？」

「給我男朋友的。」

「這，我怎麼能寫好呢？」

「妳能寫好。妳寫的檢查，文筆就很好。《挺進報》的文章我也看了，雖然看不大懂。」三區急切地想說服。

「可這和感情有關呀。我沒怎麼碰過感情題材的。」胡琴怎麼沒寫過感情題材的，雖然按凡阿玲對愛情的定義，那些統統還沒上過床做過愛，還不算真正的愛情。但她寫給「眼鏡」的情書、軍訓一年來寫給各色人等的躲躲閃閃的鄉愁書，加起來得有一百篇。她曾需要寫字，需要讀者。她也在裝。潛意識裡，她想試探三區隊長的底線，這個曾經的權威可以妥協的底線。如果能探測到，也是一件過癮的事情。或許，她只不過想帶著某種暖意證明，其實每個人都有脆弱和悲冷處。

「只能找妳了，想來想去。」三區語氣中有些無助，胡琴動容，心裡有點自鳴得意，又有點後悔自己剛才是不是太過了。

沉默片刻，三區說：「妳幫我這個忙，我就替凡阿玲保守祕密，宣化店的祕密。」

怎麼回事，湧上來一些莫名其妙的憤怒，但胡琴還是緩慢地點點頭。

準備離開時，三區像是自言自語又像是在寬慰胡琴：「說到底，人和人是感情。」

是說她自己嗎？又或許，好像這一句話，就可以了斷過去一年軍訓裡的起轉回合。用感情這桿旗一揮，就能輕易喚來同情和幫助。早說呀。世事過後突然一身輕地就轉身？一揮手就揮去了所有勞作和掙扎的意義？在秋天的雨中，因爲必須歸隊與龍老師告別的不自由身凡阿玲。在雷電的宣化店，爲了愛笨拙出現的秦瑟。電報被扣押的遲到被告知者凡阿玲。被自己的槍摺倒、流著血爬行的被嘲諷者胡琴。一揮手，就揮去了所有勞作和掙扎的意義？

替三區隊長潤色了那封旨在讓對方回心轉意的情書，胡琴寫完後滿意地讀了讀，胸中九成把握，這封信發揮得應在前一百篇鄉愁書之上。這件事，胡琴並沒有跟凡阿玲說起，最好也別告訴她，就當是給她軍訓一年的禮物吧。好像也沒空說起。來自醫學系和心理學系的老師和氣氛，分別濃厚地包圍了她倆，自軍訓以來，竟第一次就這麼輕而易舉地將她倆分隔開了。想起來又有些失落。

離別那晚，像所有離別一樣鋪著形式上的感傷。熱愛餵豬的四班女生與一起餵豬一年的戰士長時間地擁抱，軍裝貼著便裝，胸部貼著胸脯，進而旁若無人地擁吻。「該趕火車了！」餵豬女生被眾人拽上了送站的大軍卡車，她終將奔向北大，奔向託福GRE「鐵人三項」。餵豬戰士跟在龐大且龐雜的大軍卡後面追，直到追不上了，面露絕望地停下、跺腳，使勁跺，大聲哭。他終將留在二十五中隊繼續餵豬。

「濃縮液」與頗有辦報經驗的指導員，又交流了一番《參考消息》的成功辦報理念，多是從她爸那裡道聽塗說來的，之後像兩個文人一樣握手，送到長亭外古道邊，以爲書寫了很多有意味的文字，糾正了一些有革命性質的精神。

那個與胡琴一同「痛經聯盟」的副區隊長，眞是標準的幹部胚子，與各級領導做最後一次拉攏關係的完美收場，感謝他們幫助自己提前入黨，並說日後北大畢業美國留學時一定寄明信片給他們，上面會有一尊舉著冰淇淋的自由女神。

更多的離別，是這群太年輕太多向前向上展望的眼睛及心臟，與綠色軍被、解放鞋、黑色手提自修包、軍裝、軍帽之間的離別，與日日夜夜伴隨的中隊長、區隊長、指導員稱號的離別，與打靶、喊口號、合唱、拉鍊、聽訓話的離別。曾經因爲某種外力密不可分，撕不開來，糾結較量，轉眼說走便走，輕渺得竟像這眼前夏天晚上的風。曾經九月像是三十年那般度日如年，回頭一看，撕去的日曆疊在地上，踩實了不超過一釐米那麼厚。

胡琴和凡阿玲在展示感傷的人群裡穿梭，似乎找不到可告別的對象。那就，她們倆嗎？更不用了吧，在北大肯定會見著，雖然不在一個系。哦，原來妳在這裡。北大賣大雞腿的食堂、佈滿小廣告的三角地，圖書館搶座時、四教自修時……菜鳥一樣，總會碰著。

日後回普世醫學院，胡琴聽一位講醫學哲學的老師論生死，有個比喻：嗨，就像一群人大學畢業了，有人留在北京，有人分到大西北，有人回老家，有人出國。有的人就一輩子再也見不到有的人了。這就是死亡。

反過來呢，是否也一樣？胡琴想，我那曾共度一年時光的好友，凡阿玲。

寫給三十年後的你

你的臉就是你的人。

在人群中找到自己，一眼望見。

在人群中找到那個人，也是一眼望見。

1

是「燈光與黎明間」的五點鐘。新鮮的視網膜色素上皮細胞，被分到不同的培養皿，如同我們被命運之手分到不同的父母，不同的經緯度，健康王國或是疾病王國。如同胡琴與凡阿玲曾擠在一個綠色培養皿中，患難與共。雖然此後，她們撲翅在被比喻爲海洋的北大未名湖中，音訊稀釋。

不是嗎，總以爲會像北大校園裡千百隻忙碌的菜鳥一樣，在賣大雞腿的食堂，在佈滿小廣告的三角地，在勞作氣息濃郁的圖書館搶座，在破落如鐵皮的四教自修時，兩人總會碰著。且見面親密如戰友，患難友情呼之欲出。像那句「哦，原來妳在這裡。」但其實，一人一個因無聊而繁複的世界，一人一種一地雞毛的生活。

北大校園裡，胡琴見過天津物理男生一次，他揚著巴掌大小的臉，自知無望而必須地炫耀說：軍訓時自畫澡票的才華，有了更大的用武之地，進北大後混上了北大書畫協會會長。胡琴騎坐在沒煞車的二六自行車上，笑翻了：強烈祝賀！有空繼續給我畫幾張北大澡堂的，窮，一張澡票要一塊錢呢。

北大校園裡，胡琴見過凡阿玲兩次。第一次見面問：妳怎樣？回答說：沒勁，混唄。誰問誰答都一樣。倆人各自架在自行車的車座上，一隻腿懸在半空，行色匆匆，車把上一只用毛巾摺縫成的粉紅色飯兜晃晃盪盪，裡面放著飯盆。如出一轍的打扮和神色。

怎麼回事？才大半年，一個令眾人仰止的著名校園，竟把學生們都整成了長相類似的抑鬱症患者。想像去吧，活潑無禁忌像天人遊戲，那愛情像天上星辰的皎皎，追求理知也像天上星辰的迢迢……

第二次，胡琴看見圖書館旁的心理學樓貼出一張A4紙，招募一項心理學研究的試驗者，報酬十元。給你腦袋上安一些探測的線頭，給你一些外來的刺激，看看線頭連接的另外一端的顯示幕上的波形。忍耐兩個小時，產生一個心理學實驗的初步資料，得到十元報酬，可以買一盤磁帶或是三份小炒。

從朝北的門摸進去，大塊陰影覆蓋著整個樓道，夾雜著濃厚的塵土味，胡琴躡手躡腳地進了心理學樓的一間實驗室，看見端坐在一架形狀古怪的機器的顯示幕前的，是凡阿玲。她正瞇著眼睛，似睡非睡，守株待兔。每給出十元報酬，她可以另外獲得兩元，給一位搞此研究以爭取博士學位的師姐打工。

凡阿玲給胡琴安上線頭後，胡琴感覺自己準備燙一頭的捲髮，剛上好了藥水，坐在大電椅子上烘烤。那天，凡阿玲沒有按師姐的吩咐，給予實驗方案中規定的標準刺激，而是和胡琴聊起天來。

後來在費城胡琴看過一檔美國節目，也是一個男主角頭上安滿了線頭。螢幕前是他的女友和未來的丈母娘。兩女人盯著面前的一個螢幕，上面顯示著一些變頻正弦波。主持節目的大鬍子胖男人問安滿線頭的男孩：「你愛簡妮嗎？」「愛！」男孩眼中竄出了特別堅定的火，篤信得冒油。盯著螢幕的兩女人點頭，表示滿意，因爲波形正常。「你會在情人節時第一個想到簡妮嗎？不管多老。」「當然！」「你之前與別的女人上過床嗎？」男孩稍稍遲疑，然後肯定地搖頭。波形開始翻轉，兩女人開始露出一些不悅。「如果碰上一位類似瑪丹娜那樣的尤物，但比你年長，你會與她上床嗎？」問題越來越不靠譜。男孩繼續搖頭，還覺不夠，進而強調說「我只愛簡妮」。但從盯著螢幕的兩女人的表情上，觀眾唏噓，這男孩玩完了，徹底與簡妮無緣了。他有貌似堅定的篤信和貌似強大的語言，但其實都是虛空和無力，螢幕上的波形勝過他口中聲稱的一切恐驚海嶽的盟誓之言。看電視的每個人都忍不住想，如果我是那個頭上安滿了線頭的主角呢？我只愛簡妮嗎？每個人都玩完了吧。

妳怎樣？

沒勁，混唄。妳呢？凡阿玲說。

沒勁，混唄。

怎麼淪落到這裡？凡阿玲單眼皮笑看坐在大電椅子上的胡琴。

窮。混點零花錢買一盤我喜歡的磁帶，最近聽上了搖滾樂。就剩這點愛好了。妳呢？

閑著沒事，師姐又懶，我就替她看著，順便賺點錢，打打瞌睡。

別人都在忙考托福吧，妳一天坐這兒，能等著幾個人？

兩三個吧。多半是閑著沒事又缺錢的，球兒系館兒系的多，妳這念醫預科的算生物系的吧？那生物系，妳是頭一個。

學完心理，畢業後打算幹什麼？

沒打算。打算都是扯。踏踏實實待國內，過日子，找個老實人嫁了，生孩子，洗尿布。上有老，下有小，像電影裡潘虹一樣，人到中年。然後邁入老年。

阿龍呢？

那一路數的，大多靠不住。滿北大，淨是這路數。

館兒系秦瑟呢？

問到這裡，凡阿玲瞪了一眼。胡琴的好奇心到此爲止得到了滿足，腦袋上安插的線頭傳送著八卦感帶來的愉悅電波，它一定傳輸到了凡阿玲面前的顯示幕。專業訓練的下意識動作，凡阿玲頗爲理性地掃了一眼面前的顯示幕，嘴角一撇識破對方陰暗心理的笑，然後答：「那種愛法，讓人起敬，想起來，也有點嚇人。」凡阿玲瞇著的眼睛疏離起來，像回憶從前：「可笑吧，那時，區隊長還老拿這事威脅要記入檔案。」

「也是。」胡琴頂著滿腦子的線頭，若有所思，點點頭。她坐著的大椅子並不舒服，甚至腚下堅硬。她一直沒跟凡阿玲提起，給燒餅臉區隊長寫情書，以交換不把凡阿玲的「館兒系」一事記入檔案。她認爲，那是她爲那一年情誼默默做的一件事。一股感傷襲過來，像從線頭那端灌進來的一樣，直接灌進了她的大腦和心臟。眼前，一架陳舊而古怪的研究儀器，燈光陰暗，大樓破舊，自己像一隻做實驗用的大白鼠坐在電椅上。曾和凡阿玲那麼親近、默契的時光，卻與一個不自由的綠色封閉世界有關。眼前這個貌似有無限自由的校園，這個被歌唱爲像個海洋的未名湖，卻沒能讓她們更近。顯示幕上的波形一定在此發生了翻轉，人的心理反應同時投射在可見的「波形」這一物質之上。這天的實驗結果，最終會因爲偏差太大而被凡阿玲的師姐無情刪去。倒不如藉此來研究另外一個更時髦點兒的課題：生命中不能承受之輕。沒見那麼多大學生，都愛讀米蘭・昆德拉。

「波形」繼續翻轉。儀器後面的凡阿玲問：「有件事，妳是不是用什麼條件與區隊長交換過？」

「什麼？交換？」胡琴頭上的線頭一定測出來了——「裝傻」。

「軍訓結束前幾天，我把區隊長徹底惹惱了。她讓我送信給她分手了的男友，正好那幾天北大心理系的輔導員來看我們，好幾天都和我們泡在一起，天天侃榮格和佛洛伊德。她男友經常來找心理系輔導員，他們是老鄉。明擺著是求我辦事，區隊長口氣卻是徹頭徹尾的命令，必須服從。這口氣，突然讓我煩透了！可能是軍訓快結束了，膽也大了，我說，這不合適，其實應該妳自己給他，讓我幹別的可以，這回當小信使不行。區隊長沒想到我這麼答，說：『小心記妳的過！妳宣化店的事我可以記進檔案』。我說：『這事也確實發生過，記不記妳自己定吧。』她顯然被激怒了，我的檔案裡也就活該多了一條警告處分。區隊長又告訴我，之前，妳以一種非常巴結的方式與她交換，不把我的事記入檔案，不把我倆值班那晚的事記入檔案。她說因爲——妳怕！」

「什麼非常巴結的方式？」胡琴頭上的線頭一定測出來了——「惱怒」。

「這事我還想問妳呢。不過，那段時間，妳成天忙著學急救技術，我被輔導員成天圈著侃佛洛伊德，也沒剩什麼時間能碰見了。真記過了，又怎麼樣呢？又不需要她來高抬貴手。如果要記，我兩份都不怕，妳一份還怕什麼？」

「不是，不是。」坐在電椅上的胡琴一百個不自在，同時思想短路，「不是怕……可能也是怕吧。」

凡阿玲瞇著的小眼睛看上去更小了，臉上表情凝固，就像這個破舊的心理系大樓一樣。她一定在這個遲暮大樓裡待得太久了。

空氣收縮，委屈和傷感脹滿胸口。實在繃不住了，這陰陰的實驗室壓迫得人喘不過氣。未來也彷彿頃刻間收了口，連光亮都消失了。胡琴自己扯下線頭，飛也似的跑出了心理系大樓。身後留下泛著古老灰塵的實驗室，古怪儀器前瞇著眼的凡阿玲。

2

使得「波形」翻轉的還有一件事，沒跟凡阿玲說。如果不是像一隻做實驗用的大白鼠坐在電椅上，面前一架陳舊而古怪的研究儀器，舊友遙遠，燈光陰暗，大樓破舊……

草地上，「校園民謠」正以另一種青春荷爾蒙的排放形式，刺激著北大校園的男男女女。胡琴曾竄進一堆打扮千奇百怪的男生、女生中，聽他們直抒胸臆——有人彈吉他，有人彈貝斯，有人敲手鼓，有人吹布魯斯口琴。先是中文，再是英文。先是港台，進而原創。到了酣處，BEYOND〈你知道我的迷惘〉，有人吹起響亮的口哨，男生紛紛掏出褲兜裡的打火機，草坪上方星星點點的火光在晃動。那天是五四青年節，校方加強了巡邏力量，打火機沒晃多久，校衛隊就來了，掐滅火光，遣散人群。胡琴只好掃興地回自己的宿舍上鋪，倒頭睡覺。

第二天中午，為補償昨晚被遣散的五四青年節，破例吃了份小炒魚香肉絲，胡琴正躺在上鋪，打著飽嗝準備午睡。管宿舍的老阿姨在喇叭裡大聲叫她的名字，她驚訝起身。

宿舍門前一位板寸頭男生，中等個，背著把吉他，對著從宿舍衝出來的胡琴說：「妳是胡琴？」

「是。」

「不是披頭四嗎？」

「什麼披頭四？我馬尾巴，你不也看見了？」

板寸穿得有點滑稽，是一套李寧運動服，深藍色的。但胡琴也一樣可笑，紮馬尾巴，最普通的猴皮筋紮著像拖把一樣的粗而黑的頭髮。動物園批發市場買來的一件牛仔襯衫，一條牛仔褲。後來混得像樣了才知道，穿衣服論套，都是要不得的，除了正裝。

板寸自我介紹，他說出名字「秦瑟」的那一瞬間，胡琴憋住的「啊——」一聲擠得胸腔欲裂，但還是努力嚥了回去。兩人在宿舍門前的草地坐下，板寸從李寧上衣口袋裡掏出一張縐巴的紙，對胡琴說：「這是我在雜誌社打工時，從廢紙簍裡翻出來的，覺得歌詞寫得不錯，就找過來了。」

縐巴的紙上是胡琴寫的歌詞，題目叫〈荒涼〉，一家雜誌社為「校園民謠」徵歌詞，在晚自習準備《物理化學》考試時，胡琴竟突然明白了：物理化學的一大難點就是熵的引入，熵是一個極其美妙的概念。她為自己竊喜，於是隨手寫了幾句歌詞，幻想要是齊秦那樣的嗓子唱，也許能唱出〈一面湖水〉的感覺。

秦瑟校了校吉他弦說：我譜了曲，唱給妳聽聽——

眾弦俱鳴
我是唯一的走音
眾弦俱寂
我是唯一的高音

白日來臨　黑暗的舊夢
我與影子
齊齊割斷現實的堤岸
懷念　被時間稀釋後氾濫
如果問我青春是什麼
一種下雨天很荒涼的平常

如果問我青春是什麼
一種下雨天很平常的荒涼

他唱了些什麼，胡琴並沒有注意，不難聽，但離〈一面湖水〉差不少，自己隨手寫的歌詞也太一般。胡琴觀察他：臉上不少痘，皮膚有些糙，太一般的長相，臉上落下不少風吹日曬的痕跡，那種常見的流浪標誌性痕跡。眼睛裡漂著長期輾轉後的不恭，沉澱了竟是篤定，接著不恭又像落葉一樣漂浮起來。秦瑟唱完，抬起眼等待回應。胡琴應付說喜歡，比起討論音樂，她更急著盤問底細：「你平時幹啥？」

「流浪歌手。」

「怎麼流浪法？」

「想到哪兒就哪兒，到了一個城市找點活幹，要不在街邊唱歌賣藝。」

「唱這個〈荒涼〉賣藝了？」

「沒有，大街上的人不喜歡這個。校園裡的，才喜歡這調調。」

「沒去試試《校園民謠》錄音棚？現在多火。」

「和北大的校園民謠社團的頭兒聯繫了，我就住他們宿舍呢。昨晚在五四草地上混了沒多久就被趕走了，準備明天在北大演出完住幾天再走。」

胡琴不關心演出，又問：「爲什麼不上學？」

秦瑟撥了幾下弦，「第一年上北大，軍訓沒幾個月就被開除了。」

「犯什麼事了？」

「靶場上的事。」

胡琴開始確認，面前這位就是凡阿玲的「館兒系」男生了。宣化店那夜雷電下他的輪廓，卻怎麼也從記憶裡刨不出來痕跡。他確實長得無甚特徵，甚至不如手可遮臉的天津物理的特徵明顯。

秦瑟又撥了幾下弦，胡琴有些手不是手腳不是腳，心想對方也許正進行著天上一日人間一年的心理活動。

秦瑟說：「其實也沒啥，不如講妳聽聽，興許能幫我寫段歌詞。高三複讀，喜歡一個同桌女生，不漂亮但可愛，尤其，看上去總氣定神閑。瞄她一眼，我就能立刻安心下來。她有男朋友，是歷史老師，鬧得滿城風雨，歷史老師考上研究生準備去上海，她第一回高考落榜，她爸在暑假被抓走了，半夜抓走的，外面打雷下雨。被一堆人栽的錯，冤案。她跟歷史老師懷孕了，沒幾天歷史老師去上海讀戲劇學院了。我陪她去打掉的。她數學不好，我幫她補的數學課。後來我們都考上了北大，我高興瘋了。本來一起報的中文，沒選上，她服從調配到心理系，我被攆到館兒系。但北大軍訓分成了兩股，她那系跟著理科生，我跟著文科生去另一所軍校訓。有天，收到她的信，勸我，愛情不是非此不可而是別樣也行。她喜歡的，還是原來那個。這兩句話，妳看，前後多矛盾。是在上靶場前收到的信，當時好像天崩地裂，一個聲音老在我耳邊轉，命令我把槍口對準我自己，我依樣照辦。我被開除送回了老家。一直盤算著再見她，但又不敢。在老家幹起了生意，一開始倒賣茶葉，後來又開了火鍋店，掙了些錢，反正就是讓自己忙起來，盡量不再去想她。突然有一晚，在火鍋店裡，打烊了剩我一個人，盯著涮完了的一鍋剩料，特別想見她。後半夜冒出一個想法，趁軍訓隊伍拉鍊時在行軍路上碰到她。後來通了點關係，用兩張一百塊的票子，買通了一個炊事班的，搞到了行程表和排班表。之前，我發了封電報給她。那天晚上在宣化店，天上打雷，心想這環境去見她也太離奇了，但既然已經發了電報就該去吧，也許她能在這環境下原諒一切。但她顯然被嚇著了，手中值班的槍口對著我。我們說了兩句話，就被半夜起身的區隊長發現了。爲了不連累她，我趕緊拔腳逃走。」

秦瑟繼續說：「之後我給她寫過很多信，她只回給我一封，上面寫『說什麼呢？都不準確，都沒法明白告訴你我在想什麼。我也不知道我想說什麼』。大概是，言語道斷，心行處滅。」

胡琴點頭，若有所思，「爲什麼不去找她？女生樓就這附近幾座。」

秦瑟表情平靜，「想明白了，喜歡不一定非得抱著。怕更嚇了她，更得不到。並不是每一滴水都想融入大海。這是我在每晚火鍋店打烊後想通的，我和許多其他女人搞在一起，這樣，讓自己更想她。」

秦瑟問胡琴：「給我寫段歌詞？一路上有得唱。」

道隱於小成，言隱於榮華。胡琴開玩笑：「不如就這首〈荒涼〉，挺合適。」秦瑟還是堅持，那雙眼睛裡漂著長期輾轉後的不恭，沉澱了竟是篤定，接著不恭又像落葉一樣漂浮起來。過濾掉不恭，沉澱篤定，胡琴在一張紙片上寫下的是〈九月裡的三十年〉：

那時　每個白天都曾是黑暗的舊愛
剩下我　獨自面對一顆子彈
飽蘸傷感
那時　每句話都可能輕輕碰翻
山河與宇宙　你我的祕密
忐忑不安
那時　九月如同三十年
時間之箭不再　白駒過隙
抑或度日如年
在山河與宇宙　在未來
會有一個理由在等我嗎
讓我此生無比留戀
九月裡的三十年

演出那天，胡琴也在踮腳張望的好奇人群裡。五四後，校園民謠社團的頭兒拉了一堆歌手和樂隊，正經地在大講堂舞台上陽光登場，唱著一首首青澀或亮晶晶的歌。吉他和口琴你穿針我引線，小情小緒肆意氾濫，除此之外也就沒什麼花樣了。人群中的胡琴，沒什麼心思聽歌，心臟裡像揣了隻小兔子。她腦中一個勁兒地回想，秦瑟那天在宿舍樓前草地上與她告別時的突然之舉。他親她的那一口，將那天的胡琴一棒打悶。她狠狠將他推開，不過是告訴自己其實很享受，但還是不能。他不是說嗎？他和許多其他女人搞在一起，這樣可以讓自己更想她。

輪到秦瑟上台，介紹說是一流浪歌手在雜誌社打工時翻到廢紙簍裡一張北大女生的歌詞，叫〈荒涼〉。台下一陣短暫唏噓。胡琴這回認眞聽了，秦瑟唱得不錯，吉他的氣味，撥弄得如同羅大佑〈鄉愁四韻〉，清淡起，寥然落。他的嗓音成分很多，每到一處，繁雜成分改寫百分比，集聚成一幅畫面以演繹一句歌詞。在此之後，是一種恒定在大約四十％左右的蒼涼，大背景，定基調。不像「校園民謠」，倒像來自老年組。人群一陣歡呼，他又加唱了〈九月裡的三十年〉，說要唱給自己的那片中原靶場。剛譜的曲，節目單上沒有。

兩天後在飯堂，在一架正翻炒著魚香肉絲的小炒鍋前，胡琴等著屬於自己的那份出爐，碰上了也在等小炒的校園民謠社團的頭兒。他有些取悅嫌疑地說：「妳那首〈荒涼〉，歌詞寫得眞不錯。」胡琴笑：「太一般了，其實。沒見都被雜誌社扔垃圾簍了。」

「曲子配得也好，那小子吉他彈得有點兒意思，嗓子很有辨識性。」他說，「特能蒙姑娘，來北大沒幾天，就泡了一歷史系的姑娘。後來也夠倒楣的，那晚演出回來，住我那兒，也不知道怎麼漏出的消息，校衛隊來查宿舍，說我們收留非本校人員，校衛隊把他帶走了，到現在還沒能撈出來。也是，最近六四，有點兒敏感。」

在魚香肉絲出爐騰起的熱氣中，穿一整套李寧運動服的板寸秦瑟蹲在小黑屋裡的畫面，浮現在胡琴面前。就像軍訓時隊裡發的那把老式的衝鋒槍，槍把和槍身上有一股鏽味，撲鼻而來。入夜，這些槍就一根根地豎立靠牆，在黑暗中仍舊散發著一股鏽味，飄入夢裡。那時，讀過點兒佛洛伊德的凡阿玲對胡琴說，槍也是一種隱喻。

3

與新鮮細胞一起度過的夜晚，就會帶上新鮮伴隨的原始，思緒野馬奔騰。好比一位靠彈鋼琴成名的美食家說，他在廣州的一夥朋友常深夜開車去屠宰場，守在門外，專等剛出來的新鮮內臟，冒著熱氣的那種，然後火速送到餐館裡，鐵板加工，這時已後半夜兩點多。離體兩小時之內的內臟吃進嘴裡，口感和香味帶來愉悅，豐溢之美。在年輕的鋼琴家看來，如同修長的手指狠觸黑白鍵，到緊密處時的那般快感。

還有一位經歷了好幾個年代的老男人作家這麼說，也是關於內臟。有人寫小說，是將一副熱騰騰的下水全部掏出來，用盡生命的鮮活氣力。這種人呢，一輩子一篇力作，氣力砸地能砸一個坑，如同塞班天寧島的那兩個飛向日本的原子彈坑。有的人呢，將下水滷了，今天切一段就點小酒，明天切一段就點泡菜，隨著時間的細水長流，慢慢取用。

坐在普世醫院後半夜的超淨台前，胡琴想，一個人的眼睛到了老年性黃斑變性的地步，證明了時間雖細水長流，同時也鐵證如山地存在。那水一般流逝的時間的痕跡，一點一滴留在了人的視網膜上，完成著聚沙成塔的退行性變化。直到有一天，開始覺得視力明顯下降。整個世界在眼前先是模糊了，進而消失了。它帶給一個人的打擊，是慢性的，考驗著耐力，是一點點抬高承受閾値的，一步步預告結局的。是無奈的笑，但已不太悲傷，因爲長年悄悄的沮喪消解了悲傷。

白天在門診看到的那位中年女人，可就不一樣了。

胡琴的白天，與眼科老教授一起出門診。像所有普世醫院的老教授門診一樣，小屋擁擠，艱於呼吸。叫號秩序，常被病人和家屬不費吹灰之力地打亂。病人層層疊疊，圍著一個因爲蒼老、邊緣化而越來越瘦小的老頭。他的白大褂總是配著一條紅色領帶，在人群中倒顯得分外鮮豔，領帶上斜著幾排YALE的字樣，那是訪問耶魯大學時買來的。他少時就讀的雅禮中學，是耶魯大學來湖南辦的教會學校。這位因蒼老而越來越瘦小的老人，就是胡琴的「蘇格拉底導師」。每週出門診的那一天，他穿戴整齊，繫上YALE斜字體的紅色領帶，花十塊多錢打黃色「面的」，從南城來普世醫院。

已近中午，病人漸漸散去，喧囂也隱去，一個初中生模樣的男孩扶著一位中年女人衝進門，差點踢倒門診桌旁邊的椅子。男孩突然失明的母親，老教授診斷是視網膜剝落。母親陷落在突然失明的恐慌中，身體止不住地抖。她不說話，雙手緊攥住兒子的手。坐在角落裡準備替教授抄方的胡琴，看著診室桌上交疊的兩雙手，一老一少。她想起自己那幾盤視網膜色素上皮細胞，在人跡罕至的地下實驗室培養箱裡，長得就算再壯實，也實在不值一提。一個時間緩慢流逝的結果，終歸讓人有足夠的時間去無奈、去認命。身體的突然殘缺，在一瞬間，卻如疾風暴雨一樣，猛烈衝擊著人的完整性。這時就需要緊緊攥住另一雙手。

「我是那另一雙手嗎？」顯然不是，她暗下決心，畢業後離開醫院，離開身邊這位曠世「蘇格拉底導師」，離開這個對她來說過於謹慎、嚴肅、古樸的普世醫院，帶著依戀和決絕。

離開，不是沒有悲傷，只是長年悄悄的沮喪在消解悲傷。深夜的超淨台前，胡琴有時哼一首叫〈墓誌銘〉的歌，來自老牌英國樂隊King Crimson克里穆國王。三年前剛進見習的那晚，一支以朝代命名的樂隊的貝司手，在一場車禍中去世。也是整個身體突然的殘缺，在一瞬間疾風暴雨，衝擊著人的存在必然性，最後竟至消失。後來，有喜歡鑽研究竟的人，趴在那個出事路口反覆研究，又翻出歷年交通事故的卷宗進行回顧性分析，結果發現：當年在設計道路的並線時，就不經意間埋下了隱患。

貝司手出事那晚，胡琴沒有睡意，與張貝思坐在東方廣場的工地邊。小她兩歲的年輕人張貝思。他們曾一起看過這樂隊的現場。那是九〇年代中的北京，吉他、主唱、貝斯、鼓手全體長髮，高個兒一米八以上，一身狷介。那時，多少狂妄的心走在北京，不是一身狷介呢？那次演出結束，張貝思對胡琴說：「妳特別像我認識的前護士女友。」一臉的嫩澀和熱情。

胡琴笑：「是嗎？長得像你前女友？還護士姐姐。會套磁嗎，你也太老套了吧。」

張貝思急辯：「真的！」一臉的嫩澀和熱情，加上急忙，抖得滿地都是。

一位貝司手的離世，震動的不只他們倆，一個二十二，一個二十歲。在夜裡，一切都變了，不打招呼地變了，就像眼科門診看到的那位母親，突然失明緊攥兒子雙手。胡琴挨著張貝思，揮霍愁緒萬千，坐在東方廣場的工地邊。面前的長安街，比往日更偉岸地鋪陳，像一條綿延的大河，吞吐著在小人物胸口的情緒，拋進黑夜，成爲虛無。隨身帶的小收音機裡，傳來一位普及搖滾、藍調、爵士樂多年的主持人的聲音：「一個時代的終結。」語調低沉，優雅地抑制著悲傷。他給離世的朋友，給全北京還醒著的人們選的歌是：Suede 山羊皮樂隊〈下輩子再見〉，King Crimson〈墓誌銘〉。歌中唱：迷亂將是我的墓誌銘。多年後，胡琴想給遙遠好友放這兩首歌，語調不知是否還能優雅地抑制住悲傷。

這晚，也是生活突然拉開一道巨大的拉鍊，砰地一聲，殘缺從裡面跳出來。拉鍊外的小人見識偶然必然，齊齊陷落空白後的長久停頓。兩人坐在東方廣場的工地旁，直到醫院門診部前的號販子和外地人隊伍漸漸壯大，吵嚷著誰該排更前，各種方言在人群中撕扯打架。清晨的陽光，穿過東單那些漸漸過氣的蒼舊屋子，如同穿過一部灰色篇章，照在一張張被普世醫院激起生機的臉上。求生的一天，帶著新鮮味道又開始了。

4

長安街那晚後的白天，迎來醫學生的轉捩點——許多同學翹首以盼的見習生活。自此結束軍訓、醫預科、醫學基礎課的五年征程，正兒八經地進醫院學習。普世醫學院則用另外一種說法來詮釋它的教育理念：打下牢固基礎，日後厚積薄發；轉遍各類科室，體驗醫學全景。

同班三十位醫學生們，換上了花二十塊錢買來的白大褂，一臉愣生生的表情，走在醫院裡，讓人忍不住地想欺負。衣服穿在身上，散發著一陣陣新衣出廠時的機器清香，是小時候熟悉的「勞保用品」味道。都學一位早在醫院裡工作了七八年的倜儻師兄模樣，脖子上橫搭著聽診器，而不是規矩地讓聽診器掛在脖頸，自脖頸垂落，從而能將聽診筒塞入白大褂衣袋中。

對照班級的分組名單，邊鐘是胡琴那一組的帶教住院醫生。邊鐘的聽診器規矩地掛在脖頸上，自脖頸垂落，從而能將聽診筒塞入白大褂衣袋中。傳統老土派。他鼻子上架一副眼鏡，黑而瘦，個子雖比張貝思和眼鏡語文老師都矮，在普世醫院，也算是周正書生。邊鐘的白大褂已老，灰白，袖口泛出了毛邊，但因爲普世醫院功能齊整的巨大洗衣房中洗、熨、燙的流程一絲不苟，布質挺刮的白大褂依舊看上去全無窮酸之氣，甚至帶著孤傲和威嚴。

邊鐘從病歷車裡抽出一份病歷，遞給胡琴。病歷本裝在一個白鐵皮夾子裡，白鐵皮上用紅筆赫然寫著32：「先花一個小時看這個病歷，二尖瓣狹窄的風濕性心臟病。」邊鐘鏡片後面的眼睛，射出的光如同人民衛生出版社《內科學》一樣，波瀾不興，嚴謹工整。也許是一夜沒睡，胡琴覺得這風格的眼睛讓人厭煩。翻著滿紙鋼筆字的病歷，幾次睏得想趴在桌上睡著。

32床是位老太太，七十二歲，臉上皺紋像羅中立筆下的《父親》。因爲二尖瓣狹窄，老太太用三隻枕頭墊高，呼吸才能順暢。站在32床邊，看見那張刻滿皺紋的臉，胡琴想起昨晚車禍去世的貝司手，想起長安街綿延如大河，黑夜中太難消化。老人臉上刻著的皺紋，又讓她想起考自己「世界上什麼最好吃」的祖母，已不在人世好幾年。

邊鐘從脖頸卸下聽診器，用手暖一暖聽診頭，在老太太的心臟區域聽了一會兒，按住聽診頭，回過頭來，用手指示意胡琴來聽：「特別典型的雜音。」因爲找到了典型，他臉上和語調裡有些沾沾自喜。

看他臉上那一抹得意，又看老太太有些痛苦的表情，胡琴皺起眉頭。但她還是湊過去，將聽診器塞進耳朵，腦子一陣暈，感覺自己漸漸縮小，順著聽診器的塑膠管滑下，進入一個四周封閉的房間，房間裡只有心跳。這個房間裡，有已不在人世的祖母的那張臉，梳著髮髻，額頭高亮，一臉過多無奈後的安然，觀看面前的病痛和這段即將結束的路程。那是祖母的最後一張黑白照片。

「形容一下雜音。」聲音從外面來，如同《內科學》眼睛一樣嚴謹工整。

「吹風樣？不，隆隆樣？」胡琴磨蹭著，沒以爲邊鐘會提問題，緊張搜索著課上剛學的專業詞。

說實話，什麼雜音，吹風樣，隆隆樣，水泡聲……在她看來，都是一個樣，都是如同前衛電子樂裡被作曲家們隨意擰鈕、採樣擺弄出來的音效，你要讓作曲說出這一個雜音是什麼意義，那一個雜音是代表了什麼，他會一臉不屑，睇著眼疑惑地問你：你不知道聽者自有聽者對聲音的體驗和理解嗎？音樂作品在被聽時，才和聽者的理解和感受一起，一波一波完成了它最後眞正的主題。

除了形容雜音，診斷學上那些形容腫塊的外形的詞，也夠不靠譜：菜花樣，黃豆大小，花生米大小，米粒狀……說好哪個種類的黃豆和哪個種類的米粒了嗎？又怎麼全是菜籃子裡的物件呢？是因爲中國是農業大國？

「基本功太不扎實了，妳！這麼典型！再問妳個問題，要是想看看這位病人入院治療是否有效，妳覺得最簡單的辦法是什麼？」邊鐘的聲音惱怒了起來。

胡琴蒙了：「問問症狀控制了沒有？……這個，我們課上眞沒講。」

32床老太太看著胡琴，眼裡露出同情。駐紮在眾多皺紋中的那雙眼睛，竟然有一種熟悉的慈愛，如同胡琴記憶中的那一張梳髮髻額頭高亮的祖母照片。胡琴眼眶一熱，心裡涼颼颼。

邊鐘扶起老太太，從她背後的三隻枕頭，撤下一隻，問：「您現在感覺怎麼樣？」

老太太說：「可以，和剛才差不多。不過，你們可以先出去一會兒嗎？我想休息一下。」

像是沒聽見後半句，邊鐘抓住前半句得意地瞥了胡琴一眼，說：「瞧！這就說明治療有效。」

腦中一團粥的胡琴，「爲什麼呀？」不合時宜地滑出了嘴後，她就看見了邊鐘氣得鐵青的《內科學》臉。

剛進醫生辦公室，邊鐘對著胡琴吼起來：「妳這什麼基本功呀，別以爲是普世醫學院的學生，就比別人高明多少，你們這些學生，考分高又怎麼樣？高分也有低能！雜音聽不出來，課上講的到了病人床前也活用不起來，就沒法做眞正的普世醫學生！」他的手狠狠地在空氣中一揮，「這——等於白學！根本不配待在這裡，這裡可是普世醫院！」像是判了死刑，畫了大紅叉。

胡琴最不喜歡聽別人說高分低能，好像有了高分，就可以順帶著詆毀她低能。從上小學就一直高分，常遭人敲邊鼓：小心高分低能！軍訓時，燒餅臉區隊長把凡阿玲拉過去分裂她倆，不也反覆詆毀她高分低能嗎。

她急了：「白學怎麼了？將來還不一定想當醫生呢。」

「不想當醫生，妳來普世醫院？多少人爬著都想進來呀！妳瞎浪費什麼時間呢！」啪地一聲，邊鐘狠狠闔上32號的病歷。

不知是貝司手離世在長安街邊瞎感傷了一晚，還是看見32床老太太想起了已不在人世的祖母，胡琴覺得周圍不眞實，很虛空。虛空中，特別想去反抗些什麼，首先反抗的是眼前看上去事事兒的邊鐘：「你以爲你就適合當醫生嗎？32床都那麼大年紀了，聽診時她顯然很痛苦，你還在那大喊大叫，爲撤掉一個枕頭興奮得跟什麼似的！」

完了，第一次見習就得罪「老大」。聽許多師兄師姐說過，帶組的住院醫生，又稱「老大」，對於正確地跨進醫院生活，起著如同衣食父母的作用。地位不亞於軍訓時的區隊長，甚至遠超過。得罪「老大」，此後數年，誰還帶你在普世醫院的江湖上混？

「涅槃」樂隊的主唱科特・科本，在用槍幹掉自己之前，在遺書裡寫：「這個世界上的人太容易友好，有著太多的同情。可我從很小的時候就開始仇視人類。」別信他，他說的是反的。有時胡琴會在深夜的超淨台前，對著幾盤無比潔淨的細胞，想起這句被不少年輕人誇張引用的話。

她把它反著改寫，心懷對某些暖意的企圖。一個因失戀而求助的幾秒遲疑，就可以讓胡琴忘了失戀女人一年中曾多少次決計用暫時的權威傷害自己。一個因生病而脆弱的眼神，就可以在瞬間擊中一些人，悲憫浮出水面。一個因車禍而身亡的消息，就可以帶入不眠夜晚，讓憂傷與橫亙在黑暗中的長安街一起消化。不是嗎，眼前，九〇年代接近世紀末的北京，二十多歲的年紀，似乎正為揮霍這樣的情緒而存在。

也許，科本是一個抑鬱症患者，本說東偏往西。不信嗎？去聽他的歌〈強暴我〉，並無任何凌厲之氣，聽來滿腔悲情。那張齊肩長髮的照片，雙眼是柔軟，悲憫，照片就掛在胡琴宿舍床頭的牆上。自他拿槍自殺那天起，胡琴從《音像世界》雜誌上撕了一張，貼在牆上。

思。

5

張貝思也喜歡那張照片，宿舍床頭也貼了一張。那雙眼睛悲天憫人，也在夜裡注視熟睡的張貝思。

悲天憫人這調調，是這世上的奢侈品之一。北島筆下，海外流亡多年的智利詩人薩吉歐，同樣有雙「悲天憫人」的眼睛。因爲稀少和精進，而顯奢侈。

兩個年輕人的認識，是音樂造就的偶然，這在九〇年代接近世紀末的北京，比二十一世紀概率要高一些。張貝思更願意誇張點，把它叫做際遇，或緣分。一個人站在北京城的景山頂上，胡琴往遠處看，企圖看到北京老景銀錠橋和西山：與其說是兩個年輕人之間的偶然，不如說是那時這城市挾裹的一種氣氛造就的必然，「如果有一天，朋友離去，我感到孤獨，不如再次懷想九〇年代的北京。」這麼感慨的，已不只胡琴一個。

那時，湧動著一種氣氛，板塊與板塊之間碰撞，產生了一些交雜地帶的特定物種。胡琴和張貝思這倆看上去來自兩個世界的人，碰巧去了同一場以朝代命名的樂隊的現場。兩人又碰巧靠著同一根沒有上漆的水泥柱子，一左一右。已是晚上十一點。等左邊的張貝思側過臉來，發現了柱子右邊的胡琴。他手裡拿著一台破舊的相機，「海鷗」兩個字已常年磨損，但抓住相機的手指修長，後來證實了：這雙手沒白長，會彈貝司、會打鼓，會抒情——無論是用筆、用鍵盤或是用愛撫的動作。

他請胡琴照相，一個勁兒強調：「以身後的樂隊爲背景」，他的手朝著台上正集體沿逆時針方向甩長頭髮的樂隊，矯情一指。胡琴看著取景框裡的張貝思，一件厚格子花襯衫裡一件短袖，胸前是英文的「搖滾未死」，發達的胸大肌讓「搖滾未死」的字母更加凸出。等胡琴摁完快門，抬頭，才發現他原來個子很高，需仰視才見，看得最清楚的是他下巴那排拚命想鑽出土地的青青鬍鬚。眼前，分明一株滴著朝露的青青樹木。

他建議也給胡琴照一張，胡琴嘴一撇：「我很少照自己。」稍覺不妥，自我解嘲：「我頭髮沒他們長，個子沒他們高。」

輪到年輕樹木自嘲，讚胡琴：「有個性！妳也喜歡這個樂隊？」

胡琴說：「湊合吧，說喜歡他們的歌，不如說更喜歡那狀態。喜歡月台下，看他們臉上那表情：沒工作，自我陶醉，感覺挺酷、挺悲壯。他們的活法和我不一樣，我就喜歡。這樣回到普世醫院如出一轍的環境裡，才能甘心，埋頭學習。我跟你們不一樣，我們軍訓過一年。軍訓時，就老盼著不用趴著瞄靶，而是明白人似的站著，看眾人趴著。」

胡琴又說：「我更喜歡內斂、孩子氣點的樂隊，像The Cure，碎南瓜。」The Cure專輯已蒐羅到第十張，整齊地排在普世醫學院宿舍的床頭，科特·科本的照片旁邊，每天早上醒來就能看到。

年輕樹木說：「我最早聽的是一首叫〈搖滾已死〉的歌，然後是槍與玫瑰的〈不要哭泣〉〈十一月的雨〉。從來沒聽過這麼酷的歌。在電視上看到一男主持人斜躺在台階上，長髮垂在肩上，愛睡不睡地，拿著話筒介紹搖滾樂，哇，沒見過這麼牛的人！我就考了北京的大學，你看，朝聖來了。」

那晚演出完畢，出了場，年輕樹木一臉嫩澀和熱情對胡琴說：妳特別像我認識的前護士女友。胡琴嘲笑太老套了。年輕樹木急辯：眞的！胡琴說：不過，我倒眞是未來的醫生。

長安街工地旁的那一晚，年輕樹木又說：妳特別像我認識的前護士女友。胡琴又嘲笑。年輕樹木說，不過妳上次那句「我倒是未來的醫生」，細品起來，有詩意，讓人遐想未來，讓人想像時間將把妳在未來塑造成什麼樣，很美妙。

兩個月後，年輕樹木又約一起去看演出，一名久不現身的老牌吉他手，以及一位唱藍調唱得和黑人一樣藍的流浪歌手。早早買了票，路邊小館裡吃飯，等演出十點開始。小館裡幾張外形極不統一的桌子，統一地鋪著塑膠桌布，風扇吹過，劣質桌布飄飛。

年輕樹木要請喝啤酒，胡琴說：「你們小孩哪有經濟能力，我好歹已按研究生待遇，每個月發兩百塊補助，雖然是常年忍耐和蟑螂同屋換來的。」

再一次硬要將她與護士姐姐扯在一起，年輕樹木說：「小孩？以前我也可以請護士前女友吃飯的，我做家教，二十塊一小時。我算過了，妳上八年，我上四年，我比妳早畢業，到時等著吧，我拿工資請妳看演出，想看哪個就看哪個。妳看，妳現在才見習，早著呢，離經濟獨立。」

眞是早著呢，現在才見習。自從與邊鐘第一次爲32床老太太的二尖瓣發出的聲音吵架後，兩個月間，胡琴又有三次撞上了邊鐘的槍口。一次是扎動脈血測血氣，邊鐘先示範了一個病人，讓胡琴去扎另外一個病人，七十歲左右，一臉退休知識份子氣，搞理工的那種。胡琴的針還沒刺進表皮，老頭病人那冷眼旁觀的眼神忽然一收，陰森森大喝一聲：「住手！妳這小年輕拿我練手呢，叫妳上級大夫來！」邊鐘怒斥胡琴表情不鎮定，一眼就被病人看穿了心裡沒底。

第二次，邊鐘領她看一位肺間質纖維化的病人，在床邊讓她解釋「矽肺」兩個字。胡琴嘟囔：「矽，矽是元素表裡的一種元素。大陸叫矽。化學符號Si，原子序數好像是14，元素周期表上ⅠⅤA族的類金屬元素……矽肺，是塵肺的一種吧。矽肺……好像呼吸系統裡還沒講到這個呢，邊大夫。」邊鐘鼻子裡哼了一聲，很粗壯，企圖藉此強悍地給胡琴判一個不及格。哼完一聲不過癮，又補上：「妳絕對白學了！真不配待在普世醫院！」那位長年吸入二氧化矽粉塵而矽肺的中年男子，有著樸素的工人階級本色，躺在10號病床上，趁著呼吸困難的間隙，朝耷拉著腦袋的胡琴，做了個鬼臉。

第三次，是胡琴交上自己寫的一份關於「肺動脈高壓」病人的病歷，邊鐘審閱。邊鐘翻著病歷，一言不發，拿一支紅墨水鋼筆圈圈畫畫。二十分鐘以後，胡琴花了一晚辛辛苦苦用藍黑碳素墨水寫成的病歷，紅色已極其不諧調地佈滿其中，完全看不出藍黑是主體。這還不算，邊鐘要求胡琴從頭到尾將病歷背誦一遍。早在傳聞中聽說，以前普世醫院的老大夫就這麼要求年輕大夫，理由是：如果你連病人的情況都不能爛熟於心的話，怎麼診治病人，怎麼給病人最好的照顧。胡琴只是不曾想到如此嚴厲、古老的規矩，會附體邊鐘，進而降落在自己身上。她憑著自己記旋律和歌詞練下的不錯記憶力，還算順利地背完了病歷，心想，看你這回怎麼說。

「入院查血了嗎？」邊鐘問。

「查了。」

「血小板多少？」

「這個……不記得了。」胡琴只是將一堆檢查如數抄在病歷上，根本沒去看這個數。她急得自己血管的血小板都快凝聚起來了，可就是想不起那個血小板的數。

接著，傳聞中老普世醫院的老大夫對年輕大夫的最撼人一幕在眼前上演：胡琴花了一晚寫成的病歷，被邊鐘往地上啪嗒一扔，擠出兩個字：「重——寫！」

塑膠桌布在風扇搧動下拂起，貼在胡琴的下巴上，黏黏的。年輕樹木央求講講普世醫院的醫生生活，她就氣憤地想起了見習以來碰上邊鐘的一個個逆境，坑坑窪窪的，禁不住嘆息：「我未來是不是醫生，眞得兩說。」

年輕樹木睜圓了眼睛：「揍丫的！姓邊的。」

吃驚於這爆發力，轉而，胡琴愉快地想像邊鐘被他暴揍的場景。論身高、體格，兩人都相差懸殊，年輕樹木如能使出打鼓時的認眞勁兒，邊鐘肯定是被敲破鼓膜的那只。但爲什麼那個瘦而黑的邊鐘，身上一股凜然的正確價值觀氣息，像國家機器一般，貫穿上下，由內而外，壓得胡琴快呼吸衰竭了呢？

「還是別操心我的未來醫生生涯了，講你的從前護士姐姐吧。」胡琴逗他。說完細一想，這麼說「未來的醫生」和「從前的護士」，倒眞有詩意，是時間在其中撩撥的縱深詩意。

「我倆再也不可能了。」年輕樹木一仰頭，喝了半瓶啤酒。胡琴盯著他上下活動的飽滿喉結，忍不住想起診斷學上教的甲狀腺檢查手法，嘴裡還老讓病人「嚥口唾沫」。職業病。

「隔好遠。」他感傷。

「誰跟誰沒戲了，不是感覺隔好遠呢。文藝腔那勁兒很難拿，演不好就是淺薄。」胡琴繼續逗。

「她——已經不在了！在護理一個重感染病人時自己也感染了。很快，一天時間裡，人眨眼就沒了。」飽滿的喉結，原來是眞的感傷。

人眨眼就沒了？自見習以來，除了被邊鐘大訓小訓過無數次，胡琴並未在醫院親眼見過生死。雖然，在普世醫院裡，每天都聽人漫不經心地議論著這樣的話題。連那些打掃樓道的清潔工，都能以一種醫生彙報病歷的方式，書面語地談論哪個病房哪床因爲什麼死亡。這件事，對他們來說，如同議論今天醫院食堂裡有什麼小炒一樣稀鬆家常。但對沒在醫院親眼見過生死的胡琴來說，這事沒那麼簡單。

空氣悶熱起來，拍拍年輕樹木的肩。那肩膀裡灌有雄厚的力量嗎？各自飲盡面前的酒，空酒瓶中，各自盛滿一堆年輕而充沛的傷感。風扇繼續搖頭，似乎在否定眼前，搧動塑膠桌布的邊緣，顧左右而言他。

那晚的演出，久不現身的老牌吉他手，最終沒現身，換成一位資歷也很老的搖滾樂手，在台上唱了幾首勵志歌曲，歌詞中有「我揚起帆，在大海上，美好未來就在前方」，聽上去正義凜然，旋律寡淡，這事兒還要唱嗎，像軍訓時直接喊口令更合適。江郎才盡。藍調唱得和黑人一樣藍的流浪歌手也沒有出現，可能還在路上流浪，沒能在晚上十點趕到北京。跳上來一位菲律賓歌手，唱了幾首SANTANA，散發出歌廳熟練工種練出來的味道，就像後來胡琴去三藩市中國城飯館聞到的那股從地毯滲出來的味道。

「現在世上比較亂，到處是混子王八蛋！」念叨這句「地下嬰兒」樂隊的歌詞，年輕樹木越聽越生氣，一隻手緊攥著胡琴退場。這歌詞貼切，他的手有力，胡琴想甩卻掙脫不開，不禁抬頭端詳眼前這人。他捏著兩張票根，衝到售票廳，口紅褪色的售票員正收拾劣質漆皮小包，準備下班。

「對不起，我們要退票！跟宣傳的不一樣！」

售票員聽後，嘴巴微張，「不都唱了嗎？」又闔上，一臉漠然。

年輕樹木拔高音調：「要看的是高品質的演出，不是這種劣質拼盤！跟宣傳的不一樣。」繼續拔高，「我們倆學生，老遠趕過來，自己掙的錢買了這兩張票。」

售票員拿起漆皮小包，平靜地說，這壓根兒和自己沒關係，去找主辦方。嘴裡還在嘟囔：「不都唱了嘛。」

所謂主辦方，是一位留著稀疏長髮的中年男子，斜揹著一只乾癟的軍挎，上面寫著「爲人民服務」，大家全體都熟悉的主席字。胡琴一看，那不是軍訓時發的那種軍挎嗎，當時恨不得趕緊擺脫，才幾年過去怎麼現在又成了時髦。又有兩位男孩也罵罵咧咧地退場。年輕樹木一把拉住他們，當成同夥一起圍牢中年男子：「給我們退票！」中年男子捋著稀疏長髮，面無表情不回應。

年輕樹木舉起拳頭，憤怒地對著中年男子的臉砸過去。胡琴才發現，這株還滴著朝露的青青樹木，樹幹開始遒勁起來，就像北海湖岸有些老樹的架勢，只有樹幹沒有樹葉，渾身上下一股勁，讓人卻步。但他嘴裡叫囂的卻是太文藝腔的理由，聽起來難免滑稽：「要看高品質的搖滾演出！」

但在胡琴聽來，說的其實是：他和護士姐姐隔了好遠，再不可能了！人眨眼就沒了！

這回她眞的相信：他眞可以攥起拳頭把邊鐘揍得像一架鼓，鼓膜破了。

6

在有些夜晚，自屠宰場取回眼睛，在地下室裡將細胞放進培養箱，如果還沒有睏意，胡琴就穿上白大褂，在普世醫院的各個病房間穿行。視角如同幾百年前在土耳其流行的細密畫，從某一高處俯瞰眾生，人間各角落盡收眼底。

這時的普世醫院，燈光弱五分，間以機器器械閃著綠光、紅光、清光。活躍度弱七分，但總還有急診、手術室加班、急救、白影值班人在走廊穿梭的腳步。那些平躺、斜躺、坐睡的人……皆是眼前這晚上的主角。他們卻大多也懷疑自己多大程度上是這生命的主角。

有的沉入夢鄉。沉入的不是溫柔鄉，不是家中老床老妻在側的夢鄉。沉入的是，病床上的夢鄉。就讓睡眠如同短暫的死亡，病痛暫忘。擇一虛幻之地，暫做無憂停留。所有非物理意義的概念，借此正作一廂情願的放大。

有的睡夢，必須順帶呻吟或咳嗽。一副病痛之軀，不忘干擾睡夢的完整和獨立。是呀我們作爲人，如果離開了軀體保障，睡夢的完整和獨立，又從何談起?是經濟基礎，決定上層建築。

一些沒有睡，更沒有夢。生命已到邊緣，身體分裂，睡夢被撕成碎片，只剩撲騰和掙扎，這些動作實在是多餘和悲傷，處處顯示時日無多。諸行無常，是生滅法；生滅滅已，寂滅爲樂。

有人在輸液，爲了活著。有人在吸氧，爲了活著。有人已遠離人世，還差幾步就完成他的世間旅程，肉身漸輕渺，一旁的醫生、護士也成爲多餘，包括他們多餘的藥方、輸液、呼吸機、眼角一閃的眼淚。

這一切，都在普世醫院夜晚之上靜謐地進行。

偶爾閃過白影，那是胡琴熟悉的人。那些稍有年資的住院醫生，被菜鳥一樣的見習生、實習生尊稱爲「老大」，其實也是醫院巨大機器中的一隻辛勤菜鳥，正配合巨大機器的運轉值著夜班。也有鳳眼倒立訓斥過醫學生胡琴的護士，這些護士喜歡邊鐘這樣溫文周正的書生，在醫院這個古怪的系統裡，人越嚴謹工整，似乎越能在辛勞和刻板的工作中，激發起她們前往接近的熱情。

此刻，無數生活在北京的人，並未能以這樣的方式走進夜晚。如同胡琴獨自一人拎著冰盒去屠宰場，走進另外的夜晚。獨特的普世醫院夜晚。在可以揮霍充沛的熱情和傷感的二十多歲裡，一門尤顯獨特的課程。多年後，胡琴回到上海，扎進忙碌大軍。人民廣場地鐵站裡那些換站或是出站的人，潮水般迎面撲來，人人急切。她就想，也許治療眼前人們這種急症的最好辦法，就是再有一天，回到普世醫院的夜晚，穿上白大褂，在那交錯的病房走道裡重走一圈，領略繁複人生白駒過隙。那時，還沒想到有一天，白風琴和凡阿玲會以各自獨特的方式，去醫治人們這樣的急症。

被邊鐘指導的第四個月，有一晚，胡琴與他一起值夜班。還有一年才進入實習，見習醫生值夜班，在普世醫院並非必需。實在是同屋的五位女生，早已懷著積極主動的姿態，跟各自「老大」參加了值夜班，儘早地體驗了醫生生活，如同美國校園電影裡，「破處女身以顯擺成熟」一樣急切。迫於輿論壓力，胡琴和邊鐘值了一晚。儘管在她看來，同屋的五位女生在以見習醫生的身分值班時，除了換個地方睡覺、聞著消毒水睡覺睡得更香之外，什麼緊急醫療事務也沒有發生。她們身上那一股「希望在夜裡發生點什麼」的迫切勁兒，非常爲帶教的住院醫生們老大們所不齒：一種只有涉世不深的醫學生才有的幼稚症狀。

「以後有得你受的！」老大們無一不以過來人的身分和口氣，非常成熟地說道。老大們不知，偏偏這句話和這種練就的成熟勁兒，正是這些剛進醫院的醫學生最希望而且是以最快的速度得到的。

總希望，在夜裡，發生點什麼，就發生點什麼吧！一些不尋常的、可以促進成熟的——「事件」。

值夜班那一晚，胡琴和邊鐘先是分頭在飯堂吃了飯。按普世醫院的社會學描述，照例，邊鐘那晚吃的是普世醫院標準的住院醫生的伙食：買兩份菜，一份飯，另加一瓶優酪乳。胡琴的伙食，是見習醫生的生活水準：一份菜，一份飯。與往日唯一不同，那個食堂視窗後面的女師傅，展開了一張成天對著樣式各異的八大鍋菜的油水臉，掃視四周，見無他人，朝胡琴一笑：「大夫，問妳個問題：妳知道我這年齡怎麼避孕嗎？」胡琴才發現，自己碗裡的魚香肉絲，原來比往常多了一半的量。可惜書到用時方恨少，她現在只學到《內科》，還沒有學到《婦產科》，自己臨床經驗也不足夠豐富。

在病房裡，邊鐘帶胡琴收了一位新病人。等胡琴寫完這位「左肺腫塊性質待定」的病歷後，已夜裡十點，她有些急切地問：「今晚會發生什麼嗎？」邊鐘帶她在病房巡視一圈，看完病人說：「應該沒事。15床那位老慢支的男病人，呼吸衰竭，吸氧好幾天了。他每年冬天都犯，都來這兒。妳先睡吧，半夜如需要妳幫忙，叫妳。」

難免失望，聽他說「妳睡吧」，感覺有些怪，像一屋裡過日子的兩口子。和他兩口子，一定彆扭。但她躺在醫生辦公室的小床上，很快聞著象徵著「值過夜班」、象徵著「成熟」的飄著消毒水味的被子，香甜睡去。

先是一陣消毒水味，又是一股濃重的酒精味，後來成了她和年輕樹木在街邊小飯館的啤酒味。以上林林總總味道，都曾裝在作爲容器的瓶裡，之後散逸出來。那些空瓶中，盛滿一堆年輕而充沛的傷感。空瓶立在舞台上。年輕樹木忽而彈著貝司，忽而擂起鼓槌。胡琴面前立著一隻巨大話筒，像爵士女王Ella的那一隻。她對話筒唱「現在世上比較亂，到處是混子和王八蛋」，聲音中的激越點燃台下的觀眾，像那個聲音蒼老的年輕Janis Joplin一樣。看哪，她成功地用空酒瓶中年輕充沛的傷感，點燃了人群，人群沸騰。她狂奔出去，一口氣不停，直奔到長安街上，綿延的長安街，獨自橫亙在黑暗中的長安街。迎面走來白色的身影，穿著一身白大褂的邊鐘，臉上掛著的冷諷，寒冬裡的冰涼潮水一樣，頃刻間將她瓦解。

眞背！長嘆一口氣。

有人叫她名字：「胡大夫，快起！」眼前晃動著白色人影，同病房的護士，「15床不行了。邊大夫叫妳！」

即便半夢半醒，胡琴也猜到將要發生什麼。穿上白大褂，快步奔到15床前。床前好幾位護士和醫生，邊鐘正在切開氣管，但病人呼吸微弱。面前這具漸漸枯萎的身體裡，雙目微睜，看著病房門口的方向，順著目光延展，那裡似乎是他最後的希望。但門口什麼都沒有。心跳越來越稀稀拉拉，不出兩分鐘在監視儀器的螢幕上，拉成了一條直線。胡琴的手還在邊鐘的指示下，對著老人的心臟所在地摁壓，忍不住問：「家屬呢？」邊鐘沉著臉不說話。

一起回醫生工作室，邊鐘臉緊繃，給老人的兒子打電話。話筒裡說：「那你們就先運到太平間吧！每年冬天都這樣犯病，這一天早料到了，明天再去醫院辦手續。」對方掛了。

在她聞著消毒水味做搖滾夢時，邊鐘已發現15床情況不妙，打電話給老人的兒子，希望到醫院來簽字，氣管切開，或轉加強監護病房。話筒裡也是：「這一天我們早料到了，你們看著辦吧，就別特別處理了。」

靠近醫生辦公室的窗邊，天邊微睁眼，時間是介於燈光與黎明間的五點鐘。窗外，普世醫院的琉璃瓦屋頂格外蒼老，新式研究所大樓則有小方塊瓷磚貼成的外牆，像一座巨大的公廁。屋裡讀X片的燈箱開著，映出扎眼的白，上面還有兩張15床的胸片掛著，下午拍的，菜鳥胡琴去辦的這件事。邊鐘的側影印在辦公室的白牆上，略有駝相，似乎從那裡往外滲著乏力。胡琴突然覺得有義務打破沉默，她去關讀片燈箱，「啪」弄得故意很響。「關了它！這家屬真過分，頭一回見！」

「這樣的，不少。」

「你不氣憤？」

「一開始會。見多了，就習慣了。以後，妳也一樣。」

很熟悉他這麼說話的腔調了，如同一副蟬蛻下的殼。只是這回，他表情沒那麼漠然，一絲傷感很快掠過那瘦而黑的臉，那是不太可能出現在邊鐘臉上的虛空，是這個普世醫院裡罕見的表情。總用自己獨特的大腦照相系統拍照的胡琴，在邊鐘這個人的文件夾裡，拍有這一刻的臉，存檔。

沒過幾天，年輕樹木張貝思再次問胡琴「未來的醫生生涯」，胡琴沉吟：「我未來當不當醫生，眞不一定。」

年輕樹木自作聰明地明白了，捏起拳頭，朝著想像中的邊鐘揮去，「揍丫的！姓邊的。」

用手回捲起那滿脹力量的拳頭，收到他胸前，只是，胡琴也並不準備給他講那一晚値班的經歷，關於目睹死亡以及死亡被漠視的經歷。

7

目睹死亡的經歷，最初是一個祕密，一個無法與別人分擔的祕密。無法與別人分擔，在於無法使用語言，精準地描述出死亡在我們眼中、心中激起的反應，它牽連出記憶和情緒，還拖帶出對自己存在的懷疑，對生存的恐懼，對尚未發生的事件的信馬由韁的想像，以及整個族類本質上額發一樣的孤獨。最後，竟是某種敬畏。我們正目睹的死亡，就是我們的將來。

寫完一頁紙的「死亡記錄」，邊鐘發現胡琴仍在桌旁，正裝模作樣地翻著病房裡的英文影印版《希式內科學》。課本裡的英文字在她失神的眼中，其實像一隻隻蚯蚓，彎來扭去。但她強撐著，出於道義好像也該陪著邊鐘，這一晚。

老年慢性支氣管炎，這名詞沒學醫前就不陌生，陪伴她度過了整個童年和少年。祖母就是一名老慢支患者。

每年冬天，祖母都在床上度過，無法下地。她躺在床上的喘息，一陣陣的呻吟是在叫「娘」，這聲音讓十幾歲的胡琴體會絕望，比父母的爭吵聲更強烈的絕望。只有正月初一的下午，太陽高升，祖母才翻出壓在箱底的中式對襟外套，乾淨整齊，梳好髮髻額頭敞亮，在明朗的太陽下稍稍走動，那時又彷彿一個全然健康的祖母。「不就下地走一會兒嗎，爲什麼要這麼細緻地打扮？」胡琴問祖母。「這是一個人最後的面子了吧。」祖母答。在有些深夜，祖母不能平躺睡覺，臉色青紫，讓人感覺到「快不行了」，胡琴就陪母親在冬天的夜晚，快步趕路，去請兩里地之外的「小眼睛醫生」。

「小眼睛醫生」每年冬天都會來家裡好幾次。許多在家人看來嚴重的情形，在「小眼睛醫生」眼中，都不值一提：「每年冬天就是會加重的，不只你們家一個老太太這樣！」後來他乾脆說：「你們家老太太已經活到七十多了，發生什麼，其實都不意外。那一天，早晚的事。」但胡琴陪母親走在冬天的夜晚，四周寂靜，能清晰聽到往外滲出的幾輪腳步聲，並不是爲了坐等「那一天」到來的事實。每次以爲，忍受寒冷和瞌睡，請來醫生就請來希望。「小眼睛醫生」總用解構和調侃，將希望消解。南方陰冷的冬天裡，十幾歲的胡琴領會，絕望並非認知的終點，絕望之後還有什麼，蒼涼？某種起初滲著冷、進而泛出暖的更深切的詩意？……

「看不懂就別看了。」邊鐘掃一眼《希氏內科學》。

「就不能試著看懂呀？當初，你不也從看不懂開始的。」胡琴沒有氣憤，有意逗他。

邊鐘拿下眼鏡，用手摁了摁眼眶，一團疲憊跟著指節粗大的手如影隨形，滲入眼睛，「是，說得不錯！看不懂也得硬著頭皮看。妳可以不看，將來可以不當醫生。我不行，誰讓我生在醫生大院裡呢。」

「醫生大院？像你這樣的，大院裡都怎麼過？」來北京讀大學後，胡琴對軍隊大院的興趣，一是因爲讀王朔的小說，二是因爲喜歡的搖滾樂手不少來自那裡。她想像北京的軍隊大院是新生文藝一代的搖籃，裡面住著一群特別酷的孩子，衣食無憂，游離現實，氣質獨特，滿腔熱情準備長大幹藝術。醫生大院，倒第一次聽說。

「從小就不怎麼見得著父母，老是有任務、進醫療隊，或是值班。所有都和醫院、值班有關，都和白大褂有關，和治病救人有關。長大了，得考醫學院，考不上特別沒面子。不在普世醫院幹，也特別沒面子。」

聽人說邊鐘父母也在普世醫院，媽是婦產科教授，爹在醫科院，生理學教授。學術界名聲，爹比媽更高。收入和實權，媽比爹更強。這畢竟是一個日趨經濟化的社會。邊鐘一開始考上的醫學院特別差，一家離北京一千多公里開外的市級醫學院，全中國一百名都排不上。上完本科，好不容易考上普世醫院的研究生，才算回到普世王國。

胡琴忍不住揭他傷疤：「起初，考了一家特別差勁的醫學院，是不是壓力特別大？」

「可不是！爸媽都快在大院裡抬不起頭了，瞧隔壁兩家的孩子接連都是先上北醫後出國，自己家的，去了一千多公里開外，學解剖連一具眞正的屍體都沒見過。學內科學，都沒聽老師提起過《希氏內科學》。在大院裡，實在是一件很見不得人的事。」

看著瘦黑的邊鐘，胡琴猜想他所生活的大院一定有股濃重的消毒水味，裡面的人全是傳說中的普世醫院的厲害老教授，他們總是用各種刁鑽的問題折磨年輕大夫，看年輕大夫的病歷總是不滿意，往地上一扔，擠出兩個字：「重寫！」這生活挺特別，但也苦行，單調。

「考上了研究生回來，總算給你爸媽長臉了？」

「算吧。可壓力一直有，我一開始混得比別的大夫家的孩子差，總得把那些欠下的補回來。在普世醫院，前有八十年的輝煌，輝煌對後人就是壓力，代代還有牛人出。就這醫院，就貧血的鑒別診斷能侃兩小時不喘氣的，大有人在。在這裡，我只能爭取不落下。」

《希氏內科學》上的字全成了蚯蚓，胡琴問：「你到底覺得當醫生有意思嗎？」

「這問題，我從沒想過。但普世這兩個字，一直是神聖的。只要出生在普世的醫生大院裡，你就是來當醫生的。你想，你爹媽是當醫生的，你爹媽的爹媽是當醫生的。你們家三代的生活都是圍著大院和醫院這十分鐘的路程、甲乙兩地轉，超出這個範圍以外的生活，我就從來沒想過。當醫生就是我的生活。每個人都有一個當醫生的理由，我當醫生的理由比我更早就來到人世了。」

「你們家幾代都在這裡？」胡琴用手劃了個圈，「這裡」，指普世醫院和醫學院。

「到現在三代。爺爺是普世醫學院成立不久後就考上的，高材生，在中國搞內分泌數第一，發的文章全在國際上核心期刊。四〇年代時他自己出診有汽車，有司機，有別墅，穿一身白西裝，出門戴禮帽，跳交誼舞追我奶奶。五〇年代初他本來在美國進修，一封信就召喚他回了國建設新醫學。日後惹了大麻煩，被批鬥，被派去擦玻璃，被押到自己從前的病房裡給病人倒大小便。有年冬天，被派去爬上六層樓擦玻璃時，腳下踩空摔死了。我對他印象模糊得很。家裡倒有他寫的一摞英文筆記和不少黑膠唱片，是美國留學時留下的。我爹一開始也學臨床，受爺爺影響，認為學了臨床再搞基礎研究更體現功力，轉成了基礎。我爹媽是普世的大學同學，一起學習有了感情。到現在我媽混得比我爹抖，搞基礎科研多窮呀。」

「碰到15床這樣的家屬，就不心寒？」

「這種事，醫院裡天天都有，習慣了。小時候在大院裡，就聽大人們說這些。現在，越來越常見了。」

一個醫學生，總要目睹生死的。經歷過第一場，臉上才開始掛上見過世面的成熟。醫院走廊來回竄時，才不會看上去那麼青澀，遭人欺負。這一晚，在胡琴同宿舍的五位同學看來，是一場足以催化成熟的「事件」。同學們羨慕的成熟感，也許就是邊鐘那句「醫院裡這種事天天都有，習慣了」的麻木。

胡琴並未準備好去變「成熟」。也沒準備好在未來做一個醫生，終日面對眼前這個悲情小宇宙，人世間生老病死，像太陽升起又落下那麼稀鬆平常。電話裡15床家屬的語調，邊鐘的「普世醫院大院」生活，都被她大腦裡的照相系統拍下。像一個被投放在這個大院裡的試驗動物，邊鐘的一生都和這個大院的氣氛、價值觀緊密相連。每個人都有一個當醫生的理由，邊鐘當醫生的理由比他更早來到人世。

「那我當醫生的理由呢？」在普世醫院，除了邊鐘執著於比他更早來到人世的當醫生的理由外，另外一些作爲「老大」的住院醫，比改病歷更具熱情地規勸胡琴的同學們：現在物價又高，醫生收入又低，工作又累，掙的是賣白菜的錢，操的是賣白粉的心，總得養孩子吧，總得買房子吧，穿「白大褂」不如去外面當「白領」，聽說還有混得更好的，叫「金領」。

「滿目白大褂，那我當醫生的理由呢？怎麼一而再、再而三地遁形了呢？」世紀末的夏天，畢業前夕，胡琴站在論文答辯的講台上問自己。

經過一年的地下室實驗生活，努了八年的弦到了射箭的那一刻。到達終點，意興闌珊。蘇格拉底般的導師病倒了，躺在家。列席的是導師在病床上打電話挨個請的參評專家，都是他的圈中知名同行。小瘦和汪老太太一前一後地告訴胡琴這消息時，她正在裝訂九十二頁的畢業論文封面。封面是胡琴自己設計的，標題下面是一雙眼睛，眼睛很大，瞪著看世界，似乎沒太看明白。

導師是被寇里的派系鬥爭氣病的，本與已退休在家的他沒關係，但他力挺的一位中堅力量被寇里另一派系的領頭人組織一批大夫寫了封匿名信。信中用虛構的方法，描述了一起眼科手術事故，肇事者是那位中堅力量。中堅力量敗下陣來，另一派系的領頭人當上了科主任。讓導師、汪老太太、胡琴倒氣的是，在此主任所拉攏的陣營中，竟有幾位與蘇格拉底導師一起在普世上學、一起在普世眼科同事的普世老教授。汪老太太直嘆：世道變了，世道變了，世道變了……如同面對天壇迴音壁，聲音中能量逐漸衰減。

一九九九年世紀末的夏天，這時間適合畢業，適合站在普世醫院論文答辯的講台上，回望快逝去的這一個世紀。並非懷著激越的理想主義讓過度的熱情一葉障目，是用一雙經過一年眼科實驗洗禮的眼睛，上下左右，冷靜端詳。感性與理性同在，客觀與詩意並舉。看吧這一個世紀，西醫從最初的人一體，到分解系統、分解各門科學以期聰明地搞清楚更多的人一體。時間到了世紀末，每個人擇一旁路，深挖下去看到更多本管道中的細節、細胞、信號通路、炎症因數……耽娛其中，順勢下滑，更深更遠。每個人誤以為，自己描繪的是整個眞理的全貌。山河宇宙間，再沒有更強大的力量，能把所有這些集結，學聚到最初的人一體。再沒有更強大的力量，能將細節、細胞、信號通路、炎症因數……與如何聆聽病人的歎息並置。

8

「燒餅臉」區隊長出現在醫院門口時，一雙眼睛如同胡琴設計的畢業論文封面。眼睛很大，徒勞地瞪著看世界，似乎什麼都沒看太明白。

自從成為普世醫學院的學生，胡琴不停地接待著來自醫院外世界的人們。除了胸前顯眼的胸牌顯示是普世醫院的實習生，比起生活便裝來，那一身白大褂也有著鮮明的意義：在普世醫院這個特定小世界中的方便和特權。這讓胡琴滑稽地想起，與凡阿玲一起偷偷到軍校門外角落脫掉軍裝換上便裝的日子。

穿一白大褂，掛一實習生的胸牌，擠出畢恭畢敬的表情，孫子一樣往教授診桌前一站，「要個您的號，我是普世醫學院八年制的學生。」這樣的請求常常成功。此外，那些來自醫院外世界的人們，如果被或大或小的疾病打擊了，還會期待從胡琴這樣的半吊子那裡得到些醫學知識。這時，胡琴一般會搬弄出準備賣廢紙的課本，但大多聽起來空洞而教條——那是來自課本的味道，人民衛生出版社的味道。

有一次，胡琴媽特神氣地介紹了她原來工廠的廠長來看病，說是腎結石。自胡琴童年起，這位廠長的威嚴就壓迫得如胡琴媽那樣的幾百來號工人喘不過氣來，彷彿不爭的事實，要壓迫他們一輩子。「二十年後，我也終於等到今天了，是我姑娘替我掙回了這口氣！」胡琴媽自鳴得意。腰子裡兜著結石的老廠長，在擁擠的普世醫院裡，侷促得如同門診大廳裡的任何一個外鄉人。精神上壓迫了胡琴媽半輩子的老廠長，那張老臉因爲對手術的恐懼而更加扭曲耷拉，這在胡琴心底引起的並非像媽那樣的快意，而是一股莫名其妙的涼意。這涼意，待在普世醫院一日，就似乎可以泉源不斷地自地底湧出。普世醫院是個悲情小宇宙，對一個過於敏感的年輕人來說。

「醫生說我視神經炎，視神經萎縮，有失明的危險。我想還是到北京來看個究竟，普世醫院是全國最好的。跟妳們那一隊軍訓的同學打聽了，他們說妳在眼科做論文，認識人。」燒餅臉區隊長與胡琴之間的局面，似乎和當年對換了一下。區隊長處於弱勢，因爲疾病打敗了她，還因爲普世醫院賦予了胡琴一種無形的權威——這是她熟悉的地盤，她熟悉的話語，她穿著特定的白大褂制服，胸前掛著這裡統一製作的胸牌。

「我到底有多享受這種被情境賦予的權威呢？」胡琴問自己。有一刹那，似乎有些動心：爲什麼不留在普世？這虛擬的權威，讓昔日強勁的燒餅臉都如此悲情。這一小世界，既繁雜無情冰冷，又比外界更洞察眞相，離本質更近。再想，也許待久了，就麻木了，以手遮面了。還有那，氣倒在病床上的蘇格拉底老師。在普世醫院如邊鐘那一望便知的制式生活。剛結束的論文答辯，那些論文一結束便也不復存在了的豬眼睛視網膜色素上皮細胞……離開的決心，再一次在胸膛裡強大起來。

七八年前的軍訓，七八年前的軍訓回憶，要建立多少的神經突觸才能一一召回？——竟就一瞬間。見到區隊長的那一刻，就召回了那個中原城市的記憶，那一年與凡阿玲共同呼吸，從九月開始的度日如年，打靶、拉鍊、記過……得知凡阿玲記過，自己曾委屈逃出了心理學大樓。凡阿玲接受處罰，不過想在最後試著反抗一下情境賦給區隊長的權威。自己又爲什麼要幫寫那封情書？是某一刻，在感情面前區隊長與眾人一致的無助，從某個角度擊中了自己，吸引了自己。爲了對某種一致脆弱的不忍，爲了給幫好友免去記過的風險，如此不純粹地交雜在一起。

曾經那麼要緊的事，竟都不重要了。「我下週就畢業。決定離開這裡了。」

「不當醫生？當醫生多好，老有人求。」

「妳還好？」

「我轉業了。你們走後，又帶了一屆北大軍訓生。總共搞了四年，後來這種一年制的軍訓就停了。」

「那個人呢？」

「他呀，後來跟一位師長的姑娘結婚了。」

「哦。」

「妳和凡阿玲還有聯繫嗎？」

「在北大，見過幾次。後來我來普世醫學院本部了，她畢業了，就沒聯繫了。好像聽人說起，可能因爲檔案裡軍訓記過了，沒分到什麼好地方，在老家的一個雜誌社。」

「記過？嗯……現在想起來，我那麼做，是有點不合適。」

「都發生了。」什麼叫有點不合適，提起這胡琴有些氣憤。但她抬頭看區隊長那雙失神、快要失明的眼睛，又說：「不過，凡阿玲是個不一樣的人，有些事她能看淡。」

「妳要看到她了，替我說一聲。」區隊長堅持。

說一聲？說什麼？說不說，可能都不再重要。時間改變一切，它可以緩慢行進，讓老人的視網膜產生退行性變，也可以快速飛馳讓視神經變出萎縮的可能。再說，何時看到凡阿玲？她又在哪兒，又有什麼力量什麼必然讓她倆鐵定再相逢？更別說，像軍訓那年一樣，在一種強大外力下竟生出「相視而笑莫逆於心」的情誼。

兩人沒再說下去。下週就畢業，最後用一回普世醫院的白大掛，領著區隊長在普世醫院的走廊裡穿梭找熟人。有一刻，在擁擠的門診室裡，胡琴拉著區隊長的手，把她帶到教授的診桌前。這讓她想起門診見到的，初中生男孩的手與他突然失明的母親的手，在診室桌上交疊。胡琴當時曾想，自己那幾盤視網膜色素上皮細胞，在人跡罕至的地下實驗室培養箱裡，長得就算再壯實，終究不值一提。一個時間緩緩流逝的結果，終歸讓人有足夠的時間去無奈、去認命。身體的突然殘缺，在一瞬間，疾風暴雨，衝擊著人的完整性。這時需要緊緊攥住另一雙手。

「我是那另一雙手嗎？」時間在此竟將從前恩怨一一化解。難道用阿根廷的博爾赫斯勸解她：他肉眼的完全失明也就意味著他心目的徹底打開，恰恰是伴隨著視力上「這種緩緩而來的失明」，他對自己的命運才「看見」得越來越清楚？那隻花蝴蝶最終變成一隻黑蝴蝶，翩翩飛進博爾赫斯的瞳孔，停歇了下來。

她能聽懂嗎？或許，她也會在心裡難免樸素地感慨，眞的，沒有誰，是絕對強大的。

離開了當時情境，離開了情境賦予的話語權、威嚴等所有這些虛妄的衍生意義，每個人終究不值一提。世上也並沒有永遠不變的情境。自大的人，錯以爲當下情境就是永恆擁有的。生活早準備了各種子彈和一桿槍，從外襲擊。

畢業臨走前，胡琴在普世醫院與邊鐘道別。邊鐘還是那樣瘦和黑，反覆洗滌的白大褂穿在身上，依舊自尊和清高，一副絕不破洞而出的決心。他已當完住院總醫師——曾經的老普世醫院最牛最青年才俊的職位，最後定在了心內科。心懷一些敬佩的恭喜之後，胡琴取笑說：「那裡全是雞賊和人精。」

邊鐘反擊：「妳有資格說我？妳不留普世醫院當醫生，我這一輩子都不能理解！妳這一去肉包子打洋狗，鐵定一去不回。」

胡琴半帶認眞說：「信不信吧？我會回來的，只是遊學一下，享受完他們的藍天白雲清風、藍調搖滾爵士樂，就回。」

邊鐘搖頭。胡琴說：「你爺爺當年不也回國了嗎？國內寫信讓他回來建設新中國，就心有感召，歸心似箭。」

邊鐘說：「妳能和我爺爺比嗎？妳總比他精吧。」

胡琴笑。提起邊鐘爺爺，她就安分。彷彿平時的不忿、叛逆、玩世、解構……種種二十多歲的把戲，在「邊鐘爺爺」這個詞面前都遁於無形。胡琴開始瞭解邊鐘、他倆後來成爲朋友，竟是因爲這已不在人世的老普世醫院的內分泌科大夫。是因爲他留下來的幾張爵士樂黑膠唱片。再到後來，是因爲一封信。

邊鐘帶來那幾張爵士樂黑膠的那個傍晚，胡琴正從海淀蒐羅了一下午的打口唱片，滿腦子裝著歐美音樂唱片指南、樂隊名稱、唱片封面加知名曲目。她剛爲一位在海南發跡的傳銷女王寫完了自傳，署名是這位女王。得知這個消息，槍手胡琴沒有任何氣憤，相反是解脫，因爲胡琴只要一樣東西——稿費，可以去買隨身CD機和打口唱片。漫長無邊際的醫學生活裡，胡琴總想幹點別的什麼，興起波瀾，拔高過程的份量，不致被枯燥淹沒。

是方塊字嗎？不是了，滿世界都在碼字，都在簡化字，輕舉妄動。是唱片，把她自枯燥中撈起。從海淀圖書城好幾家神祕掩門的定點供應商那裡，蒐羅來的打口唱片，堆滿了宿舍床頭。這些唱片沾著舟車勞頓的國際灰塵，以及打口留下的塑膠碎屑，有著或美妙或給勁的樂聲，讓人離地千尺。它們在胡琴的床頭多得你擠我我擠你，以致一天深夜從高處砸下來，落在了熟睡的臉旁，擦傷了表皮層。高處砸下來的唱片聲音，聽起來格外美妙，給勁，還有些悲壯，胡琴在夢裡笑了。不是嗎？即便被自己喜愛的唱片埋葬，在二十多歲時也是幸福。聽了這故事後，邊鐘直搖頭，直感歎胡琴不懂事，浪費了全中國多少學醫的夢寐以求的普世醫學院光陰，多少人想爬著進來呀！然後他又認眞地想起了什麼：「我家書架上一直放著一個大盒子，裡面有幾張爵士樂的黑膠唱片，一封信的感召讓我爺爺從芝加哥回國，回國不久，他在芝加哥酒吧裡結識的樂手寄給他的。」

胡琴兩眼放光，頓時來了興致，「有點意思，你爺爺！我也愛聽爵士。」

「切！」平時不沾音樂的邊鐘，一臉自豪。第二天傍晚趁眾人下班，把黑膠搬到醫生值班室裡，對著胡琴一張張炫耀。胡琴用白大褂袖口拂去黑膠上面的灰塵，看清是MILES DAVIS。只是沒有唱機。傳銷女王的自傳只夠她買一只CD隨身聽。邊鐘說，他家唱機在「文革」時被兩個十幾歲的紅孩子輕而易舉就踩爛了。

9

費城的冬天與北京長相神似，一副清臒的中老年臉。嗅一嗅，味道也一樣的乾和烈。只是沒有一條大道像長安街一樣橫穿整個城的肺腑，天地間搖晃著一種曠遠的清風和大寒。

白天，胡琴在一個實驗室裡以與DNA打交道維生，老闆是個猶太人後裔，一張大嘴橫貫面部下方，咧開笑時尤其不管不顧，逍遙而放肆。讓胡琴吃驚的是第一次看他吃披薩，不是一片，而是兩片對疊，這樣一口下去，大嘴可以咬到兩片疊成的披薩餅群。像不少美國中年男人一樣，他腦袋表面幾近荒蕪，但裡面卻是已積聚了三十年的醫學知識，特別是關於血液病的治療，這使得他可以一邊當醫生一邊搞科研，弄來一筆又一筆基金，招了不少像胡琴這樣來自第三世界的博士，幫他證明一些基金申請中的科學假設。一條破牛仔褲，一件T恤，見人就開玩笑，有時帶點顏色。胡琴嘲笑他衣衫不整，他就說：蔑視那些整天想著打扮的人，我只想著改善生理結構中頭顱內的那一部分，除了下半身。只有一次例外，胡琴本想向他彙報PCR結果，見他居然臉色陰沉地將辦公室門鎖上，躲在小屋裡一天都沒出來。

到了晚上，一盞燈下，面前一扇電腦螢幕，青筋的雙手敲鍵，敲進去一些足音稀落的字。胡琴就這樣在網路聊天室候著，等國內的朋友們一一起床，爬上線，問候她今天是不是又吃全素三明治了，費城是不是下雪了，最近聽什麼尖碟了。

是剛吃了個三明治，全素的，雖胃口全無，總得吸收能量以活命。窗外是在下雪，雪埋葬了胡琴所有想出門的願望。要說尖碟，The Cure的《*Blood Flowers*》算是最近的尖碟，裡面一曲11分鐘長的歌，叫〈*Watching Me Fall*〉。看我趴下。以繁複取勝，在重疊中迴轉上升又趴下，聽得胡琴胃直抽筋，氣長進長出，眼淚碰上顫抖，半路上結成了雷電。她在聊天室裡對國內網友這麼吹著，套上一副語言的殼之後，難免顯得堅硬而遙遠。那麼，不如你自己直接去聽這首歌吧。

但其中，必有國內朋友聽不出來的滋味。只因他們不是身處在樹葉飄落大街、行人稀少、足音稀落的費城，他們未曾經歷異國夜晚一盞燈下對著一扇電腦螢幕敲進一連串廢話的生活，他們不是一顆按鈕易被觸發進而一腔肆意鄉愁。又怎麼能逼著雙眼流出了眼淚，碰上顫抖，半路上結出雷電呢？

那麼，說齊秦吧。有首〈紀念日〉，年輕時決絕、一臉擔當且無所謂地唱：「別問我最後要向何處走，我不在乎讓一些感覺停留，別問我我要爲青春付出什麼，從現在直到日月不再交錯。」說得胡琴直覺得自己赤裸裸的抒情，不過，這些在份外空寂的費城夜晚裡，誇張一點似乎就能取暖，網上的國內朋友都能夠原諒吧。各種各樣的網站，各種各樣的聚合平台。有一天，胡琴撞進主題爲找北大校友的一家網站聊天室，正在說〈紀念日〉。

一個陌生的ＩＤ閃進來，搭訕：你也聽齊秦？〈紀念日〉？〈一面湖水〉？

聽，從上初三開始。聽〈一面湖水〉是在大一信陽軍訓時，最難忘的，有一回三十公里拉鍊那晚聽的。

還老提一塗金釦的黑色皮革包去軍校圖書館？

是，除此之外還寫檢查，三千字半小時揮就。檢查讀完，全區隊的文學青年圍上來，要求交換文字。

也替別人寫過檢查？

是的，因爲我的朋友忘了餵豬，她想她前男友。用「大白兔」奶糖，換我代寫的檢查。

天！你誰呀？胡琴？

天！你誰呀？凡阿玲？

誰還能漠視網路的力量。它已代替書信、電報、正式而傳統的問候，於十年間開始滲入生活，嵌進思想，也製造著一些不期然的重逢、偶遇和被稀釋後輕渺的緣分。它糾集著每個螢幕前寂寞的個體，混合攪拌，經由聊天室、ＢＢＳ、ＭＳＮ等管道，進行人與人的集聚。雖然是一些永不可能完全、永無可能徹底的集聚，無望中獎勵點兒暖意，經誇張後顯得飽滿的暖意。新世紀，其實比過去的那個世紀寂寞多了。

一盞燈下，面前一扇電腦螢幕，青筋的雙手敲鍵，敲進去一些足音稀落的字。數年後，胡琴與凡阿玲的重逢，是在網路。那片號稱佈滿自由的眞實校園，牛氣烘烘，曾讓她們抑鬱地分開。多年後一家以找校友爲主題的虛擬網站，將她們聚合。距離十七歲時的軍訓生活，似乎已是翻開一本幾百頁的書。年輕時衝出心理學大樓的委屈，早已稀釋。現在，一個在異鄉，與男友同枕共眠，一個瘸子與一個瞎子一樣攙著，體會著自由王國的「生命中不能承受之輕」。一個是在廣西一間兩居室公寓裡，與老公各住一間，互相傳紙條，討價還價離婚的條件。

畢業後的凡阿玲，帶著檔案裡那條軍訓記過的胎記，回了廣西，在一家女性雜誌社工作。雜誌覆蓋二十、三十、四十歲各年齡段婦女，類似張艾嘉電影《20、30、40》。凡阿玲負責情感專欄，專門回答啓蒙、療傷、再創……一系列生命周期的情感問題。那些正在歡喜中的感情，很少會想起來寫信傾訴或求助。來的，多是難題，多是迷惑、痛苦、得不到、沒法選。她畫了九宮格，世上感情難題大略幾種套路：甲喜歡乙乙不喜歡甲沒有外力加入（簡單的二人問題），甲喜歡乙乙喜歡甲沒有外力加入（稍複雜點的二人問題，衝突竟存在於喜歡之中，非常宿命的景象），甲喜歡乙乙不喜歡甲有外力加入（比如丙或者其他社會學因素），甲喜歡乙乙喜歡甲但有外力加入（比如丙或者其他社會學因素如父母阻撓、經濟貧困、家庭問題、災難、死亡）……至於男女、男男、女女的感情劃分，沒那麼重要，都應該置於這些本質難題之下。想想愛情，還有戰爭和死亡，爲什麼如此困擾眾生？有人解釋，皆是因爲有了他者生硬插入，一個無法內化的絕對他者，一種無法掌控的陌生狀態，強勁地置入生命。但她這麼劃分外力與甲乙丙，樸素的靈感竟來自軍訓時在圖書館後門台階上胡琴關於ＡＢＣ的言論。

主編這麼派活兒，是看凡阿玲曾是學心理的，名牌大學，一定洞悉現代女性心理，知道哪兒傷揉哪兒怎麼揉——起碼在理論上。對自己的情感生活，凡阿玲則拋棄了既往的「館兒系」路線和阿龍路線，剪刀作風般果斷地選擇了忠厚老實波瀾不興——這才是踏實過日子的風格。誰跟誰不是過呢，誰跟誰有，齒輪交錯一樣那麼般配呢。結婚一年，產下一女。結婚五年，她漸漸感到一個無法內化的絕對他者，一種無法掌控的陌生狀態，強勁地置入生命。她開始和當會計的老公鬧離婚，在兩居室的公寓裡分別各住一間，互相傳紙條，討價還價著離婚條件。「因為一開口，厭倦和煩躁就會像潮水一樣高昂起來。實在與他難以維繫一席邏輯完整的談判，一談就崩。稍有不慎，邏輯不嚴，談條件就虧。」凡阿玲這麼取笑自己。

有天晚上，胡琴像往常一樣在聊天室候著，等待著國內的朋友起床，爬上線。電話意外響起，將胡琴從一片無聊的波紋中拎起。

我，凡阿玲。

啊？打電話多貴，直接上線網聊呀。

有急事！趕緊幫忙。

說。

我爸心梗了！昨晚在北京，看一起當兵的幾個老朋友，「鼎泰豐」的一包間裡，五個人總共喝了四瓶茅台。幾個老朋友祝賀我爸的冤案終於被還了清白。太高興了，還吟了一些破詩，據說。激動，百年不遇，晚上回賓館躺床上就梗了，快死的感覺，急忙叫服務生。賓館在東單，直接拉到了普世醫院，你們那。

還我們那呢，跟我沒什麼關係了，已經。我幫妳找人！

我已經到北京，就想請妳找個熟人。

找邊鐘吧，我在普世醫院的朋友，他在心內科。

得益於邊鐘幫忙，凡阿玲那好不容易被還了清白、詩性大發喝高了、心梗了的爸，住進普世醫院的心內科病房。在邊鐘大夫的左捅右捅下，她爸的冠狀動脈裡被安上了三個支架，「像一串蜈蚣一樣」，凡阿玲說。

「太累了妳，找點樂子吧，調節調節。」胡琴勸她，想像一張累青了的黑而瘦的離婚婦女臉。

「裡外夾擊，我都快心梗了，哈！想去趟四川或西藏，雲南也行，特別想去梅裡雪山，聽說一路上十幾公里連綿不絕的雪山，壯觀。那年阿龍的三大論調——「backpacker」「freedom」「inspiration」，後兩個我現在肯定搞不到，試試搞第一個。」

「搞吧。我也一個都沒搞成。只要別搞著搞著成了：從現在起妳眼中只有兩類人，去過梅里雪山的，和沒去過梅里雪山的。」

「那妳就回國，變成第一類人。我境界哪那麼精進。可能，也就是折衷去趟大理，而已。給我推薦點音樂，一路聽。」

「手邊就有，The Cure。馬上來費城演出。從北大起我就愛聽。用一種憂鬱對抗另一種憂鬱，以毒攻毒的原理，非常有效。對妳這中年怨婦，應該一樣的原理。」

The Cure來到費城，這個惟見獨立廳高聳在平常日子裡的城市，開始有了起伏波瀾。大學時在海淀圖書城爭搶他們的磁帶〈*Kiss me, Kiss me,Kiss me*〉（吻我，吻我，吻我），差點跟兩個同樣急切的男孩吵起來。賣主見勢抬價，從三十塊漲到七十，張貝思飛快從兜裡掏出錢，說：「買了，送妳的。」他得意地看胡琴，「有時，挑準時候，一個關鍵動作做到位就行。我想對妳說的，就是這名字。」大街上，他眞吻了她，胡琴手裡還捏著那盤剛到手的磁帶，守財奴一樣不撒手。

等The Cure，即便日子再無刺激也心有期待。但讓胡琴失望的是，沒能在網上搶購到票，只好寄望演出當天去等退票。更失望的是，她慫恿男友管弦一起去等退票，但他堅持說，那天晚上必須去維吉尼亞，開一個關於血友病治療的學術會。他演講一般揮著手：這對建立人脈非常重要，對我將來找份好工作非常重要，以便早日建立ＩＴ＋ＢＴ，資訊技術＋生物技術的穩定組合，「爲了我們倆！」

他又加了句：「犯得著嗎，就不明白了，爲什麼妳喜歡樂隊主唱那男不男女不女的聲音呢？」

ＩＴ＋ＢＴ，是指資訊技術＋生物技術。

在廚房忙碌於細節針腳的胡琴，一直沒勇氣直視自由日子越過越輕的現實，正繫著圍裙，賢妻良母般要求自己，盛著一盤剛出鍋的紅燒排骨。聽到這句，盛到半截的盤子猛放在灶台上，震得兩塊排骨拖著紅燒汁水掉出來，「這訓導口氣，怎麼聽著像我們那兒的『文革』遺風呀？」

兩人冷戰吃完飯，管弦開車去實驗室繼續折騰老鼠。撇下廚房裡待收拾的細節江山，胡琴埋在沙發裡。是呀，爲什麼喜歡這樂隊的主唱？他已年近五十，仍然大爆炸頭，大紅嘴唇，大黑眼圈像熊貓的妝，好像永遠不會過五十。從那喉嚨裡出來的聲音，與其說男男女女難以辨認，不如說孩童一樣隨意、純情，只不過以此做底，多了憂鬱、淒厲和慘烈。以及中間間隔著大段無望、孤絕、疊進的SOLO。

在這之前，胡琴與管弦聊起周夢蝶的詩和陳鼓應解莊子的那個傍晚，費城的天青藍，空氣焦躁而急切，舌頭纏繞，兩人交好，無論是精神上還是肉體上均打得火熱。也許在異國他鄉，就是容易觸景生情，進而自我定義「情投意合」，一個瘸子扶著一個瞎子，從此成爲連體兒。管弦邀胡琴一起去華盛頓特區看櫻花，順便訪視他的若干好友，他的好友們多半已在維吉尼亞的大房子裡安放好了人生及家庭。三月份下旬的光景，草長鶯飛，一路上疾駛著不少前往華盛頓特區的車輛，車裡以中國人居多，以拖家帶口爲主。「愛趕趟的毛病，到哪兒都改不了。」胡琴嘀咕，「當然了，也包括我。」又自我解圍，「不過，在這地方，去著名景點看場櫻花，就是不小的一樁事了。不，簡直是事件。」

紀念碑旁Tidal Basin、Potomac公園圍滿櫻花樹，火一樣燒著，是無數的淡淡粉色彙集成的火，有付諸一炬、豁出去的美豔，燒得胡琴的雙眼漸漸失去辨認力，麻木，看哪兒都是一片粉。眩暈不及，乾脆在草坪上躺下，望著藍天換一個頻道。從顏色，到時間，換一個頻道。不如遙想九十年前的一九一二年，東京送了三千株櫻花來。「一九一二年，台灣人在幹嘛呢？」好像歷史上說，台灣師範學校正培養著一批忠於天皇的台籍教師，以影響和訓導下一代台灣，以達同化。管弦祖父，剛開始在武漢學做第一攤小生意，拖著鼻涕，到處不受待見。後來在榮總做外科醫生的他父親，那時還沒出生呢。

離華盛頓特區不遠的維吉尼亞，附近有一大片生物園區，管弦的一堆好友就住在那兒。時興的生物制藥和科研，漲勢看好的生物股的催化下，湧現了不少就業機會，汨汨而流。以致，「IT＋BT」，資訊技術加生物技術，成爲當地中國人的典型家庭組合，一個幹電腦，一個幹生物，旱澇保收，良性循環，雙雙攙扶奔小康。

被管弦拉著四處介紹的胡琴，每每遭遇二次就業的點評和點撥，「他幹BT已經有些眉目了，妳乾脆就去改IT吧，編個程什麼的。」胡琴聽著彆扭，一想到自己弓著背、帶只大黑框眼鏡趴在螢幕前編程的慘樣，就倒抽冷氣。「IT＋BT」的小康生活，就這麼預先被設置了？與另一個人的未來日子，就這麼如強勢軟體一樣被綁定銷售了？這和普世醫院像邊鐘那樣一望便知，從住院醫開始混，工整地混，一直混到老教授，有何區別。

櫻花遊那幾天，高高戲台上拉開了未來的人生帷幕。裡面什麼驚喜都沒有裝，甚至都不再能稱做是戲。IT＋BT組合，再生兩孩子，最好一男一女，在大HOUSE裡的樓梯上爬上爬下，開一輛豐田或是本田的VAN，把國內的父母接來當保母使……維吉尼亞式樣的中國標準生活一攬無餘。像奔香格里拉而去的backpacker，突然眼前撞見了一座人造公園，人家說你要找的香格里拉其實就是這個了，梅里雪山？開車五個小時，其實也和這差不多。胡琴頓時像一只洩了氣的皮球。她的某種期冀，將隨不過幾日便凋謝的櫻花一起灰飛煙滅。

埋頭在維吉尼亞生物園區的中餐館，吃冒牌「肉夾饃」和「秦鎮涼皮」。還是回到吃，讓胡琴恢復了人間生氣。她給管弦講大學時一百塊錢從北京闖西安城的經歷。爲什麼去西安？九〇年代，那兒出了三個唱搖滾的，張楚，鄭鈞，許巍，不愛旅遊的她就想看看西安這地方有多牛。每天城牆上轉一圈，每天趕去吃城中最正宗的「秦鎮涼皮」，那涼皮的調料，我的天！入口，竟吃出了十幾種滋味。管弦一直埋頭吃，像所有大學食堂裡男生一樣，雄獅一般撕咬食物，喉管裡喘喘聲息，好像草原上很多勁敵要來搶。常常一整片北大的巨幅食堂裡，吃飯時竟沒有一頭優雅的雄獅。接著講，那次在西安吃完涼皮，爬完很多鐵定不會開挖的陵墓，就鑽進街邊錄影廳看錄影，看到半途，驚覺滿座皆雄獅！且大多衣衫不整。不妥，細看螢幕是毛片！黃花閨女拔腿就走。身邊，管弦仍致力於在草原眾多勁敵襲擊前，將食物撕咬完。這，都沒反應！本來，雄獅除了吃，不就是毛片嗎？

是此情此景下，遇見「濃縮液」，讓胡琴覺得救命稻草一般的親切。隔壁一桌，有一矮小身影走過來，ABC打扮。軍訓時辦《挺進報》的「濃縮液」。看了一年她穿軍裝的樣子，根本想不出還俗的她，回人間什麼樣。「濃縮液」身邊有一絡腮鬍子的美國男人，一臉中產相，如《美國麗人》電影裡，比她大二十左右。美國中產大齡男人旁邊，一個手提的嬰兒籃，像攬一堆北京過冬的白菜一樣，攬著那籃子。「我先生，第二任。我兒子，第一個。妳還那樣。」

「哪樣?」

「眼裡老竄出一股讓往東偏向西的勁兒。妳不知道吧，軍訓《挺進報》那會兒，我就看出來了。不過，我喜歡!」

「妳眞行!」悵惘異鄉，想像中不幾日就凋零的櫻花，聽著她京片子，胡琴更覺得親切和喜歡。

「從前的事，其實記不清多少了。我這是一切換新。北大的那個離了，husband新換的。平時呢，說寫，以英語爲主，中文快不俐落了。我爸媽也全移來了。曾經我們是祖國的花朵茁壯成長，如今我們是祖國的紅杏集體翻牆。都換新了，也就可以開始我的第二輩子。」

想起軍訓第一天，自己曾想「如果頭髮和衣裳，都不是熟悉的那個自己了，這時去適應一個陌生地方，便沒那麼難了吧」。胡琴問：「妳自己現在幹嘛呢?出來後眞上哈佛生物系了?搞什麼牛課題了，一定發過Science雜誌吧?」眞巴望從她嘴裡吐出蓮花，一片也行。

「編程。」「濃縮液」說，緊後又補充，「不過和生物有關的，後來轉系讀的這個，生物資訊，好找工作。我，就在旁邊這生物園區工作。」

某種期冀，終將隨不幾日便凋謝的櫻花一起灰飛煙滅。

好在有The Cure。週五下午，揣上裝滿幻燈片和電泳圖片的蘋果筆記本，管弦開著ACURA朝維吉尼亞的方向敏捷南下。傍晚時分，胡琴則從實驗室鑽出，晃盪到了位於老城區的演出劇院門外，等待退票。

上一次等退票是TORI AMOS來費城，胡琴帶實驗室裡一位幼時就跟隨爸媽來費城的香港女孩，帶她一起嘗嘗當場買退票的感覺。大約離劇院一百步的距離，一黑人大哥攔住她們，問要不要票。胡琴伸出兩隻指頭，兩張，便宜點。看上去頗老練。黑暗中，黑人大哥也用手做了個OK的手勢，胡琴交錢，黑大哥說：「enjoy！」香港女孩崇拜地看著胡琴，眞能幹！胡琴說在北京練出來的，去人藝、首體、工體門口都這麼交易，只不過北京倒票的東北口音多，國內又稱「黃牛」。「黃牛，多酷的TITLE。」香港女孩感慨。門口檢票的是一位年過五旬的白人大媽，拿過票端詳，緩慢、有涵養地對她倆說：「對不起，這是假票！」話音一落，香港女孩綳不住了，眼淚在眼眶裡打轉，一會兒就哭出了聲來。胡琴也很鬱悶，無奈年長，故做鎮靜對白人大媽說：「我們剛花了五十刀買來的，我們很愛TORI AMOS，在中國，我十幾歲時就開始聽她的歌了。」白人大媽見倆中國女孩如此深愛著一美國歌手，神祕地說：「行，我想個辦法幫妳們，別告訴別人。」帶著兩位中國粉絲從側門潛入，找了兩張摺疊椅子安排在第一排側面，無比欣慰地說：「怎麼樣，這位置，enjoy！」神色與說那黑人大哥如出一轍。

那晚舞台上，TORI AMOS一邊彈琴一邊做性感動作，胡琴禁不住讚：「像和音樂做愛水乳交融。」身旁的香港女孩說：「妳別笑，我還沒做過呢，我家正規基督徒，只允許結婚那晚第一次。」胡琴禁不住笑，這時台上的TORI AMOS已開始轉換姿勢，雙腿叉坐在琴凳上，雙手分彈兩側兩架鋼琴。看台上越來越性感的動作，胡琴對香港女孩說：「這回才是眞做了，一人與台下千人做，用兩架鋼琴和一副好嗓。」那張袒胸露乳抱著一隻乳豬餵奶的專輯，是胡琴在海淀圖書城買到的第一張唱片，當時就想，如此貌似文雅、動作不羈的女歌手，內心該多獨特。TORI AMOS如此談論性感：「對我來說，音樂是唯一能帶我到達性感地帶的，在那裡我才會獲得高潮。那裡是，唯一性感之地。」胡琴就喜歡看對同一個詞不同的定義。

劇院門口人群推推搡搡，殃及等退票的胡琴，讓她煩躁。想起管弦帶著建設「IT＋BT」的夢想南下，禁不住沮喪。想起迷戀數年的THE CURE就在自己生活的城市演出，又興奮。人群中，不少歌迷模仿他們的大爆炸頭、大紅嘴唇、大黑眼圈、熊貓妝，反襯得胡琴在人群裡，本分得像來自外星，或者像從安東尼奧尼的紀錄片《中國》裡鑽出來的。也有幾個瀟灑的「熊貓妝」，乾脆在牆角聚集起來，自己打拍子彈吉他哼樂隊的名曲，〈*Friday I'm in love*〉。在北京時，這首歌一度是胡琴和張貝思最喜歡的。那是九〇年代，年輕的胡琴與同樣年輕的張貝思，一首歌就能讓他們興奮一個星期，帶著易於產生的甜蜜。從週一數到週五。

Monday you can fall apart,
Tuesday Wednesday break my heart,
Thursday doesn't even start,

It's Friday I'm in love.

一位「熊貓妝」向胡琴招手，讓她過去一起唱。這時有人拍胡琴的肩膀，問：「妳要票嗎？」

胡琴驚回頭，第一反應是「要」。眼前一位將近五十歲的男人，幾近禿頂，穿一牛仔褲，黑色T恤胸前是The Cure樂隊的頭像。男人看著胡琴手裡快捏成團了的五十刀鈔票，把票遞給她，笑著說：

「看妳像鐵桿粉絲，這裡一張亞洲臉的Cure迷太少見了，多的這張票乾脆送妳。」

「這，怎麼行。」伸出手中捏成團揉縐了的五十刀鈔票。

「Enjoy！」

「怎麼謝？」

「我常來旁邊的BORDERS書店。有空來，請我喝咖啡。」

10

一盞燈下，面前一扇電腦螢幕，青筋的雙手敲鍵，敲進去一些足音稀落的字。與凡阿玲的聊天，讓胡琴有回到軍訓時的錯覺。能否認嗎？關於那段綠色回憶，竟因爲外力的嚴格限制產生了共同呼吸。北大是自由，散兵游勇一樣出了豬欄，貌似有招，其實四處亂拱。出了北大，接著又上了更大的套兒。只是出於一種奇怪的邏輯，胡琴沒按區隊長的吩咐，向凡阿玲提起對記過一事的道歉。

從維吉尼亞回來後，管弦傍上了一位遠在加州三藩市分校的合作夥伴，對胡琴宣稱自己的課題將會在半年裡有里程碑式的突破，他睜開眼的每一分每一秒，幾乎都是在實驗室裡與細胞、與老鼠爲伴。如果要幹床上那件事，已經需要「偉哥」幫忙了。但「偉哥」幫助也沒用，因爲他忙得根本沒有親熱的時間。這些是聊天時，胡琴告訴凡阿玲的。

「看完The Cure後，我的下一個寄託就是，每週末去BORDERS書店，期待碰上這位送我票的禿頂神人，請他喝咖啡。」

凡阿玲囑咐：「要是等不到禿頂神人，幫我看看抑鬱症的書，如今來問這問題的讀者，女的，越來越多。她們那麼指著我，我也得提升一下業務水準。看看你們那有什麼洋理論、洋點子可以對付她們，除了百憂解。」

BORDERS書店一角眞有喝咖啡的地方，每次進書店時，眼神撞擊著每張陌生的臉，尋找那個給她The Cure演出門票的人，或者喝咖啡等那個禿頂男人的出現。等不到人，胡琴便開始沿著BORDERS的分類目錄一個書架一個書架地轉，如同軍訓時一格一格地兜轉在軍校圖書館。還眞找到一欄叫DEPRESSION（抑鬱），夠大膽和別致的分類。

一本封面粉色的自傳體小說，出自十六歲女孩，《離不開「百憂解」的青春》。「百憂解」是一種藥，治療抑鬱症。粉色封面之後，眾多書頁中夾雜很怪的意象：蠍子、火炬樹、大鱷、響亮的耳光……看過中國八〇後作品的可趁此想像。通體說的是青春來了，我抑鬱了，我吃藥了，我好了。大段的自我、獨白、簡單變複雜。

一本講的是親身經歷，作者是一位精神病學家。在他的臨床生活中，幫助了很多抑鬱症患者，平均每天五個。天長日久，治療靠的是慢工出細活。作者開篇感慨。生活在美國中部俄亥俄州的他，其實很是不解，美國中部的每寸土壤裡都滲透著一股懶散而小富即安、不思打扮的氣氛，怎麼就把這麼多人搞抑鬱了？自己的生意爲什麼這麼好？有賴於如此豐富的臨床實踐和臨床案例，自己的學術爲何能建立得如此迅速且有聲有色？「看似既得利益者，其實我不想發這種國難財。」他開始顯示出一股超人的警醒。就在這位精神病學家帶著惶惑和半推半就來到四十來歲時，一場中年危機加婚姻的打擊，襲擊了俄亥俄一棟大房子裡的他，老婆帶著如花似玉的女兒離開了他，一時間，大房子裡所有的女人都離開了。不能免俗，他也患上了抑鬱症。在接下來的章節裡，這本書充滿了他在抑鬱時的一些自我治療的企圖，彷彿一個人在夢中告訴自己在做夢，趕緊醒，並吩咐醒著的別人端水的端水，掐人中的掐人中。當然，個人的力量是渺小得不值一提的——再次得到證實。何況是一個已經深陷抑鬱症襲擊的漩渦中的精神病學家呢？最後把他拉出睡夢的，是那些學術會議上結識的其他精神病學家們的幫助。讀到結尾，胡琴「噗哧」笑出來。結尾說：在幫助他的一堆精神病學家朋友之中，也有一位患上了抑鬱症，不能免俗，此人住在不遠處的伊利諾州。望著朋友那張老臉，作者最後一頁感慨：我們幹的這一行，破落到如此不堪的地步，特別是心靈，如同律師被人繳上法庭，大卡車司機在高速路邊豎起大拇指要求搭便車。「歸去來兮，田園將蕪胡不歸！既自以心為形役，奚惆悵而獨悲？」他開車回家，收拾停當，穿上牛仔褲，當起了一名汽車修理工。在可測量、可估摸的零件和機械原理中，一次次獲得肯定的答案。

「悟已往之不諫，知來者之可追。實迷途其未遠，覺今是而昨非。」

有不少書，是自我幫助、自我療傷的自助手冊。這種書，在世界各地都賣得越來越好。似乎大家內心裡都有一股暗流：求別人都靠不住，自己動手吧。比如，後來中國開始流行的《求醫不如求己》，一樣的情緒土壤，一樣的流行道理。自私社會的副產品。在「抑鬱」一欄下的這類書有：幫助你遠離抑鬱症的一百種方法，抑鬱症出現之前的一百種癥兆……彷彿不湊夠一百就沒說服力。唯一沒按一百來湊數的一本書，是把抑鬱症與性交姿勢聯繫起來，畫出了一年三百六十五種性交姿勢，每天一種。如果你不只是傳統的傳教士式、老漢推車式，試試書中的三百六十五種，你哪還有時間抑鬱？你今天完成一種，肯定會琢磨明天那個姿勢，生活就變得充實起來。特別是在「偉哥」已經誕生的時代，缺的不是生理技能，缺的是技巧和藝術。

《中國傳統文化幫你遠離抑鬱症》，一位常年研究中國文化的美國人所寫。中國為什麼歷史上那麼多災難和磨難，歷史上數次外族的進攻，但最後巋然不動。世界上好多國家在歷史上亡了就亡了，中國幾次大亡國，完了還跟沒事人似的，還能成為中國，國人也沒幾個抑鬱的。新世紀，望東方。「這個國家似乎具有一種與生俱來的抗體，比西方人更不容易抑鬱。」《莊子》《老子》是最好的心理諮詢師，如斯經年，中國傳統文化凝就了一種大集體主義，非西方的個人主義。個人主義能讓經濟很快發展，大集體主義讓人心境平和，跟著一群人一起混，天塌了自有高個頂著，別瞎操心。「只是以上說的均是中國傳統文化。保不齊，今日中國一樣崇尚西方個人主義。」作者又補一句。

並排放一本，《美國人何以如此鬱悶》。作者必受過嚴格理工訓練，列舉了一長串資料只爲說明：是的，美國人是變得越來越富有，生活條件越來越好，但怎麼美國人變得越來越鬱悶了？「歸因於日益增長的實利主義，也要歸因於對精神生活的輕視。在西方還要加上對年齡的歧視。這些都非主要原因，主要原因是在這個土地上滋長著一遇困難就變得抑鬱起來的不良情緒。」

「抑鬱症」一欄書架旁，立著一張巨大看板。下午五點，《費城日報》訃告欄作家大衛・皮特在書店內做講座：「讀訃告，幫你遠離抑鬱。」瞧！又一個自我幫助的指南。但「訃告」二字，就像「普世」二字一樣，喚起了胡琴深究的興趣。反正已近五點，管弦還在實驗室繼續料理他那十隻剛進行完骨髓移植的血友病老鼠。

聽眾不多，也許這個題目太嚇人了，對普通人來說。就像從前在北京的飯局上，胡琴不經意說起「前列腺肥大」，如與人一邊聊天吃花生米一邊用手掐死在桌上橫行的蟑螂一樣，對方常嘴巴張成O，譁然。她自己卻覺得稀鬆平常。

那位訃告作家在店員陪伴下落座，胡琴的嘴巴張成O。是給自己那張THE CURE門票的男人。不錯，年近五十，禿頂，只不過今天穿了件POLO襯衫，那天是印著樂隊頭像的黑色短袖T恤。

胡琴朝他揮手，禿頂男人朝有限的聽眾席望去，很容易就看見了一張中國臉在揮手，他一笑，嘴邊鬍子跟著移動，一副想起了什麼的表情。

11

「我是個訃告作家，如果這一行裡也有作家這一級別的話。但妳知道的，說一個人是科學家，其實是說他是科學工作者，搞科學的人。我是寫訃告的人。

「不過，在十幾年前我三十來歲，是個正兒八經的小說家，除了兩本自費出版的小說問世外，我收穫的結果還有抑鬱症。白天，我在《費城日報》打工，做一些文字的校對。晚上，我面對打字機敲下自己的作品以及雞零狗碎，是一個夜晚作家。我從小單詞量就很大，當校對是我的強項，穩、準、狠。聽說不少中國年輕人強化培訓過GRE、GMAT的應試，單詞量巨大得超過美國本土學生。不是吹的，我的單詞量基本可以和這些優秀的中國年輕人匹敵。

「但一個作家的成就，並不在於單詞量大。就像你們中國古時候的人寫詩一樣，撚斷鬍鬚，只爲了找準一個字，那個字，並不一定是生僻字，而是最合適的字，就像膠水一樣可以與前後文無縫黏合在一起的那一個字。

「對，作家其實是一直在找最合適的那些字，來說自己想說的事。這些事經由這些字，到達一些陌生人那裡，魔力一樣撥動了他們心裡的一根弦，響起了平素聽不到的眞切、本質之音。到這時，寫作這件事，算是眞正實現了。

「但我明白這個道理，是在改行寫訃告專欄的一年之後。當時，抑鬱症已經讓我無法再穩、準、狠地校對文章，幾乎影響了白天的所有工作。那段時間，當天《費城日報》一發貨，就有好心人打電話來糾正單詞拼寫和語法。最多的一天，有五十多個電話與我的校對有關係。我的工資因此也被扣得幾乎成了零。這時，鄰座那位常年負責接聽投訴電話的胖女同事跟我開玩笑說：你去訃告專欄吧，那兒字少，每天一百字就可以交差，也很少有人看，寫錯了也不會這麼戳讀者的眼睛，搞得他們老打電話來投訴。

「我從椅子上跳起來擁抱她，這眞是個好主意！居然，報社老闆也同意了。我第一天接手的訃告是一個太悲傷的故事，也是個急茬：一位醫學院的教授打電話來要求登訃告。他小女兒本來動一個小手術，因爲中耳炎。但手術後意外地感染擴散，病情急速發展爲急性感染，全身衰竭，十個小時之內，小姑娘就在她父親工作了二十多年的醫院裡離開人世。那位醫學院的教授在電話裡聽起來很無助，像個女人一樣，好像沒幹過醫生沒見過生死一樣。我在接電話時破天荒第一次主動勸慰一個陌生男人，然後問他：你希望什麼樣的訃告才能配得上你可愛的小女兒呢？他答：找最合適的那些字……說到這裡，他已泣不成聲。

「想想看吧，一百字的總量，找最合適的那些字。那是我在《費城日報》的第一篇訃告作品。它其實比我之前自費出版的兩本小說，更適合稱爲——我的作品。因爲在一百個單詞左右的數量級內，整晚我都在翻動著自己腦子裡的那本容量巨大的活字典，尋找最合適的字，而不是最炫技的但可能同時並沒有生命力的字。它必須如同棋子擺放在正確位置，每一顆看起來都熠熠發光。深夜，我坐在費城對岸的紐澤西家中時，腦子裡盤旋的不再是自己的芝麻事。知道我爲什麼會抑鬱嗎？跟了我十年的老婆有了外遇，跟一位卡車司機走了，去了芝加哥。她離開我時扔下一句話：練練你的性功能吧，而不是整天練那些沒有結果的打字。可她當年愛上我，卻是因爲我整天練的那些『沒有結果』的打字，寫就的兩首情詩。兩把劍一齊扎入一個男人的心臟——最心愛的女人，同時質疑我的性能力和寫作能力。我摔爛了那台心愛的古董打字機，那些鍵上留下了我自荷爾蒙豐盛到近乎陽痿的所有掙扎、快樂、痛苦。我這麼多年一直不用電腦。電腦白花花的螢幕，總會像夏天炙熱的太陽一樣照著我的臉，蒸發掉我所有關於古典的想像和私密的辭彙。敲擊打字機，曾是我生活中保留的最神聖的儀式感。

「但自那一晚起，我腦子裡盤旋的不再是自己的芝麻事，而是那位醫學院教授在電話裡對訃告的空洞的期待，他泣不成聲的悲傷。他這一位醫學院有名望的教授，在實驗室裡煞有介事地研究著基因治療的課題，自己的小女兒卻因爲醫學意外，在自己工作了二十多年的醫院裡離開人世，眼睜睜地看著。這樣的荒謬和悲傷，會比我最愛的女人同時質疑我的性能力和寫作能力，遜色多少？

「也許我前妻的話是對的，這世界，不缺我這樣一個整天練那些沒有結果的打字的作家，但如果我在一百字的訃告裡，恰當地撫慰了一位悲傷的父親對愛女的不捨、對自己職業的懷疑，我的打字算是結出了果實。

「那以後每天，我都接到不同的電話，說著不同的訃告刊登需求。每一個電話，背後都是一個已不在人世的陌生人，加上涉及的一群活著的陌生人，隻言片語之間全是故事。笑，血，淚……活著的那些事。死去的陌生人已經離開，活著的陌生人用登訃告的方式，進行著存活者的紀念，或是對著一面死亡製作的鏡子進行人生反芻。一個想給父親登訃告的兒子，在給我陳述需求時，也在尋找著最合適的字來描述他的父親：小時候溺愛他的父親，長大了成爲競爭者的父親，結過三次婚的父親，愛吹小號的父親，死在最後一次婚姻的大床性事上的父親……最後，兒子在電話那頭沉默了，好久才斷斷續續地說：你說，我兒子以後會怎麼評價我？

「一般這時，我選擇沉默。在沉默中，對方在找自己的答案，或者意識到我們大家就是活在無答案之國中。幹訃告專欄這個活，需要三項技能，聆聽、感受力、文字表現力。最後一項我不缺，要不我怎麼能在年輕時把我那年輕且豐滿的妻子騙到手呢——用古董打字機寫就的兩首情詩。但前兩項是在幹上訃告專欄後，才開始練出來的。

「如果要繼續幹訃告專欄，我就必須接電話，電話那頭，可能是一個絮叨重複的老婦女，可能是一個憤怒的中年炮筒男人，可能是個瑣碎焦慮的家庭主婦……但他們都有一個人需要哀悼，他們都在向你陳述他們要哀悼的那個人的一生，幾個關鍵字或是小故事凸顯的特點，還有一些讓人久久不能忘懷的典型行爲和品格……這些，讓他們不忍、不甘、不能接受這個人從此一去不回的現實。我跟隨其音其聲，進入一個紐澤西中產階級的四房兩廳兩衛的情境，或進入一個費城郊區有著四五個孩子嗷嗷待育的黑人家庭，感受他們切膚的生存以及離別。那些故事，細細嚼都有味道，一股熟悉混合著輕渺的味道。那些故事，也將是某日我們逝去時的那個普通人的故事，熟悉而輕渺。

「不是有人說嗎，爲何抑鬱症越來越多，並非日益增長的實利主義，並非對精神生活的輕視，主要是在這個土地上滋長著一股一遇困難就變得抑鬱起來的不良情緒。一開始聽這話，我火冒三丈，什麼叫一遇困難就變得抑鬱起來的不良情緒？你也來試試，和你年輕豐滿的妻子一起念完大學，她被你出色才情鑄就的情詩打動，崇拜你擊打打字機鍵盤的俊美手指，然後一起在紐澤西DALEWARE河旁的一棟房子裡，種花剪草了十幾年，有一天她說你床上功夫不行，不如一位卡車司機，你在打字機上撥弄的那些玩意兒也不行。自打幹了訃告專欄這活兒後，每天聽離世的故事，形形色色，這些人不是悄無聲息地離開，每個離開的人都曾是別人眼中鮮活生動的存在。我開始明白說這話的人的用意了。謙卑地聆聽、感受，讓我明白這世上悲傷很多，離開人世是其中一種，被老婆拋棄是其中一種。甚至，是這些悲傷的撞擊，復活了我們這些還活著的麻木感知。進而，竟能不再以絕望爲終點，繼續走下去，玩味絕望之後繼續的輕渺和詩性。鄰座那位胖女同事無意給我的轉崗建議，貌似嘲諷，恰是治療我抑鬱症的哲學良藥。

「如同一位在醫院裡的有心醫學生，在他靜靜轉遍醫院各間病房、各個角落，聆聽，感受其中的生生死死和千萬家故事，他開始獲得高於生活在這個世界的某種角度。也許他有時還是會陷入現實錙銖必較，但只要他有力量能回到重新獲得聆聽、感受醫院春秋的角度，他的感受將如同我每天接聽訃告電話，感受每個電話背後的生與死。這些經歷，細嚼都有味道，一股熟悉混合著輕渺的味道。這些經歷，也將是某日我們逝去時的那個普通人的經歷。如將一個個熟悉而輕渺的故事拼接起來，竟又織成了一幅山河宇宙的某段壯闊畫面。」

胡琴向做完講座的訃告作家起身道謝：「謝謝那張The Cure的門票。」

訃告作家問：「爲什麼妳喜歡The Cure?」

胡琴笑：「從大學時就喜歡，以一種憂鬱抵抗另一種憂鬱，中醫裡叫以毒攻毒。」

「除此之外，我曾經就是一位醫學生。」胡琴說，「在中國時。我實習的那家醫院曾經是中國最好的醫院——普世醫院。九十年至今，仍保有工整的傳統。有時深夜，我就會像您剛才說的，穿著白大褂，靜靜轉遍普世醫院的各間病房、各個角落，聆聽、感受其中的生生死死和千萬家故事，試圖獲得一種高於生活在這世界的角度。」

訃告作家大笑，點頭，「那妳現在還是醫學生?」

「不能算了，是做生物研究的，和最時髦的DNA打最沉默的交道，謀生而已。就在不遠處34街的那家醫學院。」

「哦?那家醫學院很厲害，我那有不少熟人，老哥兒們，有時一起BBQ。沒準，我還認識妳老闆。」

胡琴想起了自己老闆那張橫貫臉部下方的大嘴，禮貌回報了老闆的全名。

訃告作家聽完，若有所思，對胡琴說：「聽著，我本不該告訴妳，但因爲妳也許像我一樣，在試著去獲取一種更高的感受力，這個就當我們之間的祕密。妳的老闆，就是在我第一天幹訃告專欄時打電話給我的醫學院教授。」

想起「大嘴」常將兩塊披薩餅對疊起來塞進那張大嘴裡的樣子，胡琴的驚訝不亞於管弦晚上打電話給她：「我決定提前結束實驗，一起去藝術院線看場電影吧。下週末，陪妳去芝加哥玩。妳不是老說要去那裡聽爵士和藍調嗎？」

12

芝加哥。爵士樂和藍調。曾無數從胡琴床頭堆砌的打口CD裡傳出的或美妙或給勁的樂聲。

芝加哥。想像一八七一年十月時的芝加哥，車水馬龍。十三號這天，像往常每一天，這城市展現著它日益強大的樞紐意義，紐約一城之下，萬城之上。它的獨特地理位置佔了先，在東海岸與待開發的西部之間，水陸交通便捷可達，芝加哥河、密西根湖、鐵路網在此會合，而後散開。「C-h-i-c-a-g-o」，七個字母展開，讀起來類似童話一樣簡單的地名，成了這個國家最大的糧食、肉類、木材交易市場。歐洲移民、南方黑人大批湧入。除此之外，他們身上挾帶著來自紐奧良的爵士和藍調的根源，也在此學聚，淬煉出一種更個體的爵士樂。

起先是這天傍晚，城東北處一座房屋著火，警報發出。接著，離這座屋子兩千米之外的一間教堂著火。忙不過來的芝加哥消防總隊隊長描述：「這些失火的消息像狂潮巨浪似的傳來，實在不知該首先從哪幢房屋開始滅火。」兩小時後的芝加哥，在上帝俯視的眼睛中，一定如同一口火苗旺盛的巨大之鍋，煎熬著已成灰燼的現實存在。逃生成爲唯一的無根之念，騎士和馬車皆已失去方向。即便如此，在城外也有數千人留下屍體。離開了火，也沒能離開死亡。

不是黑幫，也不是精神異常的病人，事後人們找到的第一個嫌疑犯是一頭母牛，牠碰翻了一盞煤油燈，使牛欄首先起火。

邊鐘祖父第一次到達芝加哥，是一九三六年，整個城正全民紀念芝加哥遭遇大火六十五周年。胡琴讀到邊鐘祖父〈寫給三十年後的你〉，是在二〇〇一年九月初。一份寄自普世醫院的快件，寄件人是邊鐘。這份用FEDEX寄出的快件，花了邊鐘一百多塊錢，普世醫院住院醫一個星期的伙食費。

「昨天是我三十歲生日，我那不怎麼說話的爹，也給你們上過生理學課的普世醫學院基礎研究所教授，一反常態，鄭重地打開書架上一個純木的黑舊盒子，翻開這封信送給我。我讀了以後，很想複印一份寄給你，因爲我的讀後感形容不出來。

「還記得在普世醫院，帶給妳看的那些黑膠唱片？那些唱片、眼前的這封信、我，這些本來遙不可及的種類之間，開始發生了化學反應。我覺得憋喘，呼吸加速，心律不齊，似乎突然明白了我必須當醫生的理由。特將我爺爺的信件複印一份，寄給妳。」

收到快件時，正是星期四下午。實驗室裡鬧哄哄的，幾位中國姑娘正在和大嘴老闆交涉實驗專案分配的事，有矯情，有撒潑，也有委屈和不服輸。最後，都是爲了能早日出結果，早日在變成英文鉛字的論文上署上自己的名字，以便憑此申請綠卡，進入紐澤西州的那幾家超級醫藥公司。

按捺住好奇，胡琴沒有在嘈雜的實驗室中展開那份影本，只瞟了一眼，複印的紙上方是普世醫院病歷的抬頭，熟悉，也親切。她需等到夜晚和寂靜來臨，故作鎮定地在實驗桌旁加DNA電泳的樣品，那桿做實驗用的加樣筆牢牢握在手裡，思緒翻騰。一種跨過時間回到過去又去向將來的興奮，在想像中膨脹。寫給三十年後的你，一個已出生三十年的男人讀到未曾謀面的祖父三十年前的信，專門寫給自己的那些字，是哽咽，難於呼吸？感動，轉頭萬事空？還是僅僅只因爲填充在其中的時間本身，賦予了更行雲流水、更超能的力量，使得這封信在三十年前、三十年後這兩個時間節點，本身就具有不同意義？

一陣狂想，回家急切打開FEDEX信封，讀邊老大夫的〈寫給三十年後的你〉——邊鐘從普世醫院寄來的影本：

我時日無多。你正在你母親子宮中，我已知道你是個男孩。現在是夜裡，隱約能見隔壁護士台燈光，我頭頂低懸之燈火一樣昏暗。一個男孩將面對的世界，隔著六十年年齡之距離，雖有差異，總有本原大體類似。這促使我拿起筆，寫給三十年後的你。

此外，當想像你三十歲時讀到這些字時的心情和表情，其時新世紀已來臨，我心中就升起熱情，與你同遊未來。它如同我在芝加哥密西根湖揚帆的飽滿，它也抵擋了我過去數十年中的經歷。這也促使我拿起筆，寫給三十年後的你。

你母親是位婦產科大夫，你父親是位搞生理學的科學工作者。而我，你爺爺，是一位內分泌科大夫。在你三十歲時，如何讓你理解上兩輩人呢？從兩個字開始：普世。普世醫學院，以及普世醫院。

普世是全部。在我及我兒子、兒媳（也就是你父親、你母親）的生命裡。這帶來了幸福。也屢有友人提醒，走一條路同時，不如再留條後路。但回顧我一生，從無留後路這原則。現在，我爲此承擔代價。那些與我相似之人，也爲此承擔著代價。包括已離開人世的你祖母。選擇，除了選擇，還是擔當。等你長大，我預見那時的時代和教育會讓你仰臉問我：你這樣不後悔嗎？我回答是不後悔。

你父親和你母親，自出生起，也就與普世有關。普世醫院出生，就讀於普世醫學院，在普世醫院當大夫。你父親曾在普世醫院當過內科住院總醫師——普世醫院年輕醫生中最光榮的職位。他對生理學更感興趣，我支持他選擇生理學研究，眞正結合臨床與基礎科研，像我們尊敬的謝少文教授一樣。你母親，曾是普世醫院婦產科最出色的住院總醫師，一直在林巧稚大夫薰陶下，甚至牽握臨產婦的姿勢，都與林巧稚神似。

說這些，是告訴你長大後也要面臨一件事——選擇。你的上兩輩人，選擇圍繞普世醫院的生活。普世是全部，在他們眼中是生命的全部。享受選擇的愉悅，同時擔當因選擇帶來的所有。

說及選擇，也許你會問我，爲何選擇内分泌科，爲何我會在中國創立内分泌科。我第一次出國，是在普世醫院五年住院醫師後，其時，内科主任是來自芝加哥的名教授狄根斯。有次，他請我在普世醫院教授餐廳用晚餐，給我詳解人體内分泌系統，其實是關於平衡還是紊亂的問題。我看到人體記憶體在魔力般平衡美感，一種有節制有分寸的美感，湧起一股願望，幫助那些患有内分泌疾病的病人，重新恢復這美感。這些話脫口而出，令當時尚年輕的我很驚訝，坐在我對面的狄根斯教授讚許點頭，許下諾言他將盡力幫助。後來我去芝加哥，我導師是當時美國内分泌界名家。

每一種選擇還會伴隨其他，比如尊嚴。你曾祖父從清末起接觸洋務，一九一二年光景，他創辦江蘇無錫一家紡紗廠，提倡八小時工作制。社會動盪，人心浮動，幼時我印象最深的是晚餐時的長條桌，一家人圍坐，什麼外力都不能改變我們。你曾祖父說得最多的是「不爲良相便爲良醫」，常提《莊子・齊物論》中那句：「大澤焚而不能熱，河漢沍而不能寒，疾雷破山飄風振海而不能驚。若然者，乘雲氣，騎日月，而游乎四海之外。」那時我問：這不是神仙嗎？你曾祖父說：這是「至人」，你將來也要盡力去做「至人」。

在每個時代中生活的人都會有感慨，長大的你會生活在你的時代，它不一定屬於你，你也不一定感覺屬於它，你會感慨：眞正做人標準已消失，「神人」、「至人」、「眞人」已無處可尋。但你知道嗎，祖父在最艱難時刻記住的就是曾祖父吟誦的《莊子》這幾句。我至今仍記憶清晰在幼時的那條長條桌旁，眾多家人一起吃晚飯，四周是封閉空間內特有的安全與安詳。

等你長大後讀歷史，會知道我也曾遭受過不應落在知識份子身體之上的皮鞭，我也曾被幾近癲狂的年輕學生壓迫低下頭，冬天寒風大作，被逼迫爬上六層高陽台，拿一杆破布條紮成的清潔工具擦拭窗戶玻璃。居於高處的眩暈，幾乎讓我失足。最惱北京冬風，不隔一分鐘，寒風挾帶沙塵又附上窗戶玻璃，感覺如那位推石頭的西西弗斯。你知道祖父當時所想嗎？當西西弗斯一次次推石頭上山，他把懲罰踩在腳下，諸神未能讓他屈服，西西弗斯每次在完成對自己的救贖。

孩子，接著和你談談感情這件事。

在你讀到這封信時，可能已遇上讓你心動之人。那時那刻，非此不可。然後在甜蜜、痛苦、錯失後，別樣也行。我以爲這就是愛情。我在普世醫學院讀書時，曾戀一位內科護士，來自天津，普世醫學院護理系第二屆畢業生。如同生活在十九世紀中期的南丁格爾，這位外形嬌小的女性內心有強大力量將我吸引。在當時，與各式各樣病人護理打交道，曾是低級、骯髒、危險的事。南丁格爾相信能改變眼前這一切。我喜歡的那位是中國的南丁格爾。後因紛亂時世，我們分開。

我第一次到達芝加哥是一九三六年，整個城正全民紀念芝加哥遭遇大火六十五周年。密西根湖邊人群擁擠，遇上一位叫安娜・湯普森的女性。她帶我聽爵士樂，她身材豐滿，個性開朗，與她一起我領悟最自然的性愛，是與芝加哥的風、密西根湖的水、芝加哥開始風起雲湧的新派建築融合一起的自然作品。與她相處中，我更理解了內分泌科學——一門打通人體的極致醫學。

……

牛欄起火，並非是一八七一年芝加哥那場大火的唯一解釋。只是人們記住的往往是最戲劇化的解釋，記住的是一頭改變了芝加哥歷史的奶牛。如同塞翁失馬故事中的那匹馬一樣。

在失火過程中，還有些很怪的現像：明明一個無風晴朗的日子裡，火從一個地方起，卻很快席捲全城；一條小河邊一個孤立的金屬船架，離它最近的建築物至少一百米，周圍沒有其他易燃物，但它自己卻熔成了一塊；當一幢房子起火後，離它較遠的房屋也緊接著忽然起火，如同一位隱身人在順次縱火；甚至，連大理石也在那可怕的夜晚著了火。同樣奇怪的是，不只是一個芝加哥城，威斯康辛、內布拉斯加、密西根等州的森林和大草原也著了火。難道以上這些地方都有一頭母牛，同時碰翻了一盞煤油燈，使得牛欄首先燒了起來？

中午吃飯，胡琴與大嘴老闆聊天，貌似無意間聊起這場大火。坐在咖啡桌對面的老闆，一張大嘴仍舊一條大河般橫貫面部下方。他那無限接近荒蕪的腦袋除了積聚三十年的醫學知識，還包括了其他，比如說從DISCOVERY《發現》頻道看來的天文知識：

「可能是一場熾熱的隕石雨，誰知道呢？當時，芝加哥上空無風，兩小時全城就淹沒在火海中。城郊幾千人的死亡，是中毒身亡，是彗星大氣層中所含的有毒氣體污染了空氣。也有人認爲，是地球與高速運行的彗星尾巴相碰，地球大氣層一下子變得熾熱。還有一說，是由短暫的龍捲風造成。這個世界盛產的科學家，總以不同學說自立門戶，告訴別人自己的存在。」

說這些時，他一邊往嘴裡塞著兩片對疊的披薩餅。胡琴盯著他，腦子裡竄出訃告作家的話。他以爲胡琴又在大驚小怪於他一下子能啃下兩片披薩餅，解釋說：「我們吃飯，和你們中國人不同，不爲享受，就是爲了能活命。一輩子這樣，僅此而已。」他說話就是這風格，大嘴無遮攔。有天，他從辦公室推出一輛專業自行車，穿著一身緊身自行車服出去鍛鍊，胡琴好奇問：「爲什麼專業的車座中間掏了個洞？」他答：「爲了我們男人的那玩意兒準備的，騎車時它也得呼吸，要不環法冠軍阿姆斯壯怎麼得睪丸癌？」

「不破不立。這場大火，重塑了整個芝加哥的建築，逼得它們因爲創新的風格和技術出了名。以前芝加哥大多數房子都用木材建，全城的六萬多幢木質建築設計毫無規則。大火後，芝加哥人發明了鋼筋骨架結構，一八八五年建了世界第一座摩天大樓。產生了現代建築學派。」他那禿腦袋裡面，眞裝了不少知識。

胡琴一邊聽一邊點頭。鋼鐵耐久，木頭無常。想起昨晚讀到的〈寫給三十年後的你〉，她被離奇和眩暈包圍。

不知爲何，胡琴拒絕了管弦一起去芝加哥玩的建議。本付出了巨大犧牲的他很驚訝：「我這已經是牙縫裡擠出的時間，爲了陪妳。剛認識妳時，不就說來美國主要爲了去聽正宗爵士和藍調嗎？第一站芝加哥，第二站紐奧良。妳看，我連那些老鼠都暫時不管了！幹！我操！眞他媽煩！」

第一站芝加哥，第二站紐奧良，是胡琴來美國的主要企圖，並非爲了科研。在耳鬢廝磨多年的CD和耳機之後，一腳跨進爵士樂與藍調之城，滿眼滿耳或美妙或給勁的眞切樂聲，來自海港，來自棉花地，來自密西西比河上的船，來自幽黑小酒館裡。這是胡琴對美國「自由女神」的最確切定義。

邊老大夫到達芝加哥時，是二十世紀三〇年代，南方的紐奧良港口已開始沒落，爵士樂手們紛紛沿密西西比河北上，芝加哥成了最大聚集地。不同於紐奧良的團體合奏爵士風格，芝加哥爵士樂風更加著意獨奏，擅長薩克斯風、伸縮喇叭、單簧管，甚至鼓或短號的樂手，於表演中也盡情展現，樂曲中有了更多的個性張力。雖然後來許多樂手又遷移紐約，芝加哥作爲美國爵士樂重鎮的地位，不曾動搖。讀邊老大夫〈寫給三十年後的你〉，更想目擊芝加哥被大火燒過之後重生的建築天際線，去邊老大夫遇上「自然性愛」女神的密西根湖邊走上三公里。三公里步行中，回到一九三六年。如果回不到一九三六年，那就回到三十年前。

「每年的春天結束，他都會把自己鎖在辦公室裡，一關一整天。我跟他這麼多年了，年年到了那一天都如此。長得像一匹大高馬的中歐女人跟著他幹科研的時間更長，後來我問她才知道。每年的那一天，是他小女兒的祭日。」

大嘴老闆的事，讓人分神。

「事情來得太突然了。一個老練醫生也會有受不了的那一刻。他有兩個女兒，像大多數父親一樣，他更喜歡小的那個。一般來說，大的老實、懂事、統籌，小的更乖巧，更精靈，更率性。他小女兒呢，長得也更漂亮。妳學醫的是知道的，中耳炎本是多麼不值一提的病。偏偏手術出了意外，做手術的那大夫還是他哥兒們，兩人一起在醫學院裡長大的，上一輩人都是從以色列逃到美國來的猶太人，上一輩都教育孩子一定要學醫，有錢掙有出息有地位。」

說話的是實驗室裡一位九〇年代就來了費城的同胞，提起此事，她一改平時的大嗓門，竟有一臉深邃。胡琴心底被撥動了同情的弦，想起了張貝思的護士女友。醫學上的偶然，如宇宙山河不經意間的魔術點穴，帶給從事醫學的人們一股來自本質的動搖，頃刻間幾可撼動根基。事過之後，這些人再自行修復，消化悲傷，回到原位。

把自己鎖在辦公室裡的大嘴，每一年那一天，春天的尾巴鮮豔的盡頭，會想什麼？這問題，如同想像三十年前的邊老大夫坐在破舊、磨得黑亮的辦公桌前寫信的心情，佔據了胡琴。

「寶貝，妳離開已經一年。我承認在妳離開這件事上，我表現得更像個女人。給《費城日報》的訃告專欄打電話時，就忍不住像個女人一樣哽咽了。接電話的是個難得的話不多的人，話筒裡，他的沉默如遊絲，帶著某種呼吸，恰到好處地穿插在我的哽咽和對妳的急性回憶中。有時，寶貝，妳也許知道的，當妳沒準備回憶但被迫立刻進行回憶時，湧上來的都是類似急性疾病的那種感覺，頃刻瞬降。如同妳的離開，也是急性疾病的那種感覺。我第一回與訃告作家打交道，他的沉默帶著某種哀傷的呼吸，讓我在電話這邊聽著特別熨帖。那可能是妳離開之後我第一次覺得熨帖。他問我：妳希望什麼樣的訃告才能配得上你可愛的小女兒？我答：找最合適的那些字……說到這裡，我已泣不成聲。你知道嗎？我無比感激他的這個問題，就像我父親感激他在逃離以色列來到美國時半路上分給他半杯水喝的一位陌生人。他在電話裡的這個問題，甚至勝過了妳媽媽對我的安慰。他是一個陌生人。他後來寫就的一百個字，是我讀到的最合適的一百個字，優美程度勝過了《科學》或是《自然》雜誌的一切理論和文章，讓我想把書房裡的《血液病學》一把撕掉。這衝動，讓我想起有人說過，醫學如同神學和法學一樣，都指向科學研究的永恆話題，都需邏輯學和哲學做基礎，所指目標又都超越了科學本身。醫學指向身體健康，建立在對人的自然本性無所不包的知識基礎上，但在人的自然本性裡，總存在著一些未知力量……

「昨晚，妳媽媽收拾妳小時候的照片，還是忍不住哭了。她哭的時候背著我。這是妳離開第二年。最近讀一篇牛文章。因爲現代人日趨能量過剩、不知節制的生活方式，原先適用於和饑餓狀態共處的基因們，在代謝上開始產生叫做（溢出）的問題。老祖先們吃不飽，基因們也被設計成適應這種吃不飽的狀態。可現在豈止是吃飽了，是吃撐了，毫無節制。這種（溢出），如洪水一樣在管道中奔湧，人的哪一種體內機制失調、扛不住，就會出現相應的表現。高血壓，高血脂，高血糖……看似不同，不同的醫生也被分工去對付以上這些不同的疾病，但本質上都是洪水奔湧。只是洪水所及，脆弱之處顯示出不同特徵的脆弱，在不同的地方破了洞。這個作者似乎解釋了萬病之源，特別是與代謝相關的疾病。我用大半生搞血液病，也開始明白我這個行當的狹隘。但寶貝妳的離開，是這篇文章沒法解釋的。我多希望在《科學》或是《自然》雜誌，也讀到一種理論可以解釋。技術世界的自我肯定和局限，它的過分樂觀和悲劇性的失望，應被置在更深刻的背景下，進行端詳和考察……

「我端詳和考察著我的職業，以及生死。自妳離開後。這已是第三個年頭。雖然我對這個職業已有了本質的悲觀，還是忍不住勸妳姊姊報考醫學院。爲什麼？她問。我的答案與我那逃離以色列來到美國的父母幾乎一樣：『掙錢！有地位！』『掙錢？你過時了，太不酷了，你在醫學院辛苦幹了二十多年，不是到今年才還清房貸嗎？能叫掙錢嗎？掙錢得上商學院，去華爾街工作，世貿大廈上班。有地位？地位還不是與收入成正比？』坦白說，我沒法回答妳姊姊的問題。現在的醫學院招生，已被商學院分流了很多更優秀的學生。我沒勇氣與她爭辯，而且潛意識告訴我，她的話鋒就要提起妳了：你幹了這麼多年醫，可你的小女兒死在了你的醫學院裡。我無法面對這樣的問題，所有與妳有關的問題，我都無法作答。起碼每年這一天。我把自己鎖在辦公室裡，沮喪，還有一些狼狽。但我漸漸感到，每年有這麼一天，讓自己與外界隔絕，與實驗室、科研基金、DNA隔絕，想想一些大而無當、自己都無力回答的問題，也是一種幸福。在想念妳的純粹中，在思索巨大問題的無力中，感到了自己的存在——一個渺小的存在，曾狂妄地希望用藥片或是手術刀改變世界的渺小存在。如同一邊是星系運行，一邊是微生物活動。這時，我竟是幸福的，被編進了更壯美的一幅巨畫。

「寶貝，我越來越老了。第四年了。又到這一天，我鎖在辦公室裡。上個星期我向NIH申請的基金獲得了批准，這意味著我又可以喘兩年，可以養活十來個搞科研的，圍著PCR儀、電泳儀、超淨檯轉——他們大多數來自中國。但科學的終極意義是爲什麼？一種規律和明確的尋求，能否反照這個世界的全部？結果人們發現，塡補其中的無定型情緒和力量，一樣迷人、眞實。我這輩子已與諾貝爾無緣，因我再無篤信。也有人曾在諾貝爾獎台上念起了艾略特的詩：

爲了要到達現在你所在的地方，
離開你現在不在的地方，
你必須經歷一條，
其中並無引人入勝之處的道路。」

14

一盞燈下，面前一扇電腦螢幕，青筋的雙手敲鍵，敲進去一些足音稀落的字。一個在異鄉，曾與人同枕共眠，剛與男友在獨立廳前分手。一個在廣西，一間兩居室公寓裡與丈夫各住一間，互相傳紙條討價還價離婚的條件，仍在繼續煎熬。

「爲什麼分手？告訴我！」管弦站在獨立廳旁的公園裡，對胡琴大吼，搖晃著她的胳膊，驚醒了一旁公園長椅上坐著打瞌睡的白人老太太。胡琴滿臉堆笑，對老太太點點頭，搖搖手，讓她安神。

之前，看完一場藝術院線電影出來，似乎被劇中男主角斗膽強上女主角的態勢感染，管弦抓住胡琴的手，「來，一起好好規劃我們的未來吧！」

「規劃？我們的未來？」

「要不結婚吧。」管弦推推眼鏡，又蹦出一句，「早晚都得結的，年齡都不小了。」

「不，我想回去。」

「回哪兒？」

「北京。」

「妳瘋了？我不，我要堅守美利堅。」

「咱倆還是分手吧。」胡琴說。

「爲什麼？告訴我！」管弦吼起來。

與其迴避他的眼睛，不如眞誠對視，只是胡琴不知道如何最合適地解釋。面前是一雙朝向未來嚴格規劃和部署的眼睛，似乎從不出錯的自己和生活。爲什麼分手？胡琴也在找最合適的字，一百個字。何其艱難。只有說「對不起」，收納所有歉疚，也一併抵擋所有外人不知、言語不及的理由。

管弦帶著滿臉不解，部署、規劃、展望……統統坍塌，走進風裡，開著ACURA風一樣離去。敏捷的ACURA車，像他曾經的思維一樣銳利。胡琴轉身走進風裡，才覺得「再見」這兩個字用在分手這件事上，其實不合適。她鑽進獨立廳，試圖沾染一些獨立氣質，開始在腦子裡回想《獨立宣言》，英文的。但在獨立廳裡，忍不住想念最初與他討論基因治療的激情，聊周夢蝶和陳鼓應時的默契。那時費城的天青藍，空氣焦躁而急切，舌頭纏繞。每一段，都是情境使然。

知道大嘴老闆的故事後，她自願陷落於不能自拔的分神。一起加入這分神佇列的，還有那封〈寫給三十年後的你〉，一疊寄自普世醫院的影本，塗抹了這狀態的底色。它們統統關於時間和逝去，一齊釀造著眼前的胡琴。

中午吃飯，不再像往常那樣自如與大嘴開玩笑，有些拘謹和迴避，卻也希望坐在他對面。她嘴裡，再說不出類似「你這個愚蠢的備受中年危機折磨的傻教授」的玩笑話。從前胡琴說出這些時，大嘴會前仰後合，有時即興起身，拿起筆在實驗室的大白板上寫下這句話的英文全文，配上漫畫。一副很享受自嘲自諷的勁兒。

再說不出了。更多時，胡琴的眼睛蛇一樣游離，左繞右轉，迴避大嘴的眼睛。因爲她開始想像那裡有很長的憂鬱，科學迷霧掩埋下的傷痛，生命深處的悲情……事情開始複雜起來。看得越多，憂鬱、傷痛、悲情，汩汩滲出越多。莫名其妙的憐愛，竟就會從心底升騰。

一星期後，舉世聞名的事件，使得紐約的世貿雙子星從地球上冒著煙消失。之前好幾次，在曼哈頓漫遊的胡琴經過雙子星總安慰自己，這回先不爬上頂層觀光吧，日後有的是機會，特別陪那些國內朋友來訪，每次都得爬。雙峰變形消失，整個城市彌漫著一股嗆人的燒灼味，那些衝在一線的救火隊員，後來不少人得了呼吸系統疾病。

那天早晨，準備上班的胡琴打開電視，一邊瞄著一邊吃烤麵包，以爲又一部新的未來電影大片，正堆積大把鈔票造出來。等到達實驗室，大嘴正和同事們一起聽著收音機裡的時事新聞，屋裡一股異樣的不安，她才知道還有一架飛機在費城周邊位置墜毀了。「接下來的目標，就是襲擊獨立廳，費城的標誌，這個國家獨立的標誌。」整棟實驗大樓裡謠言四起，攪動著更多的突兀和恐懼。獨立廳，那是一週前胡琴與男友分手的地方。

大嘴對實驗室大夥兒說：「都回去吧，在情況不明朗之前，活著是最重要的。」他面無表情，但眼中的悲傷，應該如同他小女兒離世那天一樣的深切。

「可我的電泳剛剛加樣呢！」胡琴脫口而出。

大嘴走到胡琴的實驗桌前，雙臂伸出，環繞擁抱了一下胡琴，拍拍她肩膀說：「孩子，趕緊收拾完，先回去吧。」

那擁抱，爲什麼不再長一點？那擁抱，是什麼滋味呢？總用自己獨特的大腦照相系統拍照的胡琴，在大嘴老闆的檔夾裡，拍有這一刻的臉。變故之下突如其來的溫暖，也有事後立刻更覺冷清的傷感。胡琴記起，他的大女兒，從學醫改上了商學院，畢業後進的投資銀行就在世貿大廈旁辦公。一個意外的擁抱，一樁突如其來的襲擊，在九月，恐懼和溫情戲劇性交織。

一個中年喪女的故事，一封〈寫給三十年後的你〉的全套影本，一顆異鄉漂泊的拒絕著陸的心，一個渴望深邃和新鮮、逃離規劃和部署的人，一場猝不及防、殃及眾多無辜的突然災難……瀠聚起來，釀成一種氛圍。整個氣氛，在來自各個角度的交織下，變得綿延和疏離。只要有傷及眾生骨髓的哀痛，我便能體會出雙倍的哀痛。只要讓我停靠，我就選擇離開。

IT＋BT的人生組合。實驗室裡那十幾隻精心飼養、指望能出結果上《科學》雜誌的老鼠。部署、規劃、展望這些詞，聽上去不堪襲擊。「我想回北京生活！」——如果管弦實在需要一個具體的分手理由的話。「來到費城，我發現最喜歡的其實是北京。」但其實，胡琴腦中晃盪的是大嘴，是訃告作家講述的那個哀傷摻兌溫情的故事。所有這些，有眼前費城的大街小巷、眼前傷痛的美國都盛裝不下的愛憐。

九一一之後，更多人開始少刷信用卡，開始多讀書，思考人生終極意義，大學裡選修哲學的坐滿了教室，BORDERS書店裡的小說、哲學書熱賣了起來，抑鬱那一欄更是人頭攢動。物質少了，安全少了，找尋精神。精神站穩了，其他才好說。但精神久無安身之處了。書店裡，胡琴讀到一位英國社會學家的理論，說現代社會以經濟化、建立秩序爲主，將更多的人變成「廢棄的生命」。這些廢棄的生命，已離人類當初的本質越來越遠。成爲工具，成爲表象，成爲機器。

如不讀哲學，就拿起兩桿毛衣針編織吧。這項老氣橫秋已有兩千多年歷史的活動，一夜間又成了時髦。不再是坐在搖椅裡的老奶奶拿它殺時間，竟有上千萬的美國人玩起了毛衣針。出現了專門關於編織的博客，一本《毛衣針法手冊》竟上了《紐約時報》暢銷書排行榜。編織成了一種特殊體驗，成了一種「新式瑜伽」，一種「新式冥想」。編織的動作均勻而且富有節奏感，可以緩解壓力，降低血壓。「居家趨勢」開始更顯著，電視上的烹調、家人團聚、簡化生活小竅門……成了收視熱門，手工藝受到青睞，縫紉機的銷售量翻了一番。編織熱潮，是這「居家趨勢」中的一個元素。

繼續讀〈寫給三十年後的你〉：

……

子，不能免俗，我希望你幸福。一位普世醫院老大夫對孫子的希望，與醫院旁外交部街胡同修自行車的大爺對孫子的希望，如出一轍。但幸福與命運無關，自己可抱一本自己的字典定義。一個臉上有淚珠、內心經受折磨、雙腳孤獨行進在荒野裡的人，就不幸福？常年的沮喪與悲傷，竟也能生出快樂。除完成內心救贖外，接受來自大自然的風、海水的藍、陌生人的愛……它們皆是禮物爲你備好。一些人被自我與外力蒙蔽了眼睛，將門關上，時間未能在他們臉龐刻有以上這些禮物。在你三十歲時，將開始於人群中發現，如此被蒙蔽的臉越來越多。想像在你生活的時代，也許物質已比今日富裕數倍，追逐也比今日更瘋狂，雖沒有加在知識份子體膚的皮鞭，但普遍蠱惑的物欲於空氣中翻湧。隨之而來，人群中如此了無生氣與輪廓的臉，與日俱增。而你祖父，希望你是人群中那張有自己獨特輪廓的臉。你的臉就是你的人。

人群中找到自己，一眼望見。在人群中找到那個人，也是一眼望見。如同我在芝加哥遇上爵士樂，也是一眼望見。這種音樂一響起，它就撥動我臟器肺腑，彷彿物理上共振。我回國遇到你祖母，也是一眼望見。

…………

這就走。離開ＩＴ＋ＢＴ範式，一望便知的生活。離開眾多被生活逼迫塑形變得了無生氣、失去輪廓的臉。離開大嘴的憂傷，誘人的傷痛。離開那些在實驗室裡被過分期待出《科學》雜誌結果的老鼠。離開肆意的鄉愁，異鄉感導引之下同胞們將互相取暖、相依爲命作爲唯一選擇。

走之前，第一站芝加哥，第二站紐奧良。滿眼滿耳的爵士樂和藍調。讓音樂與周身進行物理上的共振，產生正弦波。讓人群中自己的那張臉不再失去獨特輪廓。如果是張「嬰兒肥」的臉，那就讓它獨特地「嬰兒肥」吧。

「我已決定回國，工作尋找中。」胡琴告訴凡阿玲。

自己離婚，老爸心梗，女兒哭鬧……另一邊，凡阿玲經歷著人到中年，非常具體和現實。在討論離婚的具體細則時，她與她那當會計的老公言語無味到只能通過寫紙條來錙銖必較。一套兩居室的房子裡一人一間，紙條傳來傳去，上面說的都是離婚條件和細則。

「滑稽吧，三十多歲的人，活得像個笑話，越來越像。平衡曾把我們變成一棵樹，我們是樹，時間是伐木工。」凡阿玲自諷。

「活得像個笑話，好過活得像句廢話。」胡琴也笑。聽到伐木工，覺得自己再提回國有點矯情，那些原因說起來都怪怪的。

15

聽The Cure就不怪。這支樂隊的功能就在於，在以爲自己很怪時，他永遠比你還怪，還怪得那麼自然，那麼無辜和天眞。在自己打算按照別人的眼睛、大多數眼睛打量自己時，他從音樂裡透出那麼無辜和天眞。一個好伴兒，靈魂伴侶。主唱已近五十，自二十多歲唱到現在，嗓子就一直那麼無辜、天眞——在一種很古怪很憂鬱的大背景下。胡琴愛聽The Cure。「碎南瓜」樂隊的早期主唱也是無辜、天眞地純情、抑鬱和憤怒。這些胡琴都愛聽，特別是在語言的準確和表現力缺失時，音樂響起來，一切熨帖。

繼續讀〈寫給三十年後的你〉：

……………

孩子，音樂於我，塡補了我所從事的醫學所塡補不了的空白。芝加哥接觸的爵士樂，是自由、即興、切分，是個性，是爐火純青後漸趨輕盈。正如我研究內分泌學，在面對病人和複雜病情時，腦中響起爵士樂。至於在芝加哥接觸的藍調，是苦難隱忍的生活。它百轉迴腸，憂傷和苦痛深藏其中，顯現出來時則舉重若輕，類似我們的生命。我被它特別的調式所吸引，如同命運。

科學總在尋求具體規律與體系，而音樂遊曳其中，如此方爲水乳交融的世界眞相。你長大後也許會從事科學，也許就是醫學（我實在想像不出你的父母——兩位普世醫院的大夫，還會想出其他的職業建議），去接觸一些非科學領域，去體會不確定但深邃的力量。

複印紙到這裡有一段空白，再往後的筆跡稍有不同，看上去換了個時間換了個心情：

生者寄也，死者歸也。天地者萬物之逆旅，光陰者百代之過客。

孩子，想像你存在也就反照了我的存在。現在存在的我，對未來存在的你說話，這讓我感到生命縱然將要結束，但它經由我想像得到延長。這延長非經醫學手段，非經藥片和手術刀，經時間來完成。想到這裡，我更應給你寫這封信。

並且，它也許是我這些天繼續活下去的唯一理由了。

我仍舊是在六樓寒風中擦玻璃。擦玻璃時會想起年輕時的狂狷。一身白西服請你祖母喝咖啡跳交誼舞，向她普及西方性愛觀。雇司機開一輛當時北京城數得上的汽車，帶我去各處出診。爲了這白西裝，爲了這汽車，此後我接受更多的聲討和批判。有時上面不安排我去擦玻璃，在內分泌病房給病人倒便盆。讓我去陌生些的科室也許會好些，不致觸景生情。但習慣了就好了，因爲心裡尚有哲學和史學支撐。還因爲我可以在倒病人小便時，通過眼睛辨別尿的健康情況，如有異常，我告訴主管醫生，雖然他們聽不進去，指著我說，老傢伙，你早過時了。

這些還是難免殘酷，雖然我尚有哲學和史學支撐。對一個深愛普世醫院、一輩子一家人都與普世醫院緊密相連的老大夫來說，最殘酷的是不讓他眞正接近病人，不讓他通過診治來恢復曾吸引他的人體平衡美感。一切皆紊亂，內分泌紊亂，代謝紊亂。價值紊亂。人與人之間關係紊亂。我奢望手中有根扳手，將眼前紊亂撥回平衡。這扳手並非醫學，並非藥片和手術刀，是其他。

延長。

孩子，我時日無多。此時大多數老人，難免哀傷。但時間在篤定短促之中，因我想像而延長。在我離開後的日子中，時間還會按一定軌跡安靜完成這一切。所以當你打開這封信，填充在由我停筆起到你打開之時的時間，會自己沖泡塑形，鑄造出獨特模樣，使得交到你手中的這封信，成爲一個由我——一位已不在人世的普世醫院老大夫，未來三十年時間、一位三十歲的普世醫院年輕大夫，一起完成的作品。想起來，這是最後一件美妙和神奇的事。在我離開前還有自由去做這樣一件事，再無遺憾。

最後，孩子，在你打開時，也許你會問三十年前的我：爲什麼是三十年？爲什麼不讓我早些讀到？

孩子，選擇三十年，是因爲我生命中浪費了近三十年光陰，想用一種獨特形式將它補救回來。還因爲，一個年輕人在三十歲之前，胸口基本是脹滿的，等三十歲之後，才開始放空，逐漸成爲一樽空杯。又因爲，三十年時間，我希望它可以將我現在經歷的這個時代留下的痕跡洗滌得近於沒有發生。最後因爲，你祖父是一個對「CENTURY」（世紀）單詞很迷戀的人，他希望你打開這封信時，一個新世紀已經開始。

我在世上這七十餘年，最後想起這句：一生變調之歌，死惟壯闊之美。

九月裡的三十年

Well my friends are gone and my hair is grey

I ache in the places where I used to play

And I'm crazy for love but I'm not coming on

I'm just paying my rent every day

1

站在三十年之後了。上海徐家匯的一間公寓，安放了歸來的胡琴。公寓窗前有一大片綠地，圍欄嚴密捍衛。早上恍惚間聽到鳥叫，讓她想起在費城時落滿鳥糞的陽台。沒能如願去北京，像在費城獨立廳旁對管弦宣言的那樣。北京雖精神豐富、味道親切並十足中國，滿街羊肉串攤，各種樂隊串場……但架不住，對人才沒有上海的大徐殷勤。

三十年的時間，邊鐘爺爺邊老大夫預計，可以將他從前經歷的那個時代留下的痕跡，洗滌得近於沒有發生。他，一個對「CENTURY」（世紀）單詞很迷戀的人。三十年後有人打開信時，一個新世紀已開始。一些對細節癡迷的人說，看一九九九變成二〇〇〇那一瞬，數字轉換，展開全然新天地。是的，就是眼前了。這上海，這新世紀。

除了有間租來的公寓，胡琴還在一座二十四層高的寫字樓裡，擁有了自己的寫字間，她陷在轉椅裡來回轉了五圈，深深告誡自己要滿足。那是一家致力研究抗腫瘤新藥的公司，充滿了說上海方言的同事，男男女女，在夢裡都會出現上海話，製造著一個彷彿與自己毫不相干的世界。

無數次，胡琴讀完桌上列印的成遝成遝的論文，夜已襲擊城市。揉揉眼睛看寫字樓外的高架橋，臨近外灘，想起這句：「凡產業各有它的德性，農業使人平實，工業使人聰明，商業使人活潑，漁獵使人強健，而游牧則使人爽朗壯闊。」眼前，一個多活潑的世界，夜景特別的昌盛，特別的新世紀。禁不住冒出一股自己都覺俗氣的感恩，能被這家公司接納，正經當做了某種人才收留，莫名其妙就在上海生活了起來。頃刻間，十分鐘內淮海路接茂名南路，生煎包、雞湯薺菜大餛飩、鮮肉小月餅……親密且家常地圍繞在孤單的身邊。

私下裡，大家叫公司老闆「大徐」。當面叫「徐博士」，以更敬重的口氣。大徐長得並不大，像座小山，一座結實的五十來歲的小山，以小而濃縮爲主要特點。走起路來雙手呈划水狀，一步砸一個聲響，步步叮咚，飽有激情。五十多年時間裡，一個學醫的所有典型和不典型事件，皆被他經歷，光榮的、不光榮的此起彼伏。赤腳醫生起家，工農兵學員，八○年代斗膽給招生老師拎了兩瓶茅台，上了研究生的榜，自此涮水換湯，以後改稱「徐博士」。時間到了九○年代初，隨出國潮來到華人叢生的三藩市，每個週末不在實驗室裡加班，老實地陪ＤＮＡ、ＲＮＡ和蛋白質，而是在地板滲滿幾十年廣東早茶味和滄桑味的中國城飯館混跡。結實如小山的他，寬大的鼻翼扇動，在人群中試圖嗅出一股別樣的商業機遇。綠卡到手後，他把美國這朵大花上能採的蜜全採完了，歇手，見好就收，一天也不多留。他從實驗室帶了一株可以產生某生長因數的菌種，包好藏好，肺活量四千六百毫升的胸中脹滿致富之夢，在三萬英尺之上一路高飛回中國。在中國鉛字的報紙上，這等同於「毅然決然地放棄了西方國家的洋房和高薪」。自此在中國，大徐開始了一條自力更生、自主創業之路。

從最初回國的永久自行車換到後來配專門司機的賓士，從最初回國的偷花偷草到後來特強特專業的專利保護意識，從最初的濃密黑髮到後來的荒蕪之頂……大徐也許什麼都變了，始終沒變的是，一位BT的忠實粉絲、死磕鐵桿。BT非指變態，是IT+BT組合中的那個BT，生物技術。步入五十歲後，他最大的夢想是成爲BT強人，打造中國的BT王國，從中國這片土壤上長出一朵足以影響世界的BT之花，讓別國科學家爭著飛來中國採蜜。

第一次讀胡琴的英文簡歷，大徐從上海直接撥國際長途到費城。正是晚上，兩集《老友記》傻笑後，一天能量至此無謂地耗散，胡琴準備洗洗睡了。電話裡，胡琴簡要地敘述了自己在大嘴實驗室的研究課題，大徐幹練地說：「Make Sense!」中間適時的一段停頓，像在思考，然後說：「趕緊辦回國手續吧，我很需要妳這樣的人才！」

胡琴回國後一週內就發現，大徐如此惜才如命的特點吸引了一堆從法、加、美、日回來的博士。他也特別享受被一堆從法、加、美、日歸來的博士簇擁的感覺。簇擁之下，他這座結實的五十來歲的小山，更像「徐博士」，聲調裡更蘸滿激情地描繪那個BT王國。「一個具有過硬知識產權、國際競爭力的中國BT王國。知道嗎？這就是我九〇年代離開三藩市回國的唯一動力，也是我五十歲後唯一的夢想。」激動非常，一些唾沫星子飛濺在所難免。

離開美國前的那段時間，胡琴近乎失語。徹底陷落虛幻情境。好像也甘願享受，如獲某種新生。如同二十多歲身在北京，九〇年代的北京，揮霍一大堆豐沛的情緒，然後觀賞，聽那迴音。沒給邊鐘回信。那堆〈寫給三十年後的你〉影本，飄洋過海到胡琴手中，激發的是一段沉默。沉默不是因爲感受爲零，是語寡辭窮，以致刻畫不出讀後的心情。成分豐富。倒是邊鐘先找了她，他生活正起了一輪新波瀾：

「我看見扶老爸進病房的凡阿玲，一眼望見。人群中一張有自己獨特輪廓的臉。然後，那時那刻，非此不可。」邊鐘說。

正如邊鐘爺爺信裡寫：「一張有自己獨特輪廓的臉。在人群中找到自己，一眼望見。在人群中找到那個人，也是一眼望見。如同我在芝加哥遇上爵士樂，也是一眼望見。這種音樂一響起，它就撥動了我周身臟器肺腑，彷彿物理上共振。」

當時情景是，凡阿玲並沒有多看眼前這位黑瘦的心內科大夫，除了她臉上求人辦事必須擠出的諂媚笑容，那只不過是在現實社會上混了幾年後的生存技能。手術後，邊鐘告訴她，在她爸的冠狀動脈裡放了三根支架。凡阿玲小眼睛盯著他黑瘦的臉膛，脫口而出：「那不就是一隻蜈蚣嗎！」

邊鐘看著眼前這張臉，更強烈地感覺非此不可。白大褂之上的黑瘦臉龐，還拙劣地掩飾著內心意欲追逐的急切。

胡琴回覆邊鐘：下個月就捲舖蓋，我正式回上海，見面聊。

邊鐘說：妳還眞不是肉包子打洋狗，一去不回。然後問：可是，爲什麼回上海？不理解。

2

「我第一次看見她，就覺得她很不一樣。」

「誰見了自己喜歡的，不都這麼以爲嗎？但，什麼叫不一樣？」胡琴問。

「一張有自己獨特輪廓的臉。我們家邊老大夫信上說的。我長到三十歲，第一次遇到。」

「多半是標準偏倚。你以前沒嘗過腥？學醫的，不會吧？」胡琴壞笑。

「腥？吃過。那所排名一百開外的醫學院上本科的時候。不吃腥，怎麼殺時間呀，怎麼平衡荷爾蒙呀？和一小護士，正宗洱海旁長大的阿詩瑪。」

「口才見長。不錯，沒耽擱，還嘗試過少數民族風情。」

「不過，我和凡阿玲是特別認眞的。和那些小護士，完全不一樣。」

「不一樣？太籠統太抽象。不就是小護士們認爲你是根蔥，她不認爲你是根蔥嗎？她身上就是那種勁兒，這個我信。」

「才回來幾天，妳？油嘴滑舌，痞勁兒，什麼都不當眞。」

「回國就是爲了享受這種不當眞。在費城，碰點什麼都當眞。當眞了就難受。回來以調侃爲主，先拿你練。調侃的要求很高，其實。得有來有往。在費城想找個聽得懂調侃的，嘴皮上能你來我往的，都難。」說到這，胡琴想起有段時間總大聲取笑大嘴「你這個愚蠢的備受中年危機折磨的傻教授」，想來恍惚隔世。

「我真覺得凡阿玲很特別。知道她正和結了五年婚的一會計鬧離婚時，更激發了我的疼愛之心。從前就沒這感覺。我想讓她幸福。」

胡琴笑：「就你，普世醫院的窮心內科主治大夫？念書念到三十歲，一天工作十幾個小時，跟爸媽住普世大院，常常挨老教授訓得灰頭土臉？怎麼讓她幸福？知道她要什麼？」

知道她要什麼？問倒了邊鐘。胡琴知道凡阿玲要什麼嗎，軍訓時好像知道，不，簡直確切地知道。命運把她們捏在一起，同甘共苦，友誼在患難時更容易起化學反應，生成一種高於世俗的產物，這產物讓她們內心驕傲。到後來，北大，凡阿玲北大畢業後，胡琴就不太知道了。兩輛列車在某個車站會合，之後沿著不同軌道向前駛去。所謂向前，其實是不同的方向。但各有各的目的地，都還自以爲向前。不過是終點爲死亡的方向。我們是樹，時間是伐木工。

凡阿玲帶老爸來就醫時，離婚拉鋸戰正達巔峰。「她笑過後，總有一些哀怨跟著爬上來，這時我的心就被一隻巨大的機械手揪起來。我當醫生，第一回看到病人垂危，都沒這感覺，你當時還老說我心挺狠的。可能從小見多了，麻木了，與己無關。不過，讀我們家邊老大夫的信時，我的心也被一隻巨大的機械手揪了起來。」

凡阿玲爸的手術，邊鐘發揮了自己作爲心內科介入大夫的最好狀態。手術台上，第一次「懸壺濟世」和「悲天憫人」脹滿了心臟，對白單子下的病人，深感肩上扛著兩道深情的目光。大功告成後，趁病人還需在病房呆幾天，邊鐘開始約凡阿玲出去吃飯。沿著東單大街往北數，能吃的餐館都吃過了。席間，邊鐘也會不時瞄著別在腰間的院內呼機，以免醫院呼他，有急事處理，神情稍有慌張。但這眞實的細節和情境，更強化了他的醫學元素，在面對一個來自醫學世界之外的凡阿玲時，這一元素起了從貌似大同的人群中將邊鐘拔高二十公分的效用。

兩人談話間，邊鐘以醫學知識爲主要賣點，這不難，人民衛生出版社的所有教材摞起來得有一米高，全在他唇齒間呼之欲出。有一次侃「貧血」，邊鐘就說了一個多小時，凡阿玲顯然被技術含量如此之高的醫學知識給鎭住了。與心理學知識對比，邊鐘身陷的這門科學更神祕、分支更多、技術門檻更高。遠非自己那一行，被糟踐得大街上三個月培訓班就可以得張「心理諮詢師」證書，稍微沾過戀愛有過性生活就可以侃情感話題。

在普世醫院半徑不出一哩勢力範圍的東單，邊鐘藉著強大的醫學磁場，將她侃暈。化學反應，必須建立在一定的物理基礎上產生。

有一晚，吃完飯一起壓馬路走到首都劇院附近，濃密的丁香樹下，街燈昏黃更映出行人稀少。邊鐘拉住凡阿玲的手。這一關總要闖的。雖然看不清，但想像中凡阿玲嘴邊一定有淺淺的笑，那裡面包含著理應的甜蜜。之後，一些哀怨悄悄爬上來。假想到這裡，黑瘦的邊鐘將同樣黑瘦的凡阿玲擁在懷裡，像一隻巨大的機械手。邊鐘的心再次被一隻巨大的機械手揪起來，他眼眶濕潤，世界既悲情又幸福。特別是在老演傳統話劇的人藝門口，丁香樹下，懷裡是一個正鬧離婚、白天以回答情感問題維生的女人。

當普世醫院的大夫以來，邊鐘第一次請假，跟凡阿玲去大理，說陪她散心。丁香樹下，懷中的凡阿玲未置可否，邊鐘就當是默許並迅速訂了票。「她爸出院後，我們去雲南，住大理古城，好多附庸風雅的人那陣都去大理。她本來想去梅里雪山，但我沒那麼多假，也沒經驗走那麼遠。一開始，我們分開睡。靈魂伴侶。到了大理的最後一晚，收拾行李時看見第二天的機票，緊迫性油然而生，心想不能再這樣了，時不我待，就進了她的屋，就這麼好上了。我發揮超常，她渾身顫抖。結束後，她趴在我肩上大哭，離婚的事一定搞得她很煩。整晚安撫，只要她要，我什麼都可以給。

「早上起床，見她一人已站在窗前，望著窗外的大理小巷，呆呆出神。問她，她說沒什麼。我們在昆明分別，摟摟抱抱在機場，磨蹭了兩小時。不得已上飛機。我回北京上班，她回廣西繼續離婚。」

和邊鐘的事，凡阿玲沒對胡琴說。她告訴胡琴的是，老爸出院了，謝謝邊大夫，正離婚著呢，晚上繼續糾纏自己的那點兒情感問題，白天給雜誌回答各種情感問題，一個明顯的趨勢是二十、三十、四十歲已經兜不住了，年齡區間向兩邊擴展，最小的十二，最老的六十八。「一個自己鬧情感問題的人，白天給別人回答情感問題，很多人特別認真地讀答案。」

邊鐘迫不及待地講述了整個過程，對有些細節的描述，讓胡琴都忍不住示意，這段可以省去二百字了，「總不至於讓我在腦中複習一遍你倆親熱的過程吧，這對我有多殘忍，你應該知道。」

但再往下不用省去二百字了。事情開始轉折，「回廣西後，凡阿玲來了封信，說北京和大理的事就讓它們過去吧，你在北京當你的普世醫院醫生，我在廣西繼續回答我的情感問題。我們是兩個世界的人。她信裡寫，我不清楚對你是愛還是感激。長時間的離婚拉鋸戰後，有種感覺越來越強，自己像只漸漸被煮熟的鴨子，想飛再也飛不起來了，累了找個肩膀靠一靠。這時你這只肩膀來了。大理一夜後醒來，不清楚是愛還是感激。我必須回答自己這個問題。認眞想了很久。你在北京當你的普世醫院醫生，我在廣西繼續回答我的情感問題。我們是兩個世界的人。我已是一個絕望在谷底的人，滑稽感貫穿全身。」

「我眞的很難受，妳知道嗎！什麼叫兩個世界的人？我想讓她開心。只要她要，我什麼都可以給。」邊鐘問胡琴，黑瘦臉龐上的痛苦，讓人想像他的心正被一隻巨大的機械手揪了起來。

「兩個世界？上海話叫不搭界。一個是植物，一個是行星。一個是墩布，一個是湯勺。這夠形象嗎？」

「爲她，我什麼都可以做。但她說，什麼都不需要做，也不値得做。」邊鐘垂頭喪氣。

「就是上海話的不搭界吧。或者是，過於泛化了的心灰意冷。」

這麼說時，胡琴覺得眼前上海的生煎包、雞湯薺菜大餛飩、鮮肉小月餅……悉數遙遠了起來。它們不再像往常那樣，親密且家常地圍繞在孤單的身邊。

眼前被沮喪襲擊全身的邊鐘，眼中流出的篤信讓胡琴感動。那雙眼，它雖沮喪，依然清澈。想起上世紀最後一年，自己撫養的那些視網膜色素上皮細胞，它們新鮮，來自豬。普世醫院幾代對人眼睛的認識，以豬眼睛爲起點，從豬眼睛出發。波及到人，如果你有一雙清澈的眼睛，保護它吧。它比皮膚、形態、身段、姿色都更眞切。在上海每一天，胡琴都站在自家鏡子前，花上幾分鐘，看自己的眼睛，看眼睛映照出的上海生活。

她在徐家匯租來的房子裡看電視，週末陽光赤白，照耀之下的飛塵原形畢露。一位曾在九〇年代北京出入、有著俊美外型的搖滾歌手，在電視裡再現時，已眼光混沌。也許沒有睡醒，或是剛抽菸，或是打了一夜的牌，或是被女人掏空了精液。他肌肉依舊發達，小腹依舊平坦，脖頸依舊平滑無褶。所有的轉變，就在那一雙眼睛：滿布血絲，沒有聚焦，兩排睫毛慌亂地掩蓋著眞實性，眼眶裡注滿渾濁。這雙眼睛失去了作爲眼睛應該獨自存在的個性，應該亮出的清澈、純粹的姿態，留下的是低於物理形式的存在，那裡積攢的是許多次事件之後、許多次物理存在之後的垃圾。

凡阿玲的眼睛，是另外一種沒有個性——眼睛自己的個性。躲閃，游離，明明在跟你說話，眼神一掃，滑向他處——看你頭髮鬢角是否整齊，看你手錶是否準點，看你手臂有沒有汗毛，或是你背後另一個飯桌的男男女女，他們的表情，他們的關係，他們的歡喜和憂傷。起碼，邊鐘這麼說。

不對，那是企圖高於物理存在的眼睛。只不過在奔向企圖的起飛中，眼睛碰到映照物體或是場景後，自起飛中跌落。胡琴對邊鐘解釋。一些實則想飛的、但被時間漸漸煮熟的鴨子，可能就是這樣的吧。人群中有一些眼睛，高於物理存在，如同火柴頭碰到點火器，眼睛碰到映照物體或是特定場景後，帶上了它自己獨特的面目。凡阿玲的眼睛，是在奔向這種企圖的起飛中跌落。

抑或是，菩薩爲什麼低眉，並非是與「金剛怒目」的有力對照，有位寫《巫言》的女巫人反覆說，據她的經驗，哪裡是慈悲，根本是自保。因爲不敢抬眼，一抬眼，什麼都映在眼裡，看見了，就不能假裝沒看見，那還管不管呢，管不起，只有低眉垂目不看見。多情卻似總無情，就是低眉。抬眼去看時，意味著你已開始接納，付出。這接納付出時不可能半途而廢，它是負擔，是責任，即便對方終結，你這一方還無法終結。深知那負擔之重，只好慎始，不如低眉。

也有這樣說，「雙眼視力」。文人妙筆生花開出的比喻。如此評論寫小說的作者，夠奇異：「用的是一隻辯士的眼，另一隻情郎的眼，因之讀者隨而藉此視力，遊目騁懷於作者營構的聲色世界，脫越這個最無情最濫情的一百年，冀望尋得早已失傳的愛的原旨。」在這「雙眼視力」下，所洞察所瀏覽的凡人俗事，因此都有了「意想不到的幽輝異彩」。

以及陰陽眼。有「陰陽眼」的那孩子，夜還沒來就早早上床，闔上眼免得看到許多東西。他們多痛苦，常早逝。

「那我的呢？靠眼科論文混畢業的僞專家，妳說說。」邊鐘問。

「說你意識形態白內障，有點不忍，就算是一雙中規中矩的眼睛吧，不超越，也不低於平常水準。」胡琴故意打擊他，以強壯他。

「原來，妳所說的眼睛，不是科學的解剖結構？」

「我窩在普世地下實驗室裡，和豬眼睛待了一年。我常在後半夜沒事想，人群裡眼睛分三種：低於物理存在，物理存在，高於物理存在。或者生活裡人分三種，睜眼——在表達；瞇眼——言不由衷、辭不達意、心猿意馬；閉眼——沉默或是拒絕接納拒絕表達。」

「妳是說，當妳導師沒出現在畢業論文答辯會上時，妳瞇眼看世界？」

「他沒出現，是因爲受科室派系鬥爭牽連，被當權派整得病倒了，七十多歲的普世老大夫自那以後，連出門診的診桌都沒有一張。聽到這，我乾脆把眼閉上了。」

「那是，睜一隻眼閉一隻眼？哈！」邊鐘爲找到了一個熟悉的詞得意。

那其實是，畫家趙紅塵畫中的「憤青」，焦點在眼。同一張臉上一隻緊閉的眼與一隻睜大的眼，其差異，傳達著激越、憤懣、無奈。

上海熱鬧烘烘的生活裡，胡琴度過三十歲前的最後兩年。辦公室的大齡女同事們下班後奔向美容院，去整手、整皮膚、整臉，胡琴只有一個要求——愛護自己的眼睛。這麼做，也許和四年前做的眼睛論文有關，也許和那些安於一隅貼壁生長的豬眼視網膜上皮細胞有關。人體眾多的器官裡，眼睛的份量需以乘十倍的數目，才夠誇張。每天對著鏡子時，有一分鐘裡，她希望看到的是身處熱鬧生活中的一雙清澈眼睛，從那裡，反照出一個篤定的自己。花些時間花些錢也值，只爲讓自己看得起自己。正如，這世界有異於那些整日想著打扮的人，只想著改善生理結構中頭顱內的那一部分，最終成爲愉悅的心思。

胡琴和家門口美容院的一位陝西口音的小姐一起，整出一套眼睛清潔法。

「要沖洗。」胡琴說。讀過一本說人類洗浴歷史的書，沖洗是到達清潔的第一動作。其實，不用讀人類洗浴歷史，也能總結出來。寫論文就喜歡背靠依據。

「那就笑，笑出眼淚。」來自黃土高原的陝西小姐樂觀向上。她吼秦腔時全身有股豁出去了的拚命。

「或者哭，哭出眼淚。」你總得嘗嘗生活中的各式各樣，那會更豐富，有時，哭比笑美妙。

「中間得養，文絲不動，眼睛緊閉。」仍舊樂觀向上的來自黃土高原的陝西小姐說。在美容院的統一服裝下，她長期靜養的身軀豐滿、篤厚。

「還得看綠色，直到看到大青蟲的感覺。」小時候，班主任就讓這麼保護視力。

「別使電腦了，你們城裡人上班，就是對著電腦，上班像在上網吧，忙乎一整天。電腦一關，失魂落魄。」還是樂觀向上的來自黃土高原的陝西小姐說，這回用了成語，失魂落魄。誰說不是呢？一直想逃離這個已被電腦的入射光包圍了的世界。大家忘了人眼更適合反射光，比如看書。人們很難逼視陽光，很難長久盯著一只亮燈泡。電腦螢幕也是入射光，對眼睛的損害在無聲之間。電腦成了植在自然界與我們內心之間的異體。我們成了身上裝有假器的人。cybernetic加organism，成爲cyborg，人機複合體。

最後，倆人達成一致的步驟如下：先閉目冥想三十分鐘，然後讓陝西小姐用陝西話講一個笑話，笑得眼淚流出來的那種笑話。再閉目冥想三十分鐘，然後讓陝西小姐放一段韓劇，哭得眼淚流出來的那種韓劇。碟都不用買，直接打開電視，隨便搜索一番，就能碰上起碼一種韓劇，不到五分鐘，劇情苦悶，催人淚下。最後閉目冥想六十分鐘。睜開眼，不哭不笑，盯著美容院外那棵棗樹看，專注，物我兩忘。天長日久，盯著那棵長滿綠葉的棗樹，胡琴漸漸明白了「一棵是棗樹，另外一棵還是棗樹」的境界。魯迅一定早就悟出了保持眼光澄明的方法。有民國照片爲證，他自照片射出的目光像鼻子底下的八字鬍一樣，說一不二。

有一天從美容院出來，路過家旁一座購物商城，剛洗過眼睛的胡琴，眼前特別澄明，以萬分的安詳包容整個商城裡濃烈的物質交換。然後，借用這麼澄明的一雙眼睛，在哈根達斯霜淇淋店門口的吃喝人群裡看到了張貝思。

四五年沒見，張貝思面前放了一盤層層疊疊的霜淇淋，菜單上有個往複雜裡叫的名字——「烈焰似火」。他漠然地有一搭沒一搭地吃著，像在等人。四年後，他看胡琴的眼神，就像電視裡那位也曾清秀俊美的搖滾歌手一樣，混沌不清，無可無不可——眼裡是許多次「事件」之後積攢的垃圾。

「我，一個兩歲女孩的爸了！」張貝思自我解嘲地說。

「嘿，小樣！」剛沖洗過的眼睛，帶著一束專注和逼人，掃視張貝思全身。難掩悲哀地發現，除了眼神混沌，他的小腹微微隆起，以致那件綁在身上的仿名牌T恤，隨著身體變了形。這一株尚未過三十歲的年輕樹木。自出大學校門就排隊扎進「準中年生活」的年輕樹木。他，甚至不再是那個聽說胡琴不想當醫生就想去揍邊鐘的張貝思了。他能再爲我哪怕是魯莽地去打一場架嗎？胡琴突然想，即便現在有人從他眼前把那盤叫「烈焰似火」的霜淇淋搶走，可能，他連說句「我操」的血性都再沒有。

要說明的是，來自心底的過分偏激情緒，對保養一雙澄明的眼睛沒有好處。一絲隱約的悲哀，使得眼睛又模糊了起來，游離了起來，不舒服了起來。她和張貝思說著話，眼神就這樣游離到了他身後的另一張桌子。在那裡，一男一女和一位小男孩，面對眼前一盤層層疊疊的霜淇淋，各自忙活，彼此不說話，如草原老幼獅對食物進行無聲的包圍戰。家長里短，飲食男女，就是張貝思身後的另一張桌子而已。

4

除了研讀辦公桌上浩瀚似海的科研論文，每週給大家講一下午的最新國際研究進展，胡琴開始被大徐啓用，和幾位其他海歸骨幹一起簇擁著他，會見各種醫學專家、有投資意向的跨國公司、政界文藝界商界名士……海內外都有。廣織關係網，編織BT王國的牆根和地基。胡琴跟著練英文，練幻燈演講，學會在適當時點頭，在大徐需要時證實一下自己在普世醫學院、在美國的背景，展示出一臉適當的昂揚和自信。這樣之後，常能換來宴席，有時吃海鮮，有時吃西餐。

除了有一天晚上，在新天地吃上海菜。那晚，大徐宴請一家法國家族企業的二代傳人。四周帷幔低垂，燈光亦隨之低調搖曳，席間談起當初鄧小平、周恩來在法國留學，曾在他們家族企業裡勤工儉學，眾人齊感慨：歷史上早有友誼淵源，今日生意合作再續緣分，日後定獲大成功。在一陣不同口音的英語、法語的感慨聲中，上來一盤大閘蟹，蟹爪黃毛精緻貌美，眾人眼直，每人分到一隻拾掇起來。坐在胡琴旁邊的二代傳人老先生，已近八十歲，一直在觀察中國人如何收拾面前的這隻螃蟹，他自己則按兵不動。大徐殷勤地催促西裝筆挺的老先生開始吃，說這是典型的中國美食，口味妙不可言。胡琴拾掇完畢，抬起頭休息，正打量眾人吃相，準備給一人安一個動物界的比喻，她看見老先生乘眾人不注意，將面前的螃蟹用餐巾紙包起來放進ARMANI的西裝口袋裡。胡琴與老先生四目相對，老先生用手在嘴邊輕聲「噓」，示意她保密，樣子甚至調皮像鼴鼠。散席了擁抱告別，他悄悄對胡琴說：「我不會吃螃蟹，不吃又顯得對中國人不禮貌，只好裝在口袋裡，看上去好像吃完了。回酒店就乾洗西裝。」能碰上這樣的飯局，也挺有趣。可惜大部分的飯局，是在繼續談生意、融資、重點專案支持、合作。飯桌上滿眼「廢棄的生命」，需以萬分的安詳包容眼前濃烈的物質交換。

大徐常對胡琴不無惋惜地說：妳這張臉要是再老點就好了，就能蒙更多的人，幹醫學這行，長得越老越好。這話，胡琴很不愛聽。難道現世還停留在「經驗醫學」階段？現在早「循證醫學」了。一張老臉，充其量是顯示經驗多、資歷長、混得久、歲月無情上眉頭。白髮白鬚滿臉褶子，那是從前中醫一統天下時的「老中醫」膜拜情結。但大徐的話沒錯，在中國的技術活兒領域，不用開口，一張老臉比一張嫩臉就是先贏十分，因爲老臉首先呈現出了經驗。至於更多的行當裡嫩臉受歡迎那是另說。

不多的業餘時間裡，被科研進展、醫學試驗、新藥開發過分塡滿的胡琴，企圖在邊鐘和凡阿玲之間調和，探究一段短暫姻緣背後的起起伏伏，如同做一個可以泛化的小課題。

打開天窗說亮話後，凡阿玲並不驚訝。在學了心理專業後，似乎更練就了一種本領——心理活動都在地面一千米之下進行。

「該說的，都和邊大夫說了。」事到如今，她還沿用在普世醫院給爸看病時的稱呼「邊大夫」。

「眞沒可能了？努力一把呢？他很認眞，他眼神裡的篤定連我都感動了。」

「沒可能。我一樣認眞地想過了。」

「邊鐘是在普世醫院的大院裡長大的乖孩子，很單純，生活也很簡單。回答情感問題這麼多年了，你應該知道，這種人現世難找。」

「他是單純，簡單，現世稀缺。但離我太遠，不眞實。我十五歲戀愛，十八歲打胎，搞得一個男人軍訓打靶時自殺。現在又有一孩子，在鬧離婚……很多芝麻事。邊大夫越單純越簡單，越醫學，越熱情，我越覺得要慎始。連點菜吃飯，都比他俗。」

「點菜？」

「大理第一頓點菜，就比他俗。我喜歡油炸的，有肥肉的，豬內臟也很好。邊大夫說，這些都不健康，說什麼膽固醇含量高，還說我爸心梗也可能是飲食不健康搞的。那我吃什麼呀？像他說的，蔬菜、木耳、水果……從小吃桂林米粉，我最喜歡裡面的脆皮鍋燒。你們這些學醫的，都活在某條公式裡？從不出錯的自己和人生？」

「公式？公式其實也不是一成不變的，代入的變數不同，得出的結果也會不同。給妳看樣東西，邊鐘爺爺留給孫子的一封信。你看完就知道邊鐘在什麼環境裡長大，活在什麼公式裡。」

凡阿玲看完，感慨：「我也夢想有個這樣的爺爺。我小時候讀《傅雷家書》，就把他當我爹。對於一隻被煮熟的鴨子，這封信是一個奇蹟，一個安慰，時間可以被玩成這樣，被一個過世多年的人。三十年時間，小火慢煨，如廣東人煲湯。但我是公式外的多餘條件，解題時用不上。邊鐘他應該有更好的選擇。」

被煮熟的鴨子，胡琴喉嚨口一陣涼，自己是差點進了熱鍋的鴨子，鍋邊蹭了一下，飛也似的逃離被煮熟的結果。

胡琴試探：「妳是不是在把某種心灰意冷，過於泛化？」

凡阿玲想了一會說：「這麼說，是的！只是奇怪吧，我並不像只是在看我自己。三十年，好像夠驚豔了。是我們活得太小了，從前人們活，都是動輒前後看千年的。擱今天，三十年就把我們感動得夠嗆。人只會用具體的時間、單調單一的方法來看時間了。簡單換成，只是與己有關的存活時間，太狹隘的一畝三分地。」

胡琴似乎全明白了。但安慰邊鐘時，則將之粗糙轉換成了一套眼前人們的語言系統。這就叫沒緣分。一個巴掌拍不響，擱有的女人也就將就了，可碰上了凡阿玲這樣的。要是擱五年前碰上，也就成了，正好符合她彼時「忠厚老實波瀾不興」的標準。但現在，回應頻率變了，這邊叫，那邊不應。但只要你叫著，人群中總有能應的，那時你和那位就成了。邊老大夫的信裡是讚揚了美好的愛情，「人群中一張有自己獨特輪廓的臉」。在人群中找到那個人，一眼望見。如同撥動了周身臟器肺腑，彷彿物理上共振。邊老大夫沒說的是，有時生活也要捨棄，活著就是不斷捨。不是自己的就捨棄，捨完了就賺了，一片新天地。「剃頭挑子一頭熱，偏執地熱，不顧對方反應地熱，抑鬱症風險就升高。我在美國BORDERS書店裡，讀過很多抑鬱症的書籍。我們俗人玩不起這個，就該躲著它。」

邊鐘電話中長嘆，嘆氣聲可以穿透電話的震動膜，破壞電話的通訊原理。

然後他說：「我不會抑鬱的，你放心！在醫院裡生生死死見那麼多了，死一個病人就是給我上一回心理輔導課。死亡線邊緣拉回一個病人，也是上一回心理輔導課。這甚至可以算是治療抑鬱最好的辦法。總是親眼看見比自己那點小遭遇更慘的，總是看見命就像一張紙片，有時能拉回來有時就去了。一年裡，這樣的課少說也有一百堂了。」

在這情感落魄時突如其來的哲思前，胡琴愣住了，想起了再未刻意經營過謀面的訃告作家，那個一直堅持用打字機寫稿的尋找最準確的一百個字的訃告作家。想起來，恍惚很久以前的事，卻也一直植入在自己的神經中。

「我這麼跟你說，是爲了寬慰你。其實這麼活，也挺沒勁的。見彎就拐，見風使舵，見難就下……基本是『廢棄的生命』。」說完這句，胡琴覺得整個談話有些滑稽。不如閉上嘴，沉默。上海的整片夜晚，頃刻間躡手躡腳了起來。那些貌似強大的東西，退避在角落裡，不堪一擊。她竟懷著某種莫名其妙的敬意，想起在靶場上爲情自殺的秦瑟。

第二天，大徐將胡琴叫進辦公室，示意她在沙發上坐下。正經回上海上班近一年，胡琴已熟悉他的套路，如被邀請進他辦公室坐沙發，必定意味又有什麼指示。過去一年裡，就在這張沙發上，年齡相差二十多歲的胡琴與大徐完成了多次交鋒。比如，剛回國第一個月發工資時比預先國際長途裡談好的縮水了三分之一。比如，胡琴的上級找事在大徐面前編排胡琴，總安排一些特別「髒亂差」的活兒爲難這位「海歸小年輕」。又比如，一位從法國回來的四十來歲廣東女人傲視群雄，被胡琴在技術上將了一軍，「腫塊面積縮小一半，爲什麼相當於直徑縮小0.7？」胡琴小小地發揮了一下數學天分，解釋說「因爲面積與半徑的平方相關，七七四十九，接近五十％」，法國籍廣東女人從此意外地將胡琴引爲「知己」，大徐隨即將胡琴請進辦公室，示意她在沙發上坐下，告知縮水的三分之一薪水年底悉數補上……有些交鋒勝利，有些交鋒失敗。勝利與失敗交錯並存，還好，基本符合生存概率。

只是，情況還是太複雜了，現實未免太殘酷了。坐在大徐辦公室的這張沙發上，胡琴常想起崔健的這句詞。與早早就知道提茅台走後門、在三藩市鼻翼搧動地採蜜、帶著菌種回國致富的大徐相比，她只能懷揣一顆勇敢之心，撲騰在上海灘，帶著矛和盾。也是一種「廢棄的生命」。

「去辦港澳通行證！把名片重新印一下，升職，高級科學家（Senior Scientist）。就這幾天，聽我通知，跟我去趟香港。」大徐常去香港，因爲公司主要的風險投資來自香港一家公司。他是美國綠卡持有者，所以來去方便。同事開玩笑，大徐在香港住酒店，早上一進餐廳就捧上一隻碗，到處找粥喝。不僅在香港，在荷蘭、德國、波蘭……都是這樣。可惜在荷蘭、德國、波蘭的早餐廳，無法找到粥的蹤影，那些服務員甚至連「Congee」的英文都不知道。除了喝粥，大徐在香港還有一個愛好，就是買各種八卦小報和書，娛樂界的，政治的，商界的……一應俱全，斂一堆塞進行李箱。回到上海，在茶餘飯後炫耀他所享有的自由資訊。

「去香港，什麼事？」沙發上的胡琴問。跟大徐數月，她開始學會審慎。經常在週末，胡琴正逛街或曬太陽，大徐打電話說趕緊收拾行李出差。在機場與大徐碰頭後，胡琴常傷心地發現，其實這趟去不去也無所謂。大徐這麼愛在各個城市之間轉機，可能和他與生俱來的蜜蜂本性有關，喜歡飛來飛去，雖然不是每趟都能採到蜜。

「白風琴，知道嗎？香港唱歌演電影的那個。一位香港的律師朋友找到我，說她得了癌症，晚期，對我們的新產品很感興趣。希望有時間面談一下。妳跟我一起去！妳呀，要是看起來再老一點，就更適合帶出去了。」大徐這麼說「帶出去」，就像在說一隻新秀麗公事包，提著它「帶出去」。

白風琴，胡琴聽說過。天津物理男生推薦過。凡阿玲軍訓時說過好幾遍，還教過自己唱〈似水流年〉，那時她如此介紹：「嗓音特別，百變天后，初中讀完就出來賣藝。有天分，與生俱來。一首〈壞女孩〉，顛覆乖乖女。身上有種不一樣的氣質，怎麼形容呢？質數的氣質。似乎是雌雄同體。芳華絕代。」

「我這就去辦。」如能親眼見到白風琴，凡阿玲認為「質數氣質」的白風琴，並以高級科學家的身分介紹目前新產品研究的醫學結果，起碼是不同於眼前帶著矛和盾撲騰的寫字間生活。眼前，「廢棄的生命」胡琴太需要一點不同了。她迫不及待告訴凡阿玲。凡阿玲建議，為不至於見面沒有其他可聊的，妳呀，趕緊去補習一下這位影、視、歌天后的所有作品吧。

上海出入境管理中心的大廳裡，擁擠人群散出汗臭。胡琴拿到的號，機器裡稱前面有一百四十多人在排隊。問資訊台，起碼兩個小時才輪到自己。環顧大廳，環顧上海灘，環顧一下自然界生物界，聽鄰座聊天。剛與陝西小姐一起洗過眼睛，需以萬分的安詳包容眼前濃烈的出境遊氣氛。

「好好計畫一下，去香港都玩哪些地方。」鄰座一對年輕夫婦，燙小捲染酒紅的女人對男人說。男人書生白面，爬上一臉溫順的表情，「跟旅行團就不用動那麼多腦筋了嘛。維多利亞港，淺水灣，給妳買LV包。」

「光包包不夠，同事們都買GUCCI太陽鏡，BURBERRY圍巾。」酒紅小捲女人念出的英文，大都不標準，牙齒漏氣漏音。想買的，怎麼又全是周身配件？想像這麼裝置完，一走路，一搖晃，全是周身配件鏘鏘作響，酒紅小捲人反而沒影了。

「你說，你媽是不是老管閒事？說新年去香港，是送上門去挨宰，挑酒店房價最貴時去。怎麼跟她說旅行社打折優惠都不相信，又沒花她的錢。不識相。有毛病。多管閒事！」說話人還在想更多的貶義詞。

「我媽就那樣，妳就當沒聽見。他們那一輩就知道省，不知道玩，玩得快活。」

「就是說嘛。你爸媽就跟鄉下人似的，我老看不慣。我讓我爸媽也來辦一個通行證，退休了，讓他們開開心。」

白面男人臉上起初有想爭辯的表情，但功力到家自我克制得成功，隨後點頭，應允，給女人整整衣領，似乎爲了補救自己剛才想爭辯的內疚，臉上再次爬滿溫順的表情。些許不安，摸出號碼，焦急地看，見無望改環繞大廳，大廳如汪洋大海，不如埋下頭來看手指甲，長長的指甲。一旁的酒紅小捲女人，晃著腿，坐定天下地東張西望。

胡琴也低頭看自己的手指甲，剛剪，修成圓弧狀。爲什麼去香港？自己爲什麼要來這個嘈雜的大廳辦證？別人爲玩，爲掃名牌貨，爲親眼臨看上世紀末回歸的一個傳奇城市。一個旅遊團接一個進入，粗糙數眼掃過，粗糙數動作（主要是拍照，其次是掃貨，再次是茶餐廳咀嚼），這樣的幫襯下，那個傳奇城市會不會也因之漸變，摻和，變成另一個城市？自己呢，只爲儘快能和大徐一起見白風琴，儘快。這心情，竟越來越急迫起來。一個剛開始還模糊的形像，這幾天在她腦中一步步具體。聽了凡阿玲的建議，「廢棄的生命」胡琴在與大徐鬥智鬥勇下班後，真從徐家匯街角的一家音像店裡，買來了白風琴所有的專輯和電影，回家就開始聽她的歌看她的電影。爲了見到白風琴能有些談資，不至於對如此重量級的天后，一問三不知。漸漸，空白時間中，清冷夜晚裡，被凡阿玲所說的「質數的氣質」吸引。

這樣，胡琴在出入境大廳中等候叫號時，想到白風琴有可能會離開這個世界，而自己可能會見到她，眼前人群再次與自己無關了起來。需以萬分的安詳包容眼前濃烈的出境遊氣氛，喧鬧、等待、人群空氣中的汗臭，只爲盡快見到患病在身的白風琴。

兩座看似熱鬧的城市，隔著一千多公里，一樣滋生著孤單，竟開始拉近兩個完全陌生的人。

5

回國快一年。一層秋雨一層涼的九月，胡琴已將市面上所有能買到的白風琴作品溫習了好幾遍，大徐還沒有通知何時去香港。

趴著盲人按摩時，聞著白色罩子的洗衣粉味，耳機裡是白風琴的歷年精選歌曲。那些從前聽來費解的粵語，在盲人按摩的物理節奏中，獲得了別樣的古音美。擅長細節的顧影自傷。湧自心底的大無畏、不甘和執拗。換用鏡片看世界的角度。香港這城市一個世紀以來的過於喧鬧的孤獨。以及，特別「中」同時也特別「西」的極端混交後的悲情。

晚上睡不著時看《胭脂環》，電影中，她將悲情和冷豔推至頂點。電影結束，悲情和冷豔凍結在螢幕上。在一大片恍惚和悵惘中，胡琴枕著上海深夜睡去。夢裡仍殘餘悲情和冷豔的氣氛，如煙霧籠罩田野。身穿旗袍的白風琴，寂寥無邊，站在床邊的目光中。於某種情境中甘願陷落，無條件投降。胡琴已經覺得，這也可以很眞實。

比這更眞實的是，雖等不到大徐的通知，胡琴在娛樂新聞中，隔三岔五能看到有關白風琴的新聞出鏡。她的病體在香港被娛樂記者們追逐和描寫，那些記者如追逐著自己的活飯碗一樣拚命，似乎比冷漠的醫生更慘烈地戕害著病人。螢幕上，白風琴戴著遮及半張臉的絨線帽，帽子裡多半因爲化療已是禿頭。她告訴大眾，不要爲了追新聞而傷害別的病人，「至於我，你們放心，我會和疾病做鬥爭。」說話時，眼角和嘴角閃出一絲來自心底的不甘和桀驁。如同她的歌早已流露的那樣，早從二十來歲的歌中就唱過。

但從大多數觀眾同情的眼睛看過去，是看不到這一絲不甘和桀驁的，胡琴在徐家匯租來的公寓裡這麼想。

大多數觀眾的眼睛，是瞇眼，是異化的眼，是言不由衷、辭不達意、心猿意馬。必定已將疾病看成一塊更巨大的石頭，人的不甘與桀驁如卵擊石。於是，人世的眼睛中，多半盛滿了同情和恐懼，如同面對一個自己也終將面對的下場。一個像白風琴這樣曾旁若無人、呼風喚雨的傳奇角色，其實這是她最不需的饋贈。

她最需要什麼？坐在家裡看螢幕，胡琴騰起的是更強烈的與白風琴見面的期待。也許，是一位名片上印有「高級科學家」又某種程度上理解了她二十來年從藝作品的人，面對著她。在一刻，談及現實，可能抗禦病痛的新產品。又一刻，卻又說到科學和文藝中「時間」這兩個字具有不同的意義，去向旁路。無論說到什麼話題，白風琴將會暫獲知音，或是生出解脫的希望。萬一有一刻，對方已面露長久抗衡後的疲憊，或者是絕望，胡琴會小心呵護對方的自尊：「其實，這一切都不重要。妳活一日，頂我們這些『廢棄的生命』活一年。密度重過長度。精彩勝過蒼白綿延。」於某種情境中甘願陷落，無條件投降。胡琴已經覺得，這也可以很真實。

比這更真實的是，一份報紙上的娛樂新聞說，香港某個深夜，白風琴的家中陽台燒著紙錢，冒出一縷縷青煙，似是巫醫在替她進行本領域所能及的治療。香港中醫之風比大陸更甚，兩廣地區也是，中醫院常是城市中人氣最旺的醫院。但讀到巫醫這一則，胡琴還是想起那遮及半張臉的絨線帽下的白風琴，說「至於我，你們放心，我會和疾病做鬥爭」。人前堅強的她，可能心裡並不想面對死亡發起一場什麼樣的戰爭，何況對手是重症疾病。早從二十來歲的歌中就唱過了千萬遍的宿命、悲情、決絕，必定在那燒紙錢的深夜香港陽台，隨著一縷縷青煙飛起來。

白天遇見大徐，胡琴忍不住問：「何時去香港？」

大徐剛又得了一筆海外的風險投資，正躊躇滿志：「快了，聽說她想開完預先安排好的幾場演唱會，不想因爲生病取消。唱完這幾場就見我們。沒事，等我們眞幫她治好了，請她教我們唱卡拉OK！」

目送大徐胳膊呈划水狀有力地向辦公室走去，胡琴心想，做美夢吧，讓她教我們唱卡拉OK？還剩下多少時間？她的歌又豈是你我這些俗人能唱出來的味道？上海灘卡拉OK裡一天到晚遊盪著那麼多唱〈女人花〉的哀怨聲音，沒一個能抵得上眞品白風琴。

不過，想起來這倒眞是一個挺有趣又很溫暖的場面。

等不到去香港的通知，卻在半夜接到管弦的電話：「在上海好嗎？我父母也移居上海，他們喜歡上海，與一堆老朋友聚居在古北。妳最近忙什麼？」

胡琴答：「忙工作。過幾天老闆讓一起去見白風琴，她得腫瘤了，你知道嗎？」

「聽說了。網上很多消息。白風琴的歌和電影，上學時很流行。」

「得的是惡性腫瘤，晚期。」胡琴不滿足於管弦語氣中的輕描淡寫，重重地嘆口氣，期待喚起注意。

「一樁小概率事件。妳呀，不能把這種小概率事件，擴大化。悲觀主義者愛這樣。」

「聽說她還堅持開演唱會。連著好幾場。」

那晚，管弦打電話本想告訴胡琴，父母退休移居上海了，他那經過嚴密規劃的大課題失敗了，他也心生回意，不再堅守美利堅，可以放棄ＢＴ＋ＩＴ的標準美國華人夢來上海找胡琴，一起上班結婚生個孩子。但談及白風琴，軌道在此分了岔。

又一晚，管弦再找胡琴：「我查了，白風琴在拉斯維加斯也有一場演唱會，要不，妳來美國，我們一起去看。上海快冬天了，到拉斯維加斯來換換溫度。」

「好呀」脫口而出，胡琴驚訝自己這麼快就答應了一場需長途旅行去拉斯維加斯的約會。

重新印好的名片和新辦的港澳通行證，都放在已收拾好的行李箱中。胡琴開始特別期待大徐的電話，即便週末也可以。但除了管弦的電話，再無其他：「拉斯維加斯那場取消了，我得去退票。據說，得推遲到明年春天。也沒什麼好看的，其實，人都那樣了。」

聽管弦說「人都那樣了」，這回胡琴很平靜，至此她再明白不過了，從眾人的眼睛望去就是這樣的調子。她只能繼續翻出白風琴過去十年間數場演唱會的ＤＶＤ，從自己的眼睛望去，看出不一樣的調性。

最喜歡FANTASY「極夢幻」那一場，二〇〇二年，魔幻小說畫面。或陰柔，抱緊眼前人，孤身走我路。或英姿無畏，將冰山劈開，you are so wonderful tonight。一絲邪氣，「夢露若果莊重高雅，何來絕世佳話」。芳華絕代，「你想不想吻一吻，傾國傾城是我大名」。質數撐起舞台，滿布精彩，力量和悲情交錯編織，唯有那獨特的城市那獨特的百年才會鑄就的傳奇，雌雄同體。

她從深夜自己的眼睛望去：你敢不敢抱一抱，瘋魔一時是我罪名？

撕下日曆，是白風琴香港最後一場演唱會的日子。辦公室走廊裡，急匆匆趕路的大徐，肥厚的小短手正舉著手機，片刻他轉身對胡琴說：「演唱會已開完，妳準備一份我們研究的簡明介紹資料，趕緊傳真給這個號碼，這是她朋友，是個律師。收拾好行李，聽我通知。」

「行李早收拾好。」

大徐還是那樣過於自信地說：「等幫她治好了，請她教我們唱卡拉OK。」

胡琴還是情願選擇被他感染得笑了。病情平穩的白風琴教自己和大徐唱卡拉OK，展開在面前，畢竟是一幅非常溫暖的畫面，好過這面前的生活，足以抵擋每次懷想湧出的無奈。

6

見面約在深圳一家五星酒店的咖啡廳。進入冬天的深圳，空氣中飄著陰冷，不經意間蛇一樣鑽進衣領。像電視上一樣，白風琴黑色絨線帽遮住大半張臉，看上去比娛樂新聞裡更消瘦。黑色絨線帽之下，嘴角和眼角卻是與娛樂新聞裡一樣，偶爾流出幾絲不甘和桀驁。因爲胡琴心知肚明擺在白風琴面前的現實，這種不甘和桀驁反更具迷人的氣質，凡阿玲形容的「質數氣質」。

爲什麼約在深圳見？白風琴開玩笑說，在香港有些娛樂記者成天餓狗一樣追一塊下飯的肉，得避開。

「可是，那些餓狗們自己身體健康，追逐的卻是一塊生著病的下飯的肉。」胡琴開玩笑，想活躍一下氣氛。說完才覺得玩笑有些過。

白風琴倒不在意，豪爽地大笑，如同她在病中仍豪爽地站在遊行隊伍前列，舉起拳頭，抗議娛樂記者翻出二十年前一明星的寫眞照片，抗議香港娛樂界新聞界的墮落。雖在舞台上千變造型，骨髓裡卻有最老的俠義。豪爽笑完，她說：「習慣了。不過，妳這說法滿有意思。」

胡琴遞上印有「高級科學家」的名片，白風琴仔細讀，然後抬頭看：「妳這麼年輕，已經是高級科學家了。好厲害。」胡琴謙虛地笑，心裡甜滋滋的，站在帶著讚許、豔羨但又有某種傷感的眼光中，有一瞬間，覺得那目光中含有巨大的溫暖。

那張通過傳眞從上海到香港的簡明介紹資料，捏在白風琴手中，對摺的疊痕處已磨破。想起《花間集》中寫一女子，爲等他，美衣長時間摺在衣箱，疊痕竟把衣服磨破。胡琴從包裡拿出一份新列印的介紹資料，遞在白風琴瘦削修長的手中，說：「看這個，這個比傳眞件更清楚。」

白風琴淺淺回笑：「年輕科學家，眞細心。」

胡琴禮貌答：「應該的。這樣，我從頭給您講一遍，因爲這種介紹資料寫得再通俗，也有非專業人士看不懂的地方。」

白風琴又一笑，很順從地點頭。在這笑容中，胡琴想起了過去幾個月中看得爛熟的白風琴的電影。在那裡，固然有種種貼近人物的扮演需求，背後卻無一不深藏著一個眞實的白風琴。眼前的笑容與電影中的不太一樣，太逼近現實，有一種讓胡琴更沉醉也更想流淚的成分。

「對於這一類腫瘤的Ⅲ期，目前我們共入選了一百二十例病人，隨機分成兩組，一組是目前的常規治療，是對照組。一組是加上我們的新產品，是治療組。設這兩組，是爲了對比治療的療效。」

胡琴一邊說一邊看白風琴的表情。白風琴看上去確實有點不解，不過很努力。

「結果發現，治療組和對照組相比，目標腫瘤的體積縮小一半的比例顯著多十五%，生存期延長了三個月。」

白風琴問：「十五%？三個月？年輕科學家，告訴我，具體到我，這些數字是什麼意思？」她眼中燃著一絲希望，此外還有鼓勵年輕科學家回答的善意。

「這兩個數字的意義是，一般來說，治療後目標腫瘤會縮小一半體積的機率多十五%，存活的時間平均下來能延長三個月。」說到這裡時，年輕科學家覺得蒼白，因爲她說的是一群樣本，一群人，並沒有能回答具體到單個個體的問題。

白風琴眼中也露出了失望：「一般來說？才三個月？多活三個月？」

「在這個領域的研究中，能延長三個月已經是不小的進步了。當然，我們這個研究還在繼續，這是中期分析的結果。」年輕科學家的口氣越來越稀薄，頹敗廢止。她被白風琴眼中的失望擊中了。也被在回答單個個體的問題時的蒼白擊中了。

「三個月？才三個月？」白風琴低低自語。年輕科學家像是跟著她，在質問自己整天忙乎的工作的終極意義。關於時間，如大徐那樣貌似胸懷壯志的人們，到底能做些什麼？他們有沒有眞實地聆聽過病人如此這般的喃喃自語，並被滲出的期待和歎息所襲擊，終至頹敗廢止。

沉默。胡琴想起在徐家匯家中看娛樂新聞裡的白風琴時，曾假設從大多數觀眾同情的眼睛看去，是看不到她眼角和嘴角的一絲不甘和桀驁的。人們必定已將疾病看成一塊更巨大的石頭，不甘與桀驁，如卵擊石。人們眼中多半盛滿了同情和哀其不幸，如同面對一個自己恐懼面對的自己的下場。但對白風琴來說，這其實是最不需的饋贈。想到這，胡琴積攢起勇氣打破沉默，轉換話題。

「我看過妳的幾乎所有電影，聽過妳所有的歌。」

「哦？妳？一個搞科學的年輕人?!」黑色絨線帽下的眼中，亮光一閃，「喜歡哪部電影？」

「《胭脂環》。」

笑意重新爬上黑色絨線帽下的小半張臉：「爲什麼？」

「有一種神韻，好像只有香港這城市才會有的神韻。妳演出了這種神韻。」

「香港？什麼神韻？我在香港生活了四十多年，從沒想過這種事。哈！」白風琴笑出聲來，是她從前在一些槍戰、警匪片中演黑社會女老大時，常發出的那種爽朗、大無畏笑聲。胡琴很喜歡這種笑，尤其是眼前。至少，它比討論三個月或是十五%更爽朗，更有趣。

「從一座漁村到世界名港以來，過於擁擠的孤獨，一百年以來，過於喧鬧的孤獨。」胡琴在大腦裡快速地搜索詞，以求把過去幾個月裡對白風琴某種氣質的迷戀，準確而不肉麻地表達出來，如同訃告作家在腦中尋找那最準確的一百個字。但有點力不從心，多半是自己絆著了自己。

「還有，特別中也特別西的極端混交之後的悲情。一些不甘，桀驁不馴，有時邪媚世俗，有時冷豔硬朗……」說出來後，胡琴覺得太文藝腔，太大陸氣，眞想往回倒帶掐掉。畢竟，白風琴生活在香港，她唯讀到初中，早早就出來賣藝養家。這些詞兒，對她來說太滑稽和消化不良。

不如這句：

夢露若果莊重高雅，何來絕世佳話。
紅顏禍水錦上添花，教你蕩產傾家。

或者這句：

惟獨是天姿國色不可一世，天生我高貴豔麗到底。
顛倒眾生吹灰不費，收你做我的迷。

白風琴一直認眞聽著，有時臉上露出使勁或是費解的表情，等胡琴說完，她停頓數秒，再次發出了電影中演黑社會女老大時的爽朗笑聲。

原來是：

怕你甚麼稱王稱霸，來臣服我之下。

「妳說的我好像明白了，好像對，我在香港沒聽人這麼評價過我，沒想到，是一位搞科學的年輕人，說出來了，說得滿像。」她臉上開始蕩漾出一種如獲知音或是如釋重負的希望。但僅有片刻之後，一些哀怨、絕望、長久抗衡之後的疲憊，爬上了白風琴的那黑色絨線帽下的小半張臉，輕輕嘆氣：「只是，時間不多了。」

胡琴有一種衝動，想說：「不是這樣的！不是這樣的！」但她按住了，換個說法：「其實，想想吧，這一切都不重要。妳活一日，頂我們這些俗人活一年。我們做的科學試驗中的時間，並不能抵妳在大家心裡的時間。」

白風琴沉默，「可是，大家又是誰呢？」。

接著她又沉默，「心裡的時間？這個說法，倒是第一次聽說。」

像一個急於雪中送炭、危中解難的稚嫩小孩，難免自不量力，胡琴說：「妳可以信心理時間。比如，妳可以用地球上的一天在家想，未來十年可能會做的事。這時，妳的心理其實已經度過了未來十年。」說到這裡，胡琴煞車，自覺太急於求成，因而聽起來實在太離奇。

不如響起音樂：

你想不想吻一吻，傾國傾城是我大名。
你敢不敢抱一抱，瘋魔一時是我罪名。

白風琴低聲說：「未來十年？哦，還能唱，還能演，我應該是屬於舞台的，我這一輩子不屬於別的地方，只屬於舞台。」一邊說時，臉上泛出想像中希望的光暈。不久，又黯淡了：「前天大夫跟我說，最多只有半年了，讓我後天繼續住院。」

哦，那音樂接著唱：

銀河豔星，單人匹馬，勝過漫天煙花。

胡琴極力忽略著眼前現實，說出了讓自己都驚訝的話：「妳是不可替代的。香港再也造不出這樣的品種了。不可複製。已經少了一個了，妳這樣的傳奇再少一個，我們這樣的俗人，活在這人世間就會多一份孤單，我們就會在心理上延長妳的生命。這就是妳的不可替代。妳知道嗎？過去幾個月中我一直希望能幫妳實現這種心理時間。比如，可以試著去寫這麼一部小說。」

「什麼小說？」

「比如，雖然客觀來說，妳只有今天到後天是自由的。這是人世間的時間，地球上的時間，我們做醫學試驗用的時間，妳的主治大夫跟妳宣布的時間。但是，我和妳通過一個神祕通道，穿越，到達另外一種世界，在那裡我們開始未來十年的夢遊，在這未來十年，妳還在唱，還在演，屬於舞台的生活。時間無限長，重新定義刻度。雖然最後結束，回到人世間，日曆只是翻了兩頁。不如這麼說，也許更通俗，像孫悟空以月光寶盒穿梭時空。」

想將瞬間放入一生。想將九月變成三十年。帕斯捷爾納克的詩：「一日長於百年，擁抱無休無止。」

7

吃完滿是汁水的「芭比饅頭」的肉包，胡琴在寒風中縮著脖子走進寫字樓。進公司辦公室門，大徐秘書一把拉住她說：「妳不用去香港了！她走了。」

「什麼？大徐先走了？」

「白風琴呀。沒看昨天晚上的新聞。追悼會時間都定了，新年前一天。」

沒看昨晚的新聞，倒是昨晚做夢，夢到在深圳見白風琴。大概是因爲睡前，凡阿玲是從深圳給胡琴打電話。

她想起自己那只裝有新印名片盒和港澳通行證的行李箱。兩個月了，一直靜靜待在家裡。奇怪，只是震驚，沒有難過，也許是難過尚需時間勾兌，才會從心底翻湧出來。但那只裝有新印名片盒和港澳通行證的行李箱，與震驚的情緒並置在一起，佔據了胡琴大腦。

接著，大徐打電話來說：「妳偶像去世了，我們不用去香港了。沒人教我們唱卡拉OK了。」聽他說到最後一句，胡琴面前攤著的一遝研究文獻模糊一片。

一整天都埋在自己的寫字間裡，如同大嘴每年有一天把自己鎖在辦公室一樣。她耳機裡，是大衛・林區《穆赫蘭道》電影原聲，淒迷詭異。看，生活給了她類似的場景，去體會大嘴獨鎖自己的每年那一天的情緒。窗外的高架橋上，人群和車輛倉皇前行，前方是元旦節日。大家都在恭祝，都在送禮，都在回顧之後迎新。「廢棄的生命」們的過去一年，轉眼就要逝世，迎向新一年。而白風琴已經逝世。

你想不想吻一吻，傾國傾城是我大名。
你敢不敢抱一抱，瘋魔一時是我罪名。

辦公桌上一遝列印的新文獻，都是關於腫瘤治療，都是關於生存期，關於時間。昨天，胡琴還在埋頭查閱，還在設想白風琴見面時會提什麼問題，自己又怎麼用盡可能最通俗的語言，而非科學刻板的語言，向白風琴介紹公司的新產品。

「生存期」，是她眼前這個科學領域常用的一個詞，是眾多浸淫其間的科學家追逐的目標。只是如大徐這些「醫學偉大夢想」的忙碌者嘴中的革新，似乎並未改變本質，只是在用有限的方式，延長到終點的這段時間。是的，物理時間。癌症領域裡的生存期，是物理時間，這世界公認的時間。讀到祕魯作家略薩的《中國套盒》「時間」那一節時，胡琴開始這麼急切地想，此外還可以有一種時間，我們自己創造的時間，比如小說裡的時間。那些天，白風琴成了胡琴第一想到的人。在胡琴構思的小說裡，時間密度突然被沖淡，時間刻度標準被重置，世上一天，如小說裡一年，甚至無限延長。這樣的活法，由「我」、「我」的想像來與「她」相處，「我們」體會人世之外的時間綿長的美妙，繞開終點，越繞越多。甚至，包圍了終點。

在等待與白風琴見面的幾個月中，白大胡琴在尋找科學的硬性證據，夜間則在尋找時間是否有柔軟綿長的可能。因爲尋找的期望和急切，尋找中一直如影隨形的某種隱隱預期的不可能，漸漸被白風琴那股「質數的氣質」吸引。「惟獨是天姿國色不可一世，天生我高貴豔麗到底。顛倒眾生吹灰不費，收你做我的迷。」

現在，隨時到來的死亡，將這些在某一時間點固定，澆鑄。

死亡如果觸動了生者，生者的一部分也跟著死去。「廢棄的生命」企圖在這些芳華絕代、活得像傳奇的人身上，遙不可及的接觸中，感覺什麼呢？是自己永不可能有的踮腳飛升？是一個獨特之城用那樣的幾十年釀造了一個獨特的個體，讓她在世上停留比常人短的時間，一道霞光般消逝，以在那些有期待的心中，釀出更長的心理時間？在她之後，曾經那舞台將空洞一片，死的死，退的退，老的老，傻的傻，萬馬齊喑。

胡琴回想昨晚夢中與白風琴的對話，彷彿那是一場眞切發生過的對話。或者不應糾纏於心理時間，或者換個角度安慰，比如「分岔理論」，越分岔，時間越被打岔，進入曲曲折折，強大得進而讓終點失去意義。這個對她太難了吧。或者這樣，不要強調「生」，不要強調「活著」的意義，不要再強調對時間的理解。而是對每一個必然的結束坦然接受。每個人來到這世界，就同時擔當著面對每個必然的結束，終極處，不如學會在死之前吹好一支曲子，唱好幾場演唱會，或像祖母那樣梳一個高亮的髮髻，安靜回望生命之審美，詩性。

只是這件事上，一個「生者」勸一個「將死者」，看上去格局兩異。生者都身陷於現實這個盒子裡。昨晚做夢前，凡阿玲從深圳給胡琴打電話時，胡琴說：「我要去見白風琴，今天材料都給她傳眞過去了，我親手整理，傳眞，一人在辦公室忙到晚上八九點。滿腔愛心，全在其中了。」

「這幾天看新聞，說她病得不輕。」

「她想瞭解我們現在研發的產品。也是，見面也不能沒得其他聊呀，聽妳的建議，我已經聽了她所有的歌，看了她所有演的戲，所有的演唱會。經常看到後半夜。眞把我迷住了。」

「我早就說。夠質數吧？她多活一天，像我這種被平庸圍剿的人就多一些希望。」

凡阿玲接著說，像在講一則案例：

「女兒是阿龍的，不是會計的。五年前我和會計準備結婚時，阿龍紅著眼睛來找我，他從上海畢業後回到廣西，在電視台一直管廣告製作，和台長女兒戀愛，酒足飯飽，車房俱備，發展道路已在面前鋪好，一眼望過去，今後二十年的事都可以看到。三十出頭的人了，小肚腩已經隆起，頭髮已不再濃密，乾脆剃了光頭。他半跪在我面前，說害怕自己傻B了，害怕我越來越看不起他，希望重新開始。他抱著我將我的衣服撕開，泣不成聲。

「如同垂死一搏。我既同情也有悲哀，就是沒有恨。彷彿爲了決斷，在和他最後的親密之後，堅定離開他。但我和會計的女兒在兩歲後，眉宇間開始有了阿龍的輪廓。這讓我不安。到了鬧離婚時，會計終於同意離了，但希望要走女兒。迫不得已，我告訴會計。會計像被電了一樣，驚訝，但仍堅持要走女兒。

「他說，畢竟，她身上有妳的影子，她在我身邊，就好比妳在我身邊。一向木訥、無趣的會計說出這樣的話，讓我很吃驚。我是在這時，徹底拒絕邊大夫的。那些天，一直在和會計爭奪一個並不屬於他的女兒。這些事情說起來太複雜，其實也很無聊。邊大夫在感情方面不是選擇A就是選擇B，不是黑就是白，這些超過了他的理解力。我這邊，一隻被煮熟的鴨子的處境，與邊大夫的簡單也太不相稱。心煩意亂，只想痛快地說分手。好像這樣說完後，才能更證明自己已是一隻被煮熟的鴨子的局面。」

晚上自己失去城池，白天幫人爭取田地。凡阿玲的情感專欄成績斐然，被雜誌重用，派到深圳負責全面開闢辦事處，忙碌之餘兼管回答情感問題。深夜，她從深圳打給胡琴的電話裡，說出了這個一直埋著的祕密。如同軍訓時週五的自修晚，在圖書館後的台階上，凡阿玲告訴胡琴自己是「靶場事件」的女主角。不遠處圖書館某張課桌上，該有凡阿玲鉛筆寫下的〈不繫之舟〉。那時年輕的眼中，世界的捲邊開始延展，朝向遼闊的、深幽的、危險的，可知混合著不可知的迷人去處。

胡琴問她爲什麼到今天才說。

「我剛才加班，翻到一封讀者的情感來信，竟有一個類似的故事，問我怎麼辦。就想到找妳聊。妳說我能這麼回答嗎？親愛的，痛快地向那個愛妳的人說分手，這樣說完後，妳才能更證明自己已是一隻被煮熟的鴨子。讓自己徹底死心。一切彷彿又重新被格式化了，一片整潔了，逼近荒涼的整潔。沮喪至極，不如轉而享受。」

凡阿玲口氣中並無太多傷感，她好像已習慣自己圍觀自己，像在說另一個人，一則婚姻案例。這冷靜就像軍訓第一天洗澡時她拿小眼睛上下那麼一掃，對胡琴說原來妳也A杯呀。她又說：「到這年紀，誰又不是一隻被煮熟的鴨子呢？昨天一高中同學告訴我，秦瑟在緬甸做玉石生意時一路賭石頭到騰沖，被關起來了。說了妳也許不信，我有時竟然會想起他，想念他。」

胡琴說：「我信，他，有時是能勾起我們的敬意的。」

在做那個夢之前，凡阿玲說：「敬意。是的，我們再被平庸圍剿，也還是需要這個的。白風琴多在一天，像我這種被圍剿的人就多些安慰。」

8

新年。離邊老大夫〈寫給三十年後的你〉又多了一年。離大嘴老闆的小女兒離世又多了一年。白風琴的追悼活動，佔據了不少電視頻道的新聞，同時播放的還有那些胡琴再熟悉不過的歌和電影，一一與她有關。在最後的演唱會上，她留給這世界的最後一首歌是〈珍惜再會時〉：

「無盡歲月風裡吹，哪知一天可再聚……重談笑語心更悲，痛在痛在心坎裡，我當珍惜再會時，再親一親轉身去。」

新年。當然少不了，還有新年晚會，新年祝詞，賀歲片，鑼鼓，鞭炮……如果將各個頻道同一時間的內容一溜排開來，將是一個眼淚與歡笑、藝術與人生的真實並置。終於實現了，機率均等。

一個辭舊迎新的節日，被一個人的離世占滿，被對一個陌生人的深切追憶占滿，到底是特別的事。起碼再不是上海生活的多日波瀾不興，再不是物質漂浮、大嗓門強權的世界。更特別的是，離世的這個人從未謀面，卻似神交已久。神交中，勾出的是對一座百年香豔孤獨之城的遙想體驗，一些「廢棄的生命」在心底對傳奇的嚮往和依賴，伴隨著一種自知不可爲的宿命卻又隨時湧起對時間重構的企圖，對起點和終點的一場自我教育，對整個族類命運的驚鴻一瞥……但整個族類組成的人群，難以讓胡琴眞正親近，如同在出入境管理處辦通行證時身邊的人們，與他們緊挨座位，但各懷鬼胎，活在各自的原因和目標中，理所當然。人群也在不斷製造著千篇一律的面目，讓胡琴總想遠離，去別處吸一口另外的空氣。所有這些構成了一段特別的時間，白風琴在胡琴內心存在的近三四個月時間，被胡琴以各種非現實方式演繹的三四個月時間，如釀米成酒，如小火煲湯。

現在，一種最乾脆的物理形式，果斷地掀開了那一張答案紙。結局已在面前。

新年放假三天，三天都在房間裡。胡琴盯著電視螢幕，似看非看，神飄忽出去，碰到緊閉的窗又折回來。窗緊閉，房間因爲沒有暖氣而陰冷。電視頻道裡正在紀念她。螢幕上，一些面孔上不忍或是悲傷的淚水，啓動傷感，在螢幕下潮湧，在心頭翻騰。彷彿大夢初醒，彷彿課題已結盡，彷彿畢業那年答辯完回到地下實驗室，從培養箱裡將細胞遺棄……換個熱鬧點兒的頻道吧，那種像《開心一刻》讓人張著嘴不經大腦就笑的節目，應該遍地都是。

單身男女配對節目正在暖場。傻乎乎張嘴看。

人造的緊鑼密鼓中，紅黃兩組答題賽正搶答：等待是什麼滋味？

看誰的答案讓下面觀眾席印象最深，最特別，也就是摁下身邊指示燈的觀眾數最多。那是人氣指示燈。

紅組裡，一個腦筋急轉彎的眼鏡男，率先揚起手，挑戰說：這個題本身有問題！試想，等待，怎麼可以與味道在一起？如果可以和味道在一起，也可以和五官的其他四官在一起。聲調像他的粗骨節手一樣高揚。觀眾席很爲這樣的叫板鼓掌，惟恐天下不亂的心理光明正大地在指示燈上顯現，且被電視台熱情鼓勵。

黃組文藝腔一點，一個滿臉粉刺的長頭髮傢伙說：可以呀，如果把等待和五官感受一個個放一起，應該是首不錯的詩。他無視眼鏡男的人氣，去後台取出一把吉他（那根本是一件預先準備好的道具，也未可知），唱的是〈等人就像在喝酒〉：「等人時在心中編的故事與平時不一樣/酒喝多了話就比平時情況長/等人編的故事不知是眞還是假/這感覺就像在——喝——酒。」還沒唱完「喝酒」二字，觀眾就迫不及待地鼓起掌來。適當的通俗的文藝，也可以滿足觀眾另一種小哀小怨的心理，再加上能彈吉他，說明這「粉刺」還會一門才藝。沒見現在到處以才藝論人氣。這歌胡琴熟，原來「五四」在北大草坪上有人唱過，校園民謠。當時，胡琴並不像現在明白：等人編的故事不知是眞還是假，這感覺就像在喝酒。「粉刺」人氣不遜。

紅組裡，一大浪捲髮女追上：等待的滋味就是長，一秒好比一天，對，就是時間長。難熬。度日如年。（東北口音，大楂子味）

黃組成員面面相覷，粉刺長頭髮只好又上：等待是面對空缺，充滿虛構，時間變形，內心焦灼，把自己遺忘。一串的羅蘭・巴特噴出嘴。（北京大院兒口音）

觀眾對這些反應冷淡，一個是大白話，誰都懂。一個是大澀話，沒聽懂。一個結果：都沒勁！

主持人急了。確切地說，主持人是爲人氣擔憂了。人氣，直接關係他的收視排行，他的獎金，他的走穴主持出場費。「你們都狹義地理解了題目。想一想！再想一想！等待，不僅是指談戀愛等人。」他幾近失態吼道。

要說不是嗎，紅黃兩組剛才最活躍的，都是二三十歲的年輕人。他們腦中，只有愛情。

換個角度！主持人攛掇道。

「對，換個角度，如果失呢？」紅組中，又一貌似女研究生的瘦眼鏡女，在鏗鏘音樂中上，「失眠──等待眼睛闔上，那些數夠了的羊全消失。失明──等待眼睛開亮。失望──等待希望。」（四川口音）

黃組這回上了一位矮胖男，約莫三十來歲，一般這種長相有RAP的潛質：「如果現在是春天，等待夏天呢？如果是等商場打折促銷呢？如果是新年等火車退票呢？如果是等手機賀年短信呢？如果是等新年鐘聲敲響呢？如果是等待高潮呢？（畢竟，北京胡同口音適合玩RAP）

……

趕緊換暖場題，下一個：「女人幹得好V.S嫁得好，哪個更好？」

企圖用最熱烈的方式，談最無常的等待。在眾人面前飆人氣。

如果是，等待一次不可能的見面呢？如果是，等待死亡呢？重又熱鬧的螢幕，沒能烘熱房間。窗緊閉，房間因爲沒有暖氣而陰冷。傷感的氣息在屋裡越積越厚，以致獨自一人無法繼續呼吸。胡琴決定起身走走。人群這時的功能凸顯，是物理的功能，溶劑的功能，讓他們的氣息沖淡一些自己的氣息吧。

外面颳大風，陰濕且冷，只能翻出一副勞保口罩戴上。一路上，口罩裡，繼續自己呼吸著自己的氣息。從口罩的邊緣望出去，看四周喧鬧的人群，看一切旋轉如初的世界，她竟開始喜歡這戴著口罩的生活來。

過冬了，該買件毛衣禦寒。毛衣是高領的，還是低領的，套頭的還是拉鍊的，喜歡綠色的，還是藍色的，抑或嘗試一下紅色的？那種火一樣的紅？或者桃色的紅，年輕姑娘就喜歡桃紅？買一百返五十呢，新年才有。在商場的擁擠中，售貨小姐的關切顯得格外熱乎親膩，如同商場裡開得過高的空調，溫暖過頭，難以進入內心的悶熱，更多的煩躁。打開試衣間，準備試穿，門關上那一剎那，一股巨大的寂寥包圍上來，占滿了整個封閉的試衣間。

她衝出商場。商場外一個巨大廣場，人群圍成一個大圓在跳舞。音樂聽起來是西藏風情，音箱有些劈，但這擋不住跳舞的圓圈按節奏運轉，類似入夜後在迪慶的束和古鎮四方街看到的那種舞。

人群一起運轉，便產生了熱情，即便是彼此陌生的人群，即便是暫時的熱情，如同網路BBS。胡琴被捲進這人群，手腳跟著前方一位穿著肥羽絨服的胖老太太，試圖也劃出豪邁的西藏風情的圈。但，總是跟不上。一轉圈，竟發現自己與人群的方向逆行，「十三點！」被胡琴撞著的老太太嘟囔。

更濃重的寂寥圍上來，帶上口罩回家，撥凡阿玲電話：「特別想去深圳，找妳喝酒，喝很多，醉了算！妳知道，白風琴走了！」不是電視裡那人也唱嗎，等人就像在喝酒。

「好主意！她走了，我也空落落的。」凡阿玲正在趕新年後的第一期雜誌稿，但進度慢得像等待一個愛的人。她最近失眠——等待眼睛合上，那些數夠了的羊全消失。

胡琴這麼聽她說時，已經一個人自己在家喝高了，音響裡正放The Cure〈*Watching me Fall*〉看我趴下，以毒攻毒。

言語不多也不準確，但凡阿玲似乎明白，爲什麼胡琴在上海會對一位遙遠的患病傳奇突然迷戀和感傷，並被魔力驅使想去爲她做點什麼。凡阿玲從未嘲笑過，那過大的雄心與過小的卑微。

如同說起拒絕邊鐘，凡阿玲解釋「只想痛快地向邊大夫說分手，好像這樣說完後，才能更證明自己已是一隻被煮熟的鴨子的境地」，胡琴也明白。如同年輕時，兩人坐在軍校圖書館後門台階上。聽說「靶場事件」後，黑暗中有些愕然，還有些激動，有些冒險，喉嚨搔癢，不說一句判斷之言，只在黑暗中靜坐，和黑夜融爲一致。

「等簽完離婚手續，一起喝。快了，過年後就辦。」

「女兒判給誰？」

「我會計前夫。離婚期間，他已經在單位和一個秘書好上了，準備辦事。他自己去過醫院，精子測出來沒活性，生不了。但他特別想要個女兒。想要我和阿龍的女兒。結婚五年磕磕碰碰，我倆頭一回在一件事上結盟，並一起保守一個祕密。人和人說到底，一個情字。」

一開始，它們來自一位美國非洲裔婦女的子宮頸，主人叫Henrietta Lacks。一九五一年殺死這女人前，它們有自己的生活。一次活檢時，它們被取出來，進行培養。取女主人的姓和名的前兩個字母，取名HeLa（海拉）細胞株。它們在約翰．霍普金斯醫學院的一間實驗室裡，增殖起來。它們是第一個人類細胞株，著名的海拉細胞株。

用時不久即成爲生物明星的它們，運往世界各大實驗室。女主人渾然不知，這位三十一歲的黑人婦女，子宮頸癌患者，正躺在一家醫院的有色人種病房裡，接受放射治療。之前她在農場種植菸草，有五個孩子等著照顧。

她離世，海拉繼續存在，成爲病毒學之祖母，成爲ＢＴ（生物科技）之祖母。五十餘年間，科學家培養了五千萬噸的海拉細胞，海拉細胞幫很多科學家走上職業榮途，超過六萬項科學研究因它（還是她？）發表，平均下來，每天近十項，揭示著生物界的祕密，從衰老，到癌症，蚊子交配，信號傳導。

海拉細胞株，至今已被視爲「不朽」，可無限分裂下去。與其他癌細胞相比，增殖異常迅速。不同於其他人類細胞，它不會老死。如果它的一個細胞在培養皿裡著陸，它將統領整個培養皿。像所有明星一樣它也有醜聞：一九六六年，海拉污染了數百種細胞株，破壞作用遠達前蘇聯的實驗室。

Henrietta Lacks 藉她的細胞得到不朽永生。她還在人世時躺於病床，一位實驗技術員給她做活檢，瞄見她那塗紅的腳趾甲：「哇，她是個活生生的人……我想像，她坐在自己家的浴室裡塗那些腳趾甲，我第一次被震動了！這些我們一直以來工作用的細胞，它們來自一個活生生的婦女。」其時，海拉細胞的聲名之盛，已將眼前這活人掩蓋。

一九七三年當五個孩子知道他們娘的細胞還活著時，海拉已去過太空。

一家人開始感覺到他們的娘還存在於這世界上，起碼精神上存在著。對於她，因爲早逝，他們其實知之甚少。爲更多瞭解她，孩子們閱讀上百篇關於海拉細胞的研究論文。掩卷又嘆，他們的娘將永遠承受這些實驗的折磨。更有甚者，「科學家不希望想到海拉細胞，聯想到Henrietta一星半點。做科學研究的，只有把實驗材料與它來源的眞人分離開，這樣才更容易。」一位搞科學的在倫理大辯論中說。如此紛繁交織。五十年來，科學進展飛快，其速度遠遠超過我們的辨識力：哪些是對哪些是錯。

…………

埋頭讀桌頭那一尺高的文獻，胡琴寄望於歌德的這句話：「如果我沒有在自然科學的辛勤努力，我就不會學會認識人的本來面目。」歌德的理由是，一個人不可能在自然科學以外的任一個領域，那樣仔細觀察和思維，那樣洞察感覺和知解力的錯誤，人物性格的弱點和優點。海拉故事交織著種族、貧困、科學、人性、不朽。

如此，懷念白風琴。聽The Cure自癒。

酒沒喝成。因爲新年後，凡阿玲的離婚計畫遇到此障礙，不得不爲此從深圳回趟桂林。會計的媽媽，凡阿玲的婆婆，特別喜歡媳婦，從陝西農村一路顛簸到廣西桂林，試圖阻止一樁現代婚姻的解體，勸他倆忍耐，「結婚不就是忍嗎？我和我那老頭就是忍，生了四個娃。忍過去就好了，過了這一陣就好了。」不愧是吼秦腔長大的，陝西老太身上有股不畏艱難、到哪都不怯的勁兒，她居然顛簸到會計的單位，把小祕書叫了出來，先是用貞節牌坊之類的教訓了小祕書一通，進而威脅說再勾引她兒子，就告訴領導。小祕書嘴一撇，小臉脹紅，回說：「領導早知道了，領導也不管這事，你以爲你們村呢?!」陝西老太上前去，抽了小秘書一個剽悍的耳光。

駐紮在桂林快一個月，陝西老太雖處處碰壁，雖越來越感覺各方都已默契結盟，目標一致，她仍堅忍不拔地一一試完了所有她看來重要的解決方法。最後一招，只要凡阿玲和會計打算出門簽字辦手續，她就威脅要尋死。在桂林這個快分崩離析的家裡，她的到來，複製了陝西農村最生動的場景，連尋死方法都散發著農村特色，老太太吵著在房子裡到處找「敵敵畏」。城市裡不殺農作物的害蟲，哪裡去找「敵敵畏」。

一個月後，陝西老太帶著大包小包的桂林特產，登上回老家的火車。承認戰爭的失敗，反而讓她表情變得坦然起來。月台上，老太太打開縐巴的手絹，層層疊疊，裡面有五張一百的鈔票，遞給凡阿玲，「唉，你們年輕人，我是看不懂了，也沒法子管了。一直把妳當親閨女，看著就歡喜，又懂事又能幹。你倆離了，姑娘和房子都給了我兒子，這點錢不多，留著妳以後救急吧。」凡阿玲看著老太太臉上的一道道皺紋，如同溝渠交錯，或是龍勝梯田的遠景照片，每一道都是被黃土高原的風刀一樣刻下。那皺紋裡，並沒有渲染苦難，是認真後的認命，自然溢出。

簽完字那天，凡阿玲直跟胡琴在電話裡說對不住，「妳約我喝酒，一個月了我都沒兌現。誰知道，半路上出來一個老太太。天天在房子裡找敵敵畏喝。」

胡琴說：「妳離婚大事，比我的小情小緒重要。我聽The Cure自癒。下個月出差到深圳，找妳。」

見面約在深圳一家乾淨憨厚的粵菜館。凡阿玲不是一個人，一起來的還有一個。「人不複雜，小可愛，懂點詩文，也愛徒步暴走，做一手好菜……比我小五歲，電視台的。我本想離完婚後好好清靜會兒。我說，我經歷可複雜著呢，基本按照一隻煮熟的鴨子自暴自棄，老是出錯的自己和人生。他說，他就喜歡搞一隻經歷複雜的熟鴨子，這樣才有難度和複雜性！至於出錯，他說他可以當扳手，扳回正確。開始，我覺得他太幼稚。但後來，也奇怪，他眼神裡的那種篤信，竟開始打動我了。前天，他居然向我求婚。」凡阿玲悄聲介紹。

「從前，館兒系男秦瑟眼裡就沒篤信嗎？邊鐘眼裡就沒篤信嗎？篤信得都快流油了。出現的時候不對，出現的地方不對。」胡琴小聲感慨。凡阿玲自嘲一笑：「也許吧。」

男孩叫宮商羽，再過兩個月就三十了，眼睛清澈，直視前方，面向未來。相比之下，凡阿玲的眼神不願直視，選擇躲閃，逃逸。喝酒時，胡琴得知宮商羽甚至喜歡The Cure和Pink Floyd，禁不住在桌底下使勁踢了踢凡阿玲的腿，讓她趕緊拿下。凡阿玲這次才動用眼神逼視了一回胡琴，接著又自我解嘲地笑了。彷彿在動員一些理智，跨越過程的美好，直接面向最終。

南方的春天陽氣充足，從深圳一路到上海，地面上一草一木一花，處處詮釋著「過度」。草木特別鮮綠，花朵特別燦爛，空氣也特別活躍。這樣的氣氛裡，適合找個人摟摟抱抱，相互交好，如遇郊外野地，直接放倒迸發。胡琴慫恿凡阿玲別錯過這樣的季節。張楚唱的，〈孤獨的人是可恥的〉。

在上海的胡琴家門口，站著再一次來出差的張貝思。繼上次霜淇淋店偶遇無語後，他這回說要找胡琴喝酒。張貝思與一做會計的女子育有一女，以致胡琴電話裡對凡阿玲開玩笑：「也是會計搭檔，也是生一姑娘。他甚至就是你的男人版。」

倆人找一日本料理館坐下。餐桌靠窗，窗外一大排嫩綠的竹子增添風情，竹葉竹竿在春風撥弄下，輕微擺動，恍如某種曖昧的情欲，搖曳撩撥。

對面張貝思的臉，長久在安逸和常規中浸泡後，微微發胖並走形。隔在兩人之間的桌面，是油亮的棕色，上面放兩打生蠔，一打是生的，一打是碳烤的。整個乾淨、冷清的日本餐館裡，只有他倆的桌上顯得鋪陳，「過度」隆烈地擺放著兩打生蠔。張貝思夾起一隻，熟練地挑起生蠔肉放進嘴裡，嘴角隨即濺起一些生蠔的殘餘部件，沒話找話說：「這東西，壯陽！」

胡琴說：「那我還是少浪費了，吃這麼多，幹嗎使呀？」

張貝思又吃一塊生蠔肉，吞下去的表情讓人可以逼眞地想像肥軟的生蠔肉順著食道滑下去的曖昧，進而刺激性慾。但他說：「我的生活，不開心。」

「誰有那麼多開心事呀。我前一段也難受著呢，特別想找深圳朋友喝酒，結果她還正忙離婚。你不挺好？娶一會計，你又在外企當小經理，還有一姑娘，如花似玉，黏著你這爸。」故意打趣，撣撣灰塵。不想過多接近心聲，那會耗費精力。

「妳知道我最怕什麼？」吃完生蠔的張貝思像在自問。胡琴也不答。她也不知道。看著油亮的棕色桌上剩下的生蠔，發愣裝傻。她已經不太熟悉坐在桌子對面的那株年輕樹木了，或者說，太熟悉坐在桌子對面的那株年輕樹木接下去的走向了，再不是那迢迢長空。這讓她眼睛游離起來。

「最怕有一天，妳看不起現在的我。妳看，我是不是越來越傻B了？」他自問自答。

氣氛驟然有些嫩軟了，無助不設防的嫩軟。就像眼前這全然暴裸的生蠔，不再是帶著硬殼到處闖蕩世界，而是被撬開，赤裸裸帶著一塊嫩軟的肉，手無寸鐵，面對著到處戈矛捅戳的世界。不敢碰，碰了好像就看到自己，看到普世眾生一致的命運。這讓胡琴貌似無所謂其實坐立不安。

「怎麼會？這不是在一起喝酒吃生蠔嗎？多好，多年輕，都沒過三十歲呢。」胡琴安慰他。雖然這是對方不需要的安慰，也是他聽不進去的安慰。

餐館裡放的是正宗日本流行歌曲，九〇代的。上個世紀了。唱歌的是一位當年走紅的日本男歌星，聲音從容，滄桑，但並非「聲帶小結手術」後的人造滄桑。娛樂新聞曾說，這位日本歌星與白風琴熱烈交往過，那時，白風琴一年去日本好幾趟，櫻花時節、楓葉紅季節肯定各算其中一趟。執著癡情，不顧香港黑社會老大追殺，到後來，情濃過度必然散夥。想起白風琴，想起九〇年代。想起幾個月前的新年，傷感曾在房間裡瘋魔一時越積越厚。胡琴和張貝思也曾有過九〇年代，他倆的九〇年代曾一起單純地喜歡過很多音樂，其中有日本的一家叫「三盲鼠」（Three Blind Mice）的爵士唱片公司。他們的九〇年代，虛妄而簡單，因爲音樂而單純交叉過。後又因畢業後激起的功利現實而分離。分離時，已是九〇年代末，一個世紀已接近尾巴。在胡琴看來，是一場早在意料中的分離。

張貝思畢業那年，在三里屯的一個民謠酒吧裡，台上歌手在唱Leonard Cohen的〈*Tower of Song*〉：

Well my friends are gone and my hair is grey
I ache in the places where I used to play
And I'm crazy for love but I'm not coming on
I'm just paying my rent every day
Oh in the tower of song

「爲什麼打邊鐘?!」胡琴質問他。

台上歌手正唱「好吧，我的老友們走了，我的頭髮灰了」，哀而不傷。

「是他折磨妳不想當醫生了，他就欠揍！」張貝思說。

胡琴氣得不說話。看著他那眼中認眞的篤信，又忍不住想笑。

張貝思一隻手抓著啤酒，一隻手抓著胡琴說：「其實到我這個年齡，如果不是爲了妳，我不會去打架了。妳看，我都開始喜歡民謠了。也許是老了。比如台上唱的這歌。比如齊秦早期那些最簡單的歌，〈大約在冬季〉，〈外面的世界〉，我越來越喜歡聽。」

胡琴說：「你這才多大？二十三歲。什麼我這個年齡？過早地蒼老吧。」

「過早地蒼老，哈，對，妳這個詞用得眞準！眞不愧是學醫的，下手就像解剖。」

「那你看看，這個詞是不是更準，裝飾性的沮喪。人長得帥，工作也找著了，工資也不低，比我這每月二百元補貼的博士生強。有啥可蒼老可沮喪的？你呀有空跟我到普世醫院走一趟，看看那氣氛看看那些病人，出來自己就陽光了。你根本就是，爲賦新詞強說愁。說得太狠了，對不住呀解剖刀就這德性。」

「我最近還眞寫了篇新詞，寫我們這些畢業生的，像一田長熟的麥子，低著頭，等待鐮刀的收割。妳看，現在是一九九八年，世紀末式的頹廢，感覺尤其失落。」

詞寫得不錯，胡琴不得不暗歎。但這奢侈的感傷，因爲世紀交替逼近而更濃的感傷，對常年生活在醫院中的胡琴來說，對需咬牙忍耐八年才能等到被收割那一天的胡琴來說，二十三歲的提早感傷，終歸顯得囉嗦。如果不心懷強硬，不坦然面對「低著頭，等待鐮刀收割」的現實，在此之後，將是一連串更多「被收割」的現實，將會更快感傷，更快迷失。

即便新世紀翩然來臨，也不會前往更光明的方向。

也許就是那一刻，胡琴感覺到了與張貝思間的鴻溝。「林中分歧為兩條路，我選擇旅蹤較稀之徑，未來因而全然改觀。」一年後張貝思來信，自己已被生活招安，娶一會計，生一閨女。在信中，飄然而落兩張一百的人民幣鈔票。張貝思信中叮囑仍是窮學生的胡琴，用這錢去看演出吧，「記得嗎，我答應過的，想看哪場就看哪場。」

如何能看不起眼前的張貝思？一個「廢棄的生命」，並不比一個順從在生活漩渦中的凡人，更有力量。整個社會排成隊，不都是鑽進掙錢、結婚、生子這些正經事的漩渦？因為胡琴及時的調侃、插科打諢，晚餐的氣氛才沒有更加感傷。因為深知玩那種風格，太需要投入精力，不如儘早消解了算。

兩人走出餐館，途經窗邊的一小片竹林搖曳，張貝思邀胡琴去自己住的賓館喝茶。上海的夜晚春風沉醉，濃烈而「過度」。沒有反問他為何一定要去賓館喝茶，彷彿受一種有預感的沮喪驅使，胡琴順從地答應。她明白了，就像凡阿玲跟阿龍最後一次親密一樣。

進了房間，胡琴有意緩解尷尬：「這房間，夠亂的！」張貝思轉過身來，不好意思地笑了笑。他突然幾步上前貼近，摸她頭髮，隨即猛烈抱在懷中。

貼著曾穿過「搖滾未死」T恤的清秀胸膛，現在裡面跳動的，是一顆已屢次被鐮刀收割的麥穗之心，歲月無聲，滴水穿石。胡琴失去了力量，禁不住也順勢抱緊了他。倆人移步到床前，年輕樹木將她壓下，生蠔餘味尚存的舌頭，帶著一股濃烈的壯陽之氣，親吻她嘴唇，猛烈暴力，淚水自胡琴眼眶流出。年輕樹木將她衣裳打開。胡琴全身被沮喪塡滿，兩手猶豫是否將身上人推開，但她明白，那推開的動作已基本是表演，因爲自己雙眼婆娑竟渴望強大的力進入讓自己暫時忘記。

電話鈴響起，單調脆亮的鈴聲挑戰了幻境。上面渾身繃緊的年輕樹木突然鬆軟，他罵了聲響亮的「我操！」拿起話筒。

「明天的展覽佈置？已經安排Peter今晚去佈置展台。明早的集合時間？不好意思忘通知您了，早上八點，大堂見。」

他領導打來的。

年輕樹木身下的胡琴，在這幾分鐘內看他接電話時喉結一上一下，禁不住想起診斷學時老師教的甲狀腺檢查手法，出於職業習慣，竟想用雙手去碰一下那喉結，而她自己的那雙眼幾分鐘前還曾淚水充盈。這讓她覺得滑稽。年輕樹木重重掛上電話，又罵了聲響亮的「我操！」

胡琴將他從身上翻下，安慰他：沒什麼，每個人都是打工仔，都有自己的江湖要混！

在一片決斷的冷靜中，胡琴穿戴整齊，才發現剛才身上那人已在洗手間裡待了好久。打開洗手間的門，他坐在馬桶上，頭埋在雙膝間，抽泣得發出了聲。她抱起那哀傷的頭，擦乾淚水。不如說那是大家的淚水。

高架橋此起彼伏，互相串聯。尤數延安高架一路的數棟辦公大樓，塑造著這個城市最引以爲豪的

「燈光工程」。各種顏色的燈在電腦程式的編排下，變換圖案，勾勒各種輪廓，演繹著繽紛和富強，演繹著「東方巴黎」之名。送胡琴回家的計程車上，張貝思一直在抽菸，臉別著，看窗外。春天的晚上仍是陽氣充足，不論是深圳還是上海，地面上的一草一木一花，處處都在演繹著「過度」的氣氛，撩撥人們摟抱和交好。張貝思把手輕輕搭在胡琴大腿上，胡琴將他的手移開，開玩笑：「又覺得自己特像一把等待收割的麥子？沒事兒，其實不奇怪，大家全都是。誰也不免有時像一輛開得飛快的撞癟了的汽車。」逗得他笑出聲來。遺留下計程車裡，兩人間更遠的遙不可及。

南方的春天多半善於製造一種蠱惑人的情境吧，人群中相互交好和擁抱。待到冬天，陰冷潮濕，戴著口罩的胡琴呼吸著自己的呼吸，人群那時又在哪裡呢？

10

只是沒想到，整個城市很快脫胎換骨，成了一個怪異之城。這是在春天，胡琴卻必須翻出已封箱的口罩。「非典」來了。像每一個心盛恐慌的市民一樣，她在這個城裡飛速逃竄，從家裡迅速逃到公司格子間，又從格子間飛速逃到家中，家中兩扇窗戶大開，以充分通風。不敢坐地鐵，只好追在快離站的大公共後面拚命趕，只因爲大公共有玻璃窗，可以通風。從口罩邊緣看人群，除了古怪，恐懼爬出人們心底，鑽出來，在額頭上、在眼神中亮相。長久藏在口罩這樣一個私密的空間，胡琴開始自認爲性感地展現著自閉和疏離，帶著合情理的張揚。

當胡琴戴上口罩時，在深圳的凡阿玲已戴了兩三個月的口罩。

「我是一隻瘟雞。」凡阿玲電話裡這麼說，胡琴以爲是在說整個廣東人民和北京人民都被其他省市看成是一隻隻瘟雞，不遭待見，一旦出城流通，便可能有亂拳擁上，面臨隨時可能挨揍的命運。

「不是，是我帶著口罩去醫院查出了我乳房上有腫瘤，可能是惡性的。」凡阿玲在電話那端解釋。

「啊？確診了嗎？不可能的事。需要活組織檢查才能確診！」趕緊調動大腦中的醫學知識，但胡琴印象最深的是上學時，教乳腺外科的那位老教授人高馬大，曾驕傲地說過：一刀切去中國女人乳房的時代一去不復返了，保住乳房是保住女性的某種心理寄託，現代技術已經可以幫助辦到。

「明天再去醫院。」

「宮商羽陪妳？」

「陪。他也蒙了！前兩天我倆剛交了新房的首付，準備結婚。」

「那妳多保重……過幾天去看妳……有什麼醫學諮詢需要我找人的，儘管告訴我！」胡琴在口罩裡嘆了口氣，嘆氣聲沉悶，自己也就呼吸回了嘆出的氣。從口罩的邊緣望出去，身外人群行色匆匆，極力躲避著莫名的危險，臉上表情因假想中的害怕而緊繃。在暖和得開始出汗的天氣裡，竟然有些冷。

聽說胡琴要去深圳出差，同事們都驚訝，勸她此刻不要跳進虎穴狼窩。胡琴一臉堅定，讓大徐也很吃驚，去深圳這趟差都動員過很多次了，最後胡琴竟說她去，本來與她沒什麼關係。

深圳街邊買了一束花，一束俗常的花，去看望剛做完手術的不俗常的凡阿玲。病房氣氛一如普世醫院那樣刻板和肅穆，這種氣氛讓胡琴面對凡阿玲時，竟有些陌生，雙手無處安放。

「本來活組織檢查，後來乾脆拉上手術台，把我麻倒，像隻死豬，被生生切了一側乳房。感覺是被大菜刀那麼片了一下。」凡阿玲躺病床上說，一隻手掌一斜，模仿大菜刀做「片」的動作。豪爽！胡琴寧可這麼解釋。不愧是我朋友。

「沒事的，醫學上看，其實就是一坨肥肉。」胡琴狠狠地開著玩笑，狠狠運用著解構的手法，企圖沖淡這周圍過於壓抑、肅穆的氣氛。

「可這兩坨肥肉，是天下多少女人的象徵和寄託。我的胸前就剩下一坨了，左右嚴重不對稱！」似乎被肥肉的笑話感染了，凡阿玲順著玩笑起來，但胡琴總敏感地聽出一些無奈，那是談話不宜觸及的地帶，起碼是眼下。

「妳的意思是……妳會一側失重？甚至走路一瘸一拐？」續上玩笑，玩笑有些癲了。

凡阿玲大笑。

胡琴續不下去了。想起在醫學院時，那位乳腺外科老教授曾驕傲地說：一刀切去中國女人乳房的時代一去不復返了。但爲什麼在凡阿玲這裡，現代醫學並沒有辦到呢？胡琴眞想揪出那個自以爲是的留法主刀女大夫，盤問一通。但顯然，細究這個問題，已經沒什麼意義。

病房氣氛又回復到往常，還能說些什麼？胡琴拚命搜刮記憶，開始給凡阿玲講這位普世乳腺外科老教授的笑話。他號稱一雙手曾觸診過中國近一半婦女的乳房，以判斷有無病患。一上午七十位就診者的密度，讓他幾乎無暇抬頭，看清每一對乳房也是每兩坨肥肉的主人的臉。一位女病人上前，他說，「請撩起上衣」，他雙手觸診，然後說「下一個！」又一位女病人上前，「請撩起上衣」，他雙手觸診，然後說「下一個！」……當時與胡琴同班一起實習的男生，眼中露出無法掩飾的豔羨目光。嫉妒之下他們只能這麼編排：老教授晚上與夫人也說，「請撩起上衣」，他雙手觸診，然後說「下一個」。夫人一耳光揮去，讓他驚覺：這是在床上，不是在診室。

聽到這，凡阿玲哈哈笑。聽到這樣的笑聲，胡琴才算釋然，安慰凡阿玲說接下來的化療也許會把妳變成一個禿子，但是沒關係，熬過這段，一覺醒來，仍是好漢一條。即便是禿子，也很性感呀，依妳的瘦臉形更能這麼推測。妳看，我上大學時喜歡一個英國搖滾女歌星，她就剃禿瓢兒，剃完後人極秀美，唱〈*nothing compares to you*〉。沒什麼能比得過妳。凡阿玲重重地點頭，甚至建議胡琴下回把這位秀美的禿瓢兒女歌手的歌找出來，給自己勵志。胡琴也重重地點頭，卻也知道自己說話也就是一秒。對凡阿玲和宮商羽來說，那卻是動眞格的千萬秒在眼前橫陳。他們將如何死磕，過這面前橫陳的每一分每一秒呢？

似乎拒絕回到滿是口罩和驚慌的上海，胡琴賭氣似的在機場改了主意，徑直一個人飛去九寨溝。

正如料想，那裡一天進溝的人數已從萬人減至八九人。這八九人是在口罩和驚慌之外企圖翻找出世界本原的固執追尋者。整個溝裡靜得只聽見風聲和水聲，各種顏色的花盛開，搖曳在春風裡。在好幾汪看似游泳池的美麗海子前，照相已無需像往日一樣維持秩序：「十秒一個人，下一個！」被疫情恐嚇之後的世界，落下此情此景，真適合對對山歌談談情說說愛跳跳舞，反而，完全又是一個美麗新世界。真想把眼前景色盛在自己眼中，帶給躺在病床上只有一側乳房的凡阿玲。

凡阿玲出院那天，給胡琴打來電話。除了通報出院消息，還有一個感情難題。「跟宮商羽談過了，我的病情。以後可能會復發，醫生說以後最好別懷孕生子，那樣復發可能高。也許，我和他不該考慮結婚，新買的房得退了！他聽完，有些遲疑，很矛盾，似乎同意。我心裡多希望他能肯定地說，可以和我結婚！但這，太不切實際。他可以離開我。而我得做好比想像中更多的準備，去面對他即將離開我的現實。妳說，是不是?!」

宮商羽曾誇海口說他可以當扳手，扳回正確。但此事非同一般太巨大，胡琴對此無解，只是聽。好像自凡阿玲生病後，她僅剩的功能就是兩項，一是講笑話，二是無回應的傾聽。總敏感有什麼巨大的話題藏在地層之下，然後小心翼翼避開。越避開，越慌亂和心虛，越口不擇言。這竟有點像眼前戴口罩度日的人群。

化療完結後的凡阿玲，結束了蟄居生活，帶一巨大黑色絨線帽出門，露出小半張臉。一身黑色帶粉LOGO的愛迪達三葉草，有模有樣。有時去練瑜珈，有時去健身房蹬自行車，隨著強勁的舞曲節奏起伏，流下的汗水積在車座上得有一公斤。她雙肩背包裡鼓鼓地塞著健身服、球鞋，一側掛著瑜珈墊。回家就練毛筆字，宣紙上寫篆書「清慎勤忍」，喝功夫茶。宮商羽在廚房裡忙乎做菜，辛辣刺激味一概拒絕，一邊戲言凡阿玲「五個一工程」：每天去一趟健身房，寫一幅毛筆字，吃一斤蔬菜水果，散一小時步，享受一壺茶。就差一台古琴，放在客廳中央，高山流水地彈著。情境不錯，差不多可以淡忘了現實。

直到有天，凡阿玲對胡琴說：「昨晚，當宮商羽吻我時，妳猜我想起了什麼？我突然無比懷念自己那只被切去了的乳房。」

在MSN上，胡琴心裡一涼，卻沒法幫好友找回那只被切去了的乳房，這讓她在現實的這一邊，流下淚來。

在MSN上，她卻貌似陽光地安慰說：「根據我們上學時那位人高馬大的老教授所說，妳這樣的中期病情，存在治癒的可能性。」

現實的另一邊，凡阿玲有些失望：「可能性？算了吧，還是別跟我談可能性吧。煩透了這些醫生的調調！我就想知道對我這個人的概率。沒勁，你們醫生說的都是群體，而我們病人要的是實打實的落在自己身上的概率。實打實的那種！」語氣中有些煩躁。急於知道標準答案而得不到的煩躁，生硬。

停頓片刻，MSN上，凡阿玲回憶：「生病之後第一次，宮商羽和我做愛，和我這個禿瓢，和我這個只有一側乳房的古怪女人。但那晚是前所未有的高潮，古怪而衝擊的效果，大浪席捲而來的高潮！好像在面對一堵強大、凜然的牆時，有一股自知謙卑渺小卻反而執拗的情緒，被激發了起來。完事之後，兩人淚流滿面，緊緊擁抱，那一刻似乎融為一致。宮商羽說：我決定跟妳結婚！明天就去領證。他又加一句：倒想知道前面究竟等著的是什麼。像是也在對自己說。」

先是驚訝，繼而胡琴被想像的場面感動。那是由巨大與渺小之間的差異製造出的場面，此外還有一撮悲涼，如酒精一樣，更點燃了巨大與渺小的差異。如同一邊是星系運行，一邊是微生物活動。宮商羽曾說他可以當扳手，扳回正確。正確與錯誤，已不能概括眼前這複雜性，他倆手拉手去往比僅僅正確或錯誤更深遠的方向。但胡琴說出口的，卻是乾巴巴的這句：「恭喜！出差深圳時，找你們倆慶祝。」

再見面時，三人心照不宣地吃早茶，光腸粉就吃掉三種，一份三只的榴槤酥在桌上飄香，鐵觀音在一旁現場沖泡，冒著熱氣，三隻小杯精巧而一致。黑色絨線帽遮住了凡阿玲的半個臉，剩下的半個臉紅暈初現。宮商羽有意話多，聊起The Cure的新專輯，專輯名就叫《*The Cure*》。凡阿玲托著下巴聽，臉上表情顯示有興趣。氣氛不錯，爛漫生發。看著眼前胡琴放心了，一切前往靜好的方向。

「這樂隊夠牛逼，一九七七年組隊，七九年出片一直到現在，風格一直都那樣。他們第一張叫什麼來著？《男孩別哭》，對吧？主唱一直都那副打扮，黑眼圈，爆炸頭，嬰兒裝。」宮商羽眼中閃著被這支樂隊折服的投入。

「哥兒們，錯了吧，他們一九七六年組隊的。第一張七九年出的，叫《三個虛構男孩》（*Three imaginary boys*）。第二張才是《男孩別哭》。」胡琴得意地一搖頭，糾正。她知道她在表演某種積極情緒。

宮商羽沉吟：「哦，先是《三個虛構男孩》，接著是《男孩別哭》？」

聽出了另外的意思，胡琴沒搭話。

凡阿玲急切地插話：「你倆這麼迷這樂隊，他們樂隊名字翻成中文叫什麼？可別笑我這問題蠢！」

宮商羽答：「治療！大家都這麼叫。」

胡琴說：「其實應該叫『治癒』。特別指，身心、肉體上的痊癒。」

「治療和治癒，兩個不同的概念吧？」凡阿玲問胡琴。

胡琴答：「是呀，當然，一個是過程，一個是結果。」

宮商羽在桌子底下輕輕踢。

胡琴又對凡阿玲說：「比如，妳這叫治癒，The Cure。」

凡阿玲不置可否地笑了：「不好說，五年還沒過呢，喝茶吧，這倆搖滾青年！」

胡琴又行使功能之一，講笑話：「給你們倆講講在美國時，有人白送我票的經歷吧。就是看The Cure。那天票特別搶手，等開場了還沒等到退票，正臊眉搭眼地準備回家，結果一中年禿頂男子白送了我一張。後來才發現，他是一訃——一他是一作家。」

隱去了「訃告」，轉口改成「作家」。本來是想講後來在BORDERS書店遇上訃告作家的經歷，訃告作家又是如何治好了自己的抑鬱症，訃告作家又怎麼認識大嘴老闆的。可是，在統統以上故事裡，都有目前喝早茶的這三個人不想提的話題。

喝茶吧。換一個，接著在大腦裡搜尋故事。

「講在美國的經歷吧。我待的費城實驗室裡有個老中。我們管在美國的同胞叫老中，像國內叫老外一樣。這老中是個實驗員，平時給我們定定試劑，刷刷試管和燒瓶。他大學上的是同濟建築系，『文革』恢復高考第一屆。在建築設計院老分不著房，夫妻倆和父母只能住一間屋，晚上中間拉個簾子，夫妻倆就幹起來，親熱都談不上，更不敢叫，草草生了個兒子。爲了住得寬敞些，叫床痛快些，毅然決定出國，來費城才發現這裡建築根本用不著設計，也輪不著自己設計。各個年代都有，人家美國特尊重歷史，雖是兔子尾巴短的歷史，不像國內搞一排推土機，推倒古建築，換茬新的更醜陋的。不幹建築設計幹什麼呢？倒是可以住得寬敞了，夜裡能住痛快裡叫了。只能在中國城刷盤子謀生。打電話回老家，也是知識份子的爸，問在美國幹什麼技術？回答說：美國這兒時興ＩＴ，我正在東海岸玩硬碟呢。老爸滿意說：好好幹，美國技術發達，多學點先進技術。是呀，刷盤子，可不就是玩硬碟。」

凡阿玲和宮商羽大笑，對視，各喝一小杯鐵觀音。

「再講一個。我有個朋友，同一個實驗室的，九〇年代初就去費城，得了十多年。她管費城人叫老費，她自己是老中加老費。有天她問我，有沒有去過城裡一家超五星的酒店，知不知道那裡的男廁所與天下其他男廁所有什麼不同？我說，超五星肯定沒去過，男廁所就更別提了，倒想去呀性別不允許。她誇說，我先生去過，他數學博士畢業後在一家投行工作，年底獎金比全年工資還多，年終PARTY在那家酒店辦，顯擺實力。進男廁所小便時，他見便池裡有隻蒼蠅，整個過程，他全神貫注、鍥而不舍地控制著自己小便的速度和力量，以期把那隻蒼蠅趕到下水孔中。這件事他幹得特專注，比男廁所外大廳裡公司年終PARTY的錦衣玉食，更來勁。出了廁所，他告訴清潔工，說小便池裡有隻蒼蠅，打掃時清理一下。清潔工壞笑說：是我提議放的，酒店花幾十美金定做的，一隻造型逼真的假蒼蠅，這樣，男客人小便就會定點射擊，不會弄得便液四濺，打掃也方便。她老公說，妳看，我們男人到哪都喜歡找準對象射擊，顯示力量，便池裡一隻假蒼蠅都不放過。何況，資本市場裡無處不在的機會和錢。」

凡阿玲和宮商羽大笑，對視，各喝一小杯鐵觀音。

凡阿玲說：「不如一會兒，讓宮商羽去廁所射擊假蒼蠅吧。但他，還真不是那種鬥雞型的。假蒼蠅，不如真世界，更不如雪山。我倆準備下週去梅里雪山玩。我以前跟妳提過我想去，一直沒去成。他去過，老跟我提，有段公路，大約十幾公里，每步都可以看見連綿不絕的雪山，移步換景，氣勢壯闊。我倆準備徒步那十幾公里。場面肯定壯觀。回來給妳看照片。」

幸福表情！久違期待中。胡琴放心了。茶水熱騰，面目姣好，郎才女貌。

11

知道「耳模」這個行當，是從日本那位愛跑步愛聽爵士樂的悶騷作家那裡。他在一本小說裡反覆提起。原來，除了「整體」出現在T台上的那些模特，也有一些模特是按「身體器官」劃分的。比如說，手模，眼模。眼模如果低眉，如果遊曳，那大概在崇尚逼視的商品社會裡是不受歡迎的。如果是「乳房模」呢？或者，乾脆叫「乳模」、「波模」、「奶模」或是「胸模」呢？正規的醫學名詞，該叫「乳腺模特」吧。

在一本以玩轉上海爲目的的雜誌上，胡琴讀到這篇〈你不可不知道的乳模生活〉，文章旁配以生活中的乳模照片，乳房占了畫面二分之一。那不但是攝影角度，也是器官的實力。

你怎麼進這個行當的？

——十八歲時，在一家模特學校培訓。我老師告訴我的乳房長得一級棒，可以成爲這方面的模特。

能從事這行的關鍵是什麼條件？

——妳的乳房必須有很好的形狀，和三圍的比例也要相稱。我的三圍是90、60、90公分。

妳工作的內容都有哪些？

——商業廣告或是走秀台。大部分與胸罩有關。有時也會拍珠寶廣告。他們會給我穿上低領衣服，珠寶晃在乳房上方。我還做一些電視宣教節目，告訴女人們：姊妹們，保養乳房最重要！

做乳房模特，最難的是什麼？

——最難的是讓妳的乳房一直看起來都很棒，一直保持一個尺寸。我必須身材苗條，但又不能太瘦，以免乳房變小。我有好多「必須做」。比如，必須保持仰面睡覺。如果一個女人一直朝著一個方向睡，一側的乳房就會看起來與另一側不一樣。如果妳翻過來趴著睡，對乳房外貌和形狀也不好。

能否透露妳保養乳房的獨家祕訣？

——鍛鍊對擴胸很重要，蝶泳能保持好形狀。我每天用熱水按摩乳房。我的獨家祕方，是吃腰果和杏仁。神不神吧，吃半個月後我能感覺我的乳房在長呢！

妳最尷尬的時刻？

——有一次，我帶著乳房墊拍廣告，夏天天太熱了，出了好多汗。當攝影師拍照時，乳房墊當著眾人的面掉出來了。很冏哦！

妳怎麼學習擺POSE？

——我看不少雜誌，以學習如何擺POSE讓我看起來更性感。我特想哪天成爲《花花公子》的封面女郎。

妳對那些也希望成爲乳房模的女孩想說什麼？

——姐妹們，善待妳的乳房！更重要的是，自信地挺起來！妳一定行！

…………

凡阿玲的病還是復發了。她和宮商羽坐在腫瘤醫院外面的台階上，思緒頓白，怔怔地看著各地奔來求醫的人群，那裡面有一個是自己。

說不出「一坨肥肉」之類的笑話了，胡琴在電話裡試圖將語氣變得更焦急，雖然心底是潮湧的蒼涼。這蒼涼像從前，在美國的高速公路上，每到週日下午六點，胡琴總不忍看。天邊垂天雲壓下，世間筆劃規整的跑道上，似乎每輛車都在瘋狂逃竄，急於回家。回家，趕緊和家人待在一起，坐在電視機前。倉皇之後，留下人群疏離，孤寂從四周悄然圍繞，留下公路一人自個兒消受冷清。那時所有的氣氛，在製造著黏糊之後的遠離，催人淚下。

死亡也一樣，如果大聲說出來，是不是「一切離我們近的東西，都將離我們遠去」？害怕碰到什麼，是恐懼？是害怕時間的消失，害怕自己的存在附著在時間之上，時間消失，自己便消失？西方宗教傳統中有世界末日，有最後審判，從小就有生死的思考……恐懼似乎一直在西方文化中，搞得他們喜歡解構，喜歡嘲諷和自嘲，所以能有一本像《殯葬人手記》這樣的書，由一位數代從事殯葬業的生意人加詩人，解剖自己碰到的生生死死，這樣的書在美國可以拿「國家圖書獎」。所以能有BORDERS書店裡，胡琴碰上的那位訃告作家。但，BORDERS書店裡「抑鬱」那一欄的書目也日漸繁多，有的轉向東方尋救，又如何解釋？

掛完電話，胡琴一陣空虛，想抽自己，特別虛假且無能爲力。但凡阿玲需要的並非這些，她需要什麼呢？陪伴在身邊眞實度過每一分每一秒的宮商羽，爲她做飯避免辛辣油膩的宮商羽，一些讓她開懷大笑的笑話，一個可信任的醫生，或是一次觸及心底最隱祕處的打開天窗說亮話……能做哪個？其他做不到，幫她找一位可信任的醫生吧。

凡阿玲希望去北京，找胡琴一直提及的那位普世醫院的人高馬大的老教授。胡琴說，大徐已准我下個月搬回北京幫他管理業務，我一定帶妳去。但凡阿玲已迫不及待，在遍訪廣州、上海名醫後，她到達北京的時間比預想中要早，她的急切可以從電話中聽出來。還得兩個星期才能正式搬到北京，胡琴只能找邊鐘幫忙預約老教授的門診。電話中邊鐘很驚訝，那驚訝聽上去混合了太多東西。他眼神裡是不是注滿冒油的篤信呢，一如當年？電話中，不得而知。

「一切離我們近的東西，都將離我們遠去。」上海租來的公寓裡，最後可整理帶走的行李，其實除了書和唱片，其他都可有可無了，彷彿它們從沒存在過，也從沒顯示過意義。胡琴正埋在幾堆亂七八糟的書、時間淤積的塵土和情緒裡打包，凡阿玲打電話來：「看完了。」語氣中的失望撲面而來。

「老教授怎麼說？」

「說我這手術如果在普世醫院做，可以不需要切一側的整個乳房。又說，但目前已經復發，說這些也沒意義，就看化療反應，是對激素敏感型還是不敏感型。又說，按目前情況，一般來說，生存期是九個月。判了。」

胡琴一邊「哦」，一邊在腦子裡拚命搜索安慰的話。天！一句影子也沒找到。

「這些天見了好多醫生，整個中國腫瘤界摸了個遍。最初在深圳找的女教授和他說法一樣。那女教授特冷靜地說，九個月。像簽一份生死合同。問她治療和不治療有差別嗎？她答：說不好，一般建議治療，妳自己定。多話沒有，像她面前擺著我這台機器，或者是一條生病了的狗。整個表情讓我覺得自己得了這病，跟犯了罪沒兩樣。就等她判刑九個月。」

「或許，她正在更年期。」胡琴想說笑話安慰一下，「現在有的大夫就是特冷漠，不關注病人的情緒，醫患關係才這麼僵。邊鐘有時就這樣，我剛開始跟他見習時，很看不慣他那德性。」怎麼老不鹹不淡，可有可無的呢？收拾行李沾滿灰的兩手，想抽自己。

「邊大夫挺忙的。領我到老教授診室，急匆匆地，拜託了兩句，安慰了我兩句，後來走了，說中午有事。」

「今天看的普世老教授，態度還不錯吧？」

「態度不錯！比那女教授強。最後我要走，他打開抽屜，向我推薦一種新藥，說是中西結合，三盒一千二百六十塊。當時有些驚訝，不過還是買了，現在聲稱有用的我都買，給了十三張一百的。他又打開抽屜，說沒零錢。我說找不開那就別找了。他關上抽屜說：好！」

「自己賣藥？還有這事？還不找零錢？從前他可是德高望重，在我們眼裡。」

「不知道。出了普世醫院門，外面特冷，正颳西北風，心裡一直怪怪的。打電話給宮商羽，讓他立即到網上幫我查那個新藥的廠家。結果一查，是廣東哪個縣級市的製藥廠生產的。宮商羽很生氣，責備我不該買。我說這不該買那不該買，到底誰來告訴我眞正該買什麼呀？怎麼滿世界就沒一個這樣的人？電話裡，大吵了一架。」

絕望，北京大風中的絕望。九個月的絕望，來自物理時間的判決。除了風如刀，還有風攜裡的灰塵一併鑽入臉上所有朝外開通的孔中。等胡琴再去深圳凡阿玲家中探望，坐在沙發上時，凡阿玲又這麼說起那天的經歷。病情，人心，時間，藥物，安慰，中醫還是西醫……她現在唯一能依靠的是宮商羽，在廚房裡紮著圍裙給她熬中藥、做口味淡到極點的白菜豆腐的宮商羽。

其實，凡阿玲去普世看病那天，邊鐘沒什麼事。他只是沒法面對重病在身的凡阿玲，不知道說什麼，他一定聯想到了他在大理曾撫摸過的乳房，心如鹿撞。那時，它們曾帶有夢幻一般的溫度和甜美。

「那天，我心裡特別虛。當醫生以來還是頭一回，沒法面對。一想到她眞會死的，我就心跳加速，腿軟。只有九個月。挺寸的！那天去見了一位護士，別人給介紹的，人不錯，挺顧家的，特別崇拜戴眼鏡的普世大夫。」邊鐘說。胡琴提起老教授賣藥還不找零的事情，責問他：「你們普世怎麼有這麼不靠譜的老大夫，老年變節，我沒留那兒還眞對了，你爺爺如果當年不是迫害死，擱現在也得氣死！」

「陽台上的植物不錯，長得挺壯，甚至綠得憨厚老實。」環顧面前這個兩口之家，胡琴對著坐在沙發上的凡阿玲打岔說。心裡鼓勵自己，這麼做是對的，總該說點喜慶的吧。即便眞是九個月，讓她開心些總是對的。

「一北京朋友送的，前天出差順道來看我，進門手裡端著一大盆植物，純植物，樹幹樹葉，說看綠色心情好。」

「就送了這盆一米高的大植物？像從魔幻世界裡搬來的道具，直愣愣的。」

「放下植物，在這兒坐了兩小時，主要聊他和女友分手的事，打打鬧鬧一年了，看他挺痛苦的，說到傷心處他眼圈都紅了，我這情感專家就安慰了他幾句。」

「妳老回答情感問題，給了什麼建議？」

「能給什麼建議呀，妳知道的！感情問題哪有標準答案，我這生產不出標準答案。誰信誰傻。」凡阿玲臉上泛起一陣解構的得意勁兒，就像十幾年前在軍訓水房裡勸胡琴「懷才不遇？懷才就像懷孕，時間長了，總會顯出來的」。

胡琴熟悉這表情，也喜歡這表情，奢望這表情能多待一會兒。她這表情眞多呆了一會兒，「從前古人活，動輒前後看千年的。擱今天，只會用具體的時間、單調單一的角度來看時間了。簡單說，只是與己有關的存活時間，太狹隘的一畝三分地。有時，我眞看不起現在的自己。」

涉及眞相。胡琴環顧左右前後：「這社區眞不錯，前面有一個大的人工湖，還有鴨子還是鴛鴦呀，花紅柳綠的，虎虎有生氣。」

「買時和宮商羽倆人就沖著這第一印象，和和美美。現在，我每天清晨圍人工湖走一圈，練氣功。社區裡老太太們說，練了能增加免疫力。我現在看了好多書，知道了，是非特異性免疫力。不過，有些書是彼此矛盾的，理論各成一家，瞎子摸象各表一齣，把我這個病人徹底搞糊塗算。到了傍晚，天氣好就爬上二十層樓頂看太陽落山，最愛看太陽落山。還能看到我們樓不遠，有一大片綠色的森林公園，有山有樹。那樣的景色大無畏，開闊，也能增加免疫力。我現在看了好多書，知道了，其實是指非特異性免疫力。那些書也別想老蒙人，有的翻幾頁就是知道瞎扯，拿我們發國難財。」

胡琴迎合她，說要不一起去看太陽落山。本來陷在沙發中的凡阿玲，聲音高起來說好。兩人爬上社區樓頂，圓而大的夕陽正在天邊，映得周圍的雲彩生出鮮紅、金黃、絢爛、赤白……種種複雜顏色及感覺的混合體。在那裡，夕陽，山峰，一縷因飛機引擎掠過而留下的白煙，將世界切割成兩半，遠處的地平線也切割成兩半。曾讀過這句，「壯闊的景致以宏偉的方式，重複著日常生活經常施予我們的教訓：宇宙強而有力，而人類脆弱不堪……這便是寫在沙漠岩石上和南北兩極冰地上的教誨。」因爲手寫得如此壯麗，反倒爲這些超越生命的東西感動。

「壯闊之美！」胡琴比眞實的感覺還要誇張幾分地說，以博凡阿玲得意地笑以及接下來自豪的解說：「我常常能在這裡待上一個多小時，好比萬物之上存在靈光。妳看，遠處，那邊是森林公園，這邊是新建的別墅群，還會有一個更大的人工湖，更多的白天鵝，明年交工。」

明年交工。那時，恐懼、欣喜、期待、失望……都在眼前這世界繼續活躍著吧，得以讓每個人具體地生活著。那時，再來看新建的別墅群，人工湖，白天鵝，凡阿玲……如果九月可以是三十年，如果可以選擇。

太陽開始落山。「我的眼光深深地刺入一片茫然之中，割離出了血肉，也割離出了風景。」凡阿玲沒有離開的意思，兩人趴在樓頂的圍欄上，看太陽自天邊一點一點掩蓋面目。太陽遁形了的世界，頃刻間冷暗起來，濃密的氣氛包圍在四周，更恢弘起來，這就是死亡的感覺嗎？一切離我們近的東西，都將離我們遠去嗎？天地如傳來裂帛之聲，那聲音，蒼涼後餘韻清冷，逼近某種深切的詩意。

滿桌素菜。因爲凡阿玲正在讀一本美國營養學家寫的書，深切認同書中的理論。難得碰到一本能全盤託付信任的書，一併託付希望和真誠。書裡大致是說，由從前飲食決定的體內環境使得腫瘤產生，生長，如果通過飲食的一百八十度大轉變，改變從前的體內環境，酸鹼性，離子構成……改變之前腫瘤熟悉及適應的體內環境，腫瘤將生不得其所，將難以適應新的環境，可以達到遏制其生長的作用。大致是，中國人說的食療。

凡阿玲捧著書，笑問胡琴：「醫學博士，有沒有這回事？」

奇怪，心虛的自己怎麼讀出幾乎是挑釁呢？胡琴看著面前桌上的四盤素菜，那是宮商羽回應食療要求的成果，不忍打破希望：「聽說過類似的理論，不妨一試。」

「但似乎沒什麼用。」她其實沒有挑釁科學理論，只是掩飾不住失望，「最近胃口很差，想吐，如果不是病了還以為懷了宮商羽的孩子呢。我倒希望是。肝區還有些疼，拍了CT說是有四處轉移灶。九個月已經過去四個月了。嘿，倒計時。好比軍訓那時，用筆劃日曆上的天數。」

來了，談論現實的時候來了。怎麼辦？

「怎麼辦？打算。」胡琴斂著臉問。

「同時試試中藥和西藥。妳有什麼建議，醫學博士？妳跟著大徐不也是在研究那些藥嗎？妳們那些玩意兒真管用嗎，還是騙取我們這些人的時間希望呀？那年，妳要真見到了白風琴，妳會怎麼跟她談呢？」

「也許可以試試各種方法，繼續增強自己的非特異免疫力吧，有些奇蹟就是通過這個理論發生的。我們大徐最近也開始相信這一理論，並試圖嵌合進整體治療方案中。」想起夢中，胡琴曾對白風琴介紹十五%與三個月……自己的「心理時間理論」，「時間分岔理論」，「安靜回望」理論……這些，胡琴如何開口，對眼前朋友一一描述呢？

凡阿玲手中疲倦的筷子伸向哪裡，似乎都不是為了夾菜，疑惑地舉起又放下。宮商羽在一旁幫她夾，家長一般又哄又命令，「多吃點！提高免疫力。」凡阿玲臉上又厭倦又撒嬌的表情，「不想吃！」面對滿桌素菜，胡琴嘴裡淡出鳥來，多希望像軍訓那樣就著一瓶辣醬，吃下整碗白米飯。那時凡阿玲曾和自己一頓搶吃完一瓶辣醬，軍訓的飯桌上，油水和味道這兩樣實在都沒有。另一回搶吃的是，軍訓拉鍊時的那個奇怪組合：番茄炒圓白菜。

胡琴問：「記得番茄圓白菜嗎？後來我在美國沒胃口時，就炒一盤這個吃，特別管用。這樣吧，我來給妳炒一盤！」

「記得，拉鍊那時在小樹林裡瘋搶。只是，物是人非了。」凡阿玲說。

胡琴堅持要去炒，似乎是爲了固執地證明菜還是那樣的菜，人還是那樣的人，美味還是那樣的美味。凡阿玲沒再阻攔。進廚房炒菜的胡琴，沒忍住的眼淚熗在了鍋裡。端出來時，凡阿玲似乎特別善解人意地多夾了幾筷，彷彿一起夾起了曾經的時光，她放下筷子，「軍訓時，覺得一年好長呀，現在，盼著一年眞能有那麼長。」

吃完飯後，宮商羽去廚房鼓搗一通，捧出一碗中藥，家長一般又哄又命令，凡阿玲臉上又厭倦又撒嬌的表情，皺眉喝下。看著眼前這些，胡琴具體地體會到他們的每一分每一秒是怎麼積聚起來的。每一分每一秒都那麼眞實，都在微小的不可捉摸的希望、巨大的疲倦、走一步再走一步的堅持……所形成的混合物中度過。有時，雙手掩面裝做看不見。有時，卻又直面硬挺挺的現實。

該講點什麼故事或者笑話了。講什麼呢？最近有意識地攢了點兒，就是爲了看凡阿玲時能用上，就算在極有限時間裡多些開心，在大笑中時間綿長，繞開終點，越繞越多，甚至竟然將終點包圍。宮商羽在一旁開始泡鐵觀音。

「最近跟大徐去了趟美國。大徐在給公司找第二筆風險投資。想投錢的那家也不傻，豈止不傻，簡直雞賊。先是在哈佛醫學院找了一位技術專家，華裔，爸是國民黨，當年帶幾箱金條和一家子撤到美國。他先來上海，用英文盤問得我們底兒掉，又在美國組了個專業顧問委員會，搞了哈佛、麻省理工、賓大的好幾位教授在一起，希望我們去波士頓，當面講現在研發的產品。大徐本來派我老闆去，不想那人臨陣辭職。大徐說，只能妳了，雖然妳看著太年輕，不像太有經驗。我懶得理他，但想捍衛點小尊嚴。那些年輕人不能因爲一張臉，就失去在科學界混跡的權利。到波士頓，一排專家面前一站，眼一掃，居然，大嘴老闆也在其中。我挺挺脊梁，腦中默念了一下次序。發揮超常，一個小時的講演沒打磕絆，回答那些大半禿頂的教授的問題，也短小精悍。短小精悍得就像妳軍訓時剃的寸頭一樣。結束後，大嘴把我拉到角落裡，禮節擁抱後說：怎麼妳回中國後的進步，比在我這強多了。說眞的我很留戀他的擁抱，但隨即開玩笑說：沒看中國GDP這幾年一路漲嗎，中國空氣中有種濃烈的雄性荷爾蒙，催人奮鬥，催人爭取，中國空氣中還有種濃烈的雌性荷爾蒙，風騷挑逗，風韻萬千。他咧嘴大笑，再次和我擁抱。我乘機緊抱，占他便宜，以懷念曾迷失那眼睛和故事裡的日子。

「鬆開後仔細看眼前這張臉。雖然從不曾英俊過，它竟也老了。笑的時候甚至嘴角有唾沫調皮地流了出來，沾在鬍子上。我心口一陣泛酸，大徐大聲叫，我頭也不回地奔大徐走了……」

哎，趕緊收吧，這實在不算是個笑話吧。趕緊續：

「專案通過了。大徐興奮得揮舞四肢，四肢等長，決定帶我去個地方，讓我開眼，說看完妳就知道妳原來在費城實驗室多原始，多石器時代，跟著那麼個禿頭老闆，嘴大得像鱷魚，作風不正派還老喜歡與人摟摟抱抱，唾沫都沾鬍子上了。大徐帶我去了一家世界著名生物公司，波士頓不遠的一個小鎮上。進實驗室大樓，見到好多老中，看見我們很親切。到了一個做細胞培養的小組，看到了兩隻巨大的機器手，驚豔！機器手，妳知道嗎？一隻外型比較壯、笨，雄性的！一隻則比較elegant，優雅，雌性的！優雅的那只機器手，絕對一個風韻女人。美國第一優雅手。可以完成養細胞、洗細胞，分裝的全過程，全在無菌環境中。美國第一純潔手。價值一百萬美金。大徐笑我，妳當年在大嘴鱷實驗室裡，就這麼像機器人一樣養細胞，它是妳當年的化身，比妳高級好幾版，還是回中國來我這兒好吧，我早回更明智！」

到這裡，胡琴覺得疲乏，但凡阿玲聽得津津有味。「優雅機械手，雌性的！你們搞科學的，好玩。可我找的那個深圳著名女教授，也算搞科學的，那麼冷漠？妳知道嗎，每次去醫院，就像被審判赴刑場，有時乾脆不想去了，乾脆等死算了。」

胡琴點頭又搖頭。其實，並不確切地知道。講完一個，在肚子裡翻找下一個。還是走科學路線吧。好像，自己也只會這個了。

「科學圈也是名利世界。前段時間一個韓國科學家做假。這人生在朝鮮戰爭後的蕭條時期，五歲死了爹，兄弟姐妹多，小時候放牛養家，因爲長年放牛他立志當獸醫，後來進了首爾大學獸醫系，成了博士。一九九九年時，培育出了全球第一隻克隆牛。他不滿足在畜牧場裡克隆一隻更好的牛，希望能拓展到人。人的幹細胞研究，一直就涉及倫理問題，但在科學上它又像飛速竄升的火箭，搭上它就舉世矚目。

「他開始在《科學》上發表論文，全世界用卵子培育人胚胎幹細胞的第一人。二〇〇五年又搞出世界第一隻克隆狗。在韓國，從放牛娃到偉大科學家的經歷，多好的勵志素材。一言一行都成了新聞。國寶級人物，民族英雄，克隆先鋒，超級科學明星……被列入『國家要員級』名單，和家人享受二十四小時的人身保護，保安措施和總統相同。他的名字出現在韓國中小學課本中，還專門發行了幹細胞研究的郵票……直到有人揭露他，在研究中用了下屬女研究員的卵細胞。」

凡阿玲指著一旁也聽得入神的宮商羽說：「克隆牛？卵細胞？妳知道我這輩子最希望幹什麼嗎？把我卵細胞取出來，和他精子放一起，造一個我倆的小孩出來。」

她這麼說時很有味道，甚至性感。胡琴高度理智，沒接茬，接茬了非己所能。繼續講：「妳看，這揭露呀，也是會傳染的，像打噴嚏一樣。又有同行揭露，這人在《科學》發表的論文全造假，論文中的幹細胞壓根兒不存在，兩張照片給翻拍出了十一張。這人其實挺勤奮的，每天只睡四個小時，早上四點起床，最早到實驗室，最後走。沒有星期六和星期日，小組的年輕男女沒時間談情說愛，只好內部解決，配爲夫妻，實驗室交合。鼎盛時期，《時代》雜誌也應景贊他，『證明了人的克隆不再是科幻，成了生活中的事實。』」

「妳是說，一個在科學圈裡混的裴勇俊，或者科學圈裡的三星品牌。身子骨虛的民族都需要這個，勵志，提升民族自豪。腎虛補腰子。」沙發中的凡阿玲似乎恢復到從前，那個胡琴熟悉的凡阿玲，身體健康、大腦鋒利、不斷出錯的好友凡阿玲。

說完，凡阿玲滿意地看著遞茶過來的宮商羽，眼前這人陪她度過了最眞實的每一分每一秒。那些偶爾敲門送來一米高魔幻盆景的、出差時來看她並堆砌一摞笑話的……終究會離開，回到隔靴搔癢其實掩面遮蔽的所謂健康生活，終究不會聽到夕陽落山後四周升騰的裂帛之聲，不會睡去又醒來在黑夜裡輾轉婆娑。宮商羽卻在一夜做愛之後，選擇了和她面對同一堵冰冷凜然的牆。牆之後是什麼呢。

胡琴看錶，晚上九點。

見她在看錶，凡阿玲問：「要不，今晚住這兒吧？」

胡琴猶豫，緊張，繼而推脫：「明天早上的會議八點開始，我幻燈還沒做。」

「幻燈？你們開會都講幻燈？就是白領們老說的PPT？妳一定是PPT高手吧？」一連串問題後，凡阿玲眼中難以掩飾的失望。胡琴不忍看，心裡自責。

「是呀，回國這幾年，PPT做了有上百套吧，幹了些什麼一大半靠這個了。公司裡都這樣耗，E-MAIL或是PPT，佔據百分之七八十的工作量。做完後，立馬兒消亡。」只能自嘲了。

一個陌生的世界。凡阿玲臉上的表情似乎也表示不太感興趣。已經統統與己無關了的具體生活，外面的、那個追逐和搏殺的世界。凡阿玲的一個輕渺眼神，已足以強悍否定貌似健康的「廢棄的生命」。

「早先，莎士比亞沒黑莓，亞里士多德沒手機，過得挺好。沒有博客的年代，基督教傳向全球。

耶穌在山上訓誡時，也沒用廣播，沒整powerpoint演示。我們現在的這些，都是扯！」胡琴還在努力。

「眞不住這兒？送妳回酒店吧。下回來吧，時間留寬裕點，在這過夜。」凡阿玲自言自語，堅持要送胡琴。越認眞，越難過。

沒有推脫，有些內疚，同時又給自己打氣說自己的決定是對的。胡琴有些誇張地介紹，自己這回住的地方有些怪異，是一個緊挨著野生動物園的酒店。據說開這個野生動物園的，原來是個殺豬的屠夫，後來殺著殺著，辦了個肉聯廠，進而致富發家。第一桶金，第二桶金……殺豬不過癮，乾脆把世界上的珍禽異獸都斂一起玩，蓋圍牆把它們圈在一起，辦了個野生動物園。園裡有珍稀動物白虎，占世界總數的一半以上。還有七大國寶：中國的大熊貓、澳大利亞的無尾熊、宏都拉斯的國寶南美第一怪食蟻獸、西非塞拉里昂的侏儒河馬、馬來西亞的國寶馬來貘、南非國寶黑犀牛……

宮商羽提醒凡阿玲：「該喝中藥了，外面涼，還是別出門了！」

凡阿玲堅持。場面尷尬，胡琴向宮商羽使眼色，「要不你倆一塊兒去吧。看看我住的酒店有多怪異，大堂中庭裡就生生圈養著一堆白虎和火烈鳥。」

「紅色的是古巴火烈鳥，白色的是非洲火烈鳥。」到了酒店大堂，胡琴介紹，凡阿玲被中庭裡活生生的動物吸引了。感覺就像林兆華導演的《白鹿原》，一幫農民正在舞台上的土堆裡錯落地吼著秦腔，一群活生生的羊被從舞台這邊趕到那邊。胡琴解說著，早上剛看了酒店的說明書。最近但凡看到些好玩的，就想攢起來，說給凡阿玲聽。

隔著玻璃，凡阿玲專心看紅色的火烈鳥，長脖子S形彎曲，面露興奮地評價：「這鳥看著很優雅，身上拿著一股勁兒，從容不迫，好像什麼都折不了牠。」

「妳說的那隻優雅機械手？還有一說，火烈鳥浴火重生，是指這個？」凡阿玲一連串問，沒回頭。胡琴嗯了一聲，未置可否。顯然，那十幾隻火烈鳥激起了凡阿玲非同一般的興趣，聽她笑出聲，宮商羽閃過欣慰，但謹慎很快又冒出來，小聲在她耳邊催促回家喝藥。

也許她眼前曾火烈鳥離奇，能減少回家路上的遺憾，能暫時忘記身處的現實。「如果我留在他們家過夜呢？能讓她暫時忘記身處的現實嗎？」第二天早上八點，拎著裝滿PPT和E-MAIL的電腦，胡琴走過酒店中庭看見那十幾隻火烈鳥時，一陣眼熱，那些動物在視野中模糊了起來。她想起昨晚小聲對宮商羽說：「辛苦你了。」宮商羽小聲說：「說實話有時眞撐不住了。」

12

想起了這句，搖滾女詩人詹尼斯．喬普林：On stage, I make love to 25, 000 people - then I go home alone。「在舞台上，我和兩萬五千個人做愛，然後我一個人回家。」一定有什麼魔力藏在這話裡？是舞台和家的反差，還是兩萬五千個人和一個人的反差，或者，是做愛和回家獨自消化的反差？

想去吧，正如胡琴只能以想像去體驗那晚一男一女離開火烈鳥中庭後的具體生活。一人走出玻璃巨獸東方廣場，她面前的長安街，比往日更偉岸地鋪陳，如一條綿延的大河，呑吐著小人物胸口的情緒，拋進黑夜成爲虛無。那是多年前的晚上了吧，隨身帶的小收音機裡，一位普及搖滾、藍調、爵士樂多年的主持人的聲音：「一個時代的終結」，優雅地抑制著悲傷。他放的歌是：Suede的〈下輩子再見〉，King Crimson的〈墓誌銘〉，歌裡唱：迷亂將是我的墓誌銘。

也許該在凡阿玲家過一夜的，也許有話要說。也許並沒什麼要說，九個月已經過去四個月。她與宮商羽無數次的觸摸、擁抱、親吻間，該說的都說過。那些漆黑長夜，恐懼泛湧。自己是個什麼貨色？對凡阿玲來說，無異於那個抱一大盆植物進屋、埋沙發裡傾述自己情史的朋友，匆匆來又匆匆告別。軍訓時，雖有一副強大和堅硬的外殼，兩人躲在其中如蚌一樣的窩藏親近，自此再不能複製。之後貌似獲得了自由，卻一直迷失其中，直到遇見又一副強大和堅硬的殼。

宮商羽和她的生活，才最貼近肌膚，也最瑣碎。他們生活中的細節會是什麼樣？……算了還是別想了，想著想著就有了悲傷。自己在躲什麼？怕對方當面揭開一個身上的傷疤，自己不敢直視傷疤下那一團沒有防備、沒有表皮的嫩肉？不敢假想如果一團嫩肉受傷後猝不及防的結果？

該在凡阿玲最需要時留下的。過一夜，就算什麼也不聊。就算洗漱完畢乾巴巴說聲「好夢」然後各回各房間，好過帶她去酒店看什麼圈養的火烈鳥——滑稽，離奇。留下呢？一定在躲避的期待中，惴惴等那些大而無當的問題露臉，恐懼，死亡，時間……或等凡阿玲提起，或是自己揭破。天，那需多大的勇氣面對。想起來，仍是不敢。再想，再想，也許，揭破後也就好了。

忽然又冷靜，想起比這些更確鑿的現實。僅憑他倆人的積蓄，支持現在的抗癌化療、民間中藥、調理營養品……肯定捉襟見肘。酒店的火烈鳥中庭說「再見」時，胡琴試著塞給他倆一個信封，「沒有其他可幫的。」黑暗中說出的這句話，一定從某個方向以某種力度打到了對面的倆人。他倆只說「下回來再見」。再見，是的，會再見的。看，人們平時說「再見」多輕浮，並無多少儀式感、漫不經心地期待再逢。總得有句話在收尾時說吧，對健康的人，「再見」與那個見面時的「你好」無甚區別。聽白風琴演唱會上留給這世界的最後一首歌〈珍惜再會時〉，多少人會琢磨「再見」的味道呢。他擁著她，離開火烈鳥中庭的兩個背影相依爲命，企圖不離不棄，在一片野生動物園的腥味中走遠。對著中庭裡十幾隻來回逡巡的火烈鳥，它們不諳世事，糾集成一團如同身外之物的火焰，逼使眼淚奪眶而出。

那位遠道而來端一隻魔幻盆景進屋的朋友，一定沒想這麼多。另外一位朋友，則在晚上打電話來，劈頭問胡琴：「知道凡阿玲復發的消息了，我很傷心，可我不敢打電話給她，不知道說什麼。」胡琴冷靜的勸說讓自己都驚訝：「其實大可不必，她心裡都明白，你不用害怕說錯什麼安慰錯什麼，打電話給她本身就是安慰，她要面對現實你也要面對現實，我們都需面對現實。還有，我打算發起她以前的一堆好友們捐款，因爲他倆的經濟不足以支持接下來的治療。」

一群短信在深夜發出去，回覆的不多。有的回：自己正在忙裝修新房，過幾天聯繫。有的問：妳說的這個病情到底怎麼樣?嚴重不嚴重?醫學上有沒有其他辦法?有的在排自己那張擁擠的日程:我等小孩有老人帶了就去看她……每個人手上都有雞毛蒜皮,等著先擺平。平日那雙手,不就是如此被具體地填滿的嗎?似乎沒有空著時,沒有爲外界某件重大的事可以全然騰空時。自某一天起,雙手自此被填滿。

惆悵包圍了她。沒留在凡阿玲家過夜的自責,包圍了她。下次,一定住一晚。雖不確切地知道凡阿玲需要什麼。也許就是看胡琴在身邊,心安理得,如同軍訓瞄靶、拉鍊、值班時……只是疾病和死亡生硬地穿插進來,她倆間的氣氛,已與軍訓時、做心理試驗時、白風琴去世後希望一起喝酒時……不太一樣。疾病和死亡,讓她倆不再無話不談,它一再催趕胡琴,搜腸刮肚尋找笑話。

身外的夏天炎熱,讓這一切試圖的俯瞰很快蒸發。天熱,就來不及冷靜,然後觀想。就這樣來到了又一個九月。

爲獎勵胡琴對偉大BT夢想的貢獻,大徐滿臉施賞的得意說:「妳去吧,John帶妳一起去。香港有家著名的基金會,舉辦菸草與肺癌研討會,一是我們的產品未來要開發新適應症,將會涉及到非小細胞肺癌,二是看看香港民間基金會的運作,也許我六十歲後可以參考。依我看,中國還沒有眞正的慈善,沒有!那些富了冒油的人,就讓錢在那兒無聊地冒著油,不知道行大善,不知道惠及眾生。上回,白風琴的事沒去成香港。也巧了,這個基金會聽說也有白風琴生前一份。」

聽大徐說起行大善,胡琴嘴張成了O。聽到John的名字,懷疑外又暗喜。John是大徐新斂來的人才，比起胡琴來，更大尺寸的人才。中文名有點土，叫彭嗩吶，生在湖南一個偏僻山區裡，起這樣的名也很應當。英國藥學博士畢業，在一家排名前十的跨國醫藥公司做過研發和商務發展。四十五六，與老婆離婚好幾年，因為一些偏僻的理由，一人回上海。如果不是回國，他都快忘了自己的中文名。一口英國口音的英文，喜歡談天氣，出門帶把傘。對英倫樂隊如數家珍，包括The Cure, Pink Floyd。品牌中不喜歡Dunhill，喜歡Paul Smith周正中的調皮，正經裡玩悶騷。他對加班的胡琴用英文說：「休息與工作的關係，正如眼瞼與眼睛的關係。」原來，泰戈爾說的。以上種種，胡琴也一概喜歡。她說自己要經深圳去香港，John就體貼地問：「是去辦事吧？沒問題，在香港等妳。」

在那若有若無的目光中，突然有一種想卸下巨幅重擔的衝動，胡琴坦白繳械：「一好友，乳腺癌晚期，打算去陪她一晚。十七歲軍訓起，就認識她了。」

是不是英倫樂隊聽多了的人，就能敏感地體驗到所有包裹在言語外的弧光？「這時候，一般健康人都是寬慰或是活躍氣氛，顧左右而言他。其實吧，那些病人比健康人要堅強和明白得多，更接近佛。外形看來越困頓，內心卻可能越自在。」John說。

他還懂佛呢。他那純白Ipod裡是否也裝滿Pink Floyd和The Cure所有專輯？可以共用雙耳機的另一隻嗎？……撇開這些先不想。帶好所有洗漱用品，準備在凡阿玲家住一晚。

「不巧，昨日已入院，恐怕暫時回不了家。醫院見！」凡阿玲回覆。末尾她居然用的是感嘆號，我的娘！

渾身涼透。胡琴下飛機後直奔醫院，宮商羽沒在，坐在床邊的是一個板寸男人，有些黑有些胖，左臉有道隱隱的疤痕。他在床頭正泡著鐵觀音，慢悠悠地倒出茶水，胡琴闖入病房似乎也沒能干擾倒茶水的水流速度。胡琴認出，那是宮商羽的茶具。

「成天躺著，躺得人都沒形了。」凡阿玲說。

「起來走走，讓人陪著去醫院小花園裡散散步。」胡琴說。

「妳以爲退休老人的生活呢？沒那麼腐敗。渾身插滿管子，一天到晚不停地輸液，不能離開床。要走，起碼得配上一房車。」凡阿玲說。

沉默。

胡琴問：「感覺怎麼樣？」

凡阿玲答：「身子虛，經常犯睏。妳看我肚子，一肚子的腹水。轉移了。我倒希望這大肚子裡是我懷的孩子。」

板寸男人笑：「等妳出院了，把妳肚子眞搞大！妳們聊，我去續繳住院費。」

什麼話呀？

對著他背影，凡阿玲說：「他是秦瑟！」

什麼！

看凡阿玲太虛弱，不再細問。關於把肚子搞大，胡琴倒可以奉上一個最近攢的笑話：有三家公司都產類似偉哥的產品，A產品推廣的是時間長，持續三十六小時。B產品推廣的是起效快，基本不需等。C產品推廣的是硬度，把硬度分爲從一級到四級，三級硬只能自己爽，四級硬是兩人都爽。

於是，有業界高人評論，A用於花錢找小姐，一夜可以做很多次，一筆錢花得値。B用於回家向老婆交差，完成作業，速戰速決，速起速落。C用於情人，兩情相悅，大家一起爽才是眞的爽。

「妳猜，這世上哪個關係最普遍，哪個產品會賣得最好。」

凡阿玲聽著笑，但笑得虛弱，可能身上扎的管太多了。她斜躺在床頭雙目微閉。眞沒力氣了，在種種現實輾轉面前。

環顧四周，胡琴又在大腦裡翻找笑話。看見病房裡電視正演一婚姻家庭劇，男的安慰與婆婆剛吵完架的女的說：冬天來了，春天還會遠嗎？女的說：每個冬天都會來臨，每個冬天都說這話，有勁嗎？還是別等春天了，先把眼前的冬天對付過去吧。男的說：妳呀，得學會把逗號，畫成感嘆號！女的說：你再勵志，我看不如把逗號直接畫成句號算。

家常拌嘴。胡琴說：「看這連續劇了吧，我一朋友寫的，直接把自己的事兒搬上去了。她從前也老當情感專家，回答從十四歲到六十歲的婦女那些不靠譜的問題。後來見面問，妳還當情感專家嗎，她答，情感當了我專家。」

凡阿玲說：「這個倒眞看了些，扎著管子看書太累，只能睜著眼看電視。家長里短，吵吵鬧鬧的，有時看得頭脹就關了。翻到哪個台，都是這些。也有逗樂的，讓人麻木地一張嘴就樂，現在，流行這個。」

胡琴趕緊接：「要不，軍人戲，勵勵志，兌點兒粗糙感情。要不，結婚離婚小三婆媳關係住房問題。要不，某老字型大小的百年經營。」

又一段沉默。幾乎可以聽見輸液勻速下滴進入靜脈的聲音。凡阿玲雙目微閉，胡琴目光在病房裡掃來掃去，看一旁秦瑟翻開的書，書名是《過於喧囂的孤獨》。一本離奇小說，非得通體健康、牙口好才能消化。哪能置於癌症病房？

要不要推銷自己那仍未成型的「物理時間與心理時間」理論？怎麼開頭？換個電視頻道吧。

「大熊貓這個種群已經弱不禁風，病入膏肓，接近彌留之際，進入了進化的死胡同。」國際新聞節目裡，一位英國的環保主義者正陳述他的觀點。依他多年環保主義的見識，他認為依靠熊貓自身已無法繼續生存下去，因此最好的辦法是，順其自然。他說：「但大熊貓，已經成為世界自然基金會WWF這個組織的象徵，每年還拿出數百萬英鎊，用於大熊貓保護。我覺得，應該像對待臨終患者一樣，拔去一切救生醫療設備，對其實施安樂死。也讓大熊貓有尊嚴地死去。」

畫面切換，很專業地：「這真是一種愚蠢的觀點！也是一種極其不負責任的說法！大熊貓面臨滅絕的原因是，人類侵佔了本該屬於牠們的領地。如果能還大熊貓應有之地，牠們完全可以生存得很好。」一位博士，WWF的顧問斥責說。

正經在議論熊貓的生死，胡琴猶豫地回頭，看好友凡阿玲的反應。她仍雙目微閉，像是昏睡，好像來自外部世界的聲音，統統再與她無關。又像在養神，在攢些力氣準備幹些什麼。這才注意到，她頭髮剪短了，就像軍訓第一次見到她時，還不到一寸長，自力更生，沖向天空。那時，這短髮曾無聲挑戰著持刀削髮的中年女隊長，她的頭髮沒法再被修理成一隻蘑菇或是一塊瓜皮，在此之前，她自己就將頭髮削成了更短——按自己希望的方式。

「剪頭髮了？」說點什麼吧，眼前這沉默壓在胡琴身上成爲一副重擔。

「是呀，住進來就不知道啥時能再出去，進來前，乾脆剪了個板寸！是，挺著大肚子去的。這樣看著乾淨，俐落。」凡阿玲睜開眼，坐起來說，「這是一個人最後的面子了吧。」

她歇了會兒，攢些力氣：「親愛的，別擔心我。現在不擔心死，只是不希望沒尊嚴的死。擔心疼痛會折磨人，失去體面。乾脆，把自己收拾俐落點，那可能是一個人最後的尊嚴。時間剩得不多，反而，害怕消失了……回頭看，像在看另一個人的經歷……經歷夠多了，離開前，更明白了該珍惜的……愛過阿龍。愛過邊大夫。拒絕他，是對自己太絕望……愛過宮商羽。現在開始，愛秦瑟……喜歡過別人，也被別人喜歡過，其他一切，不過是背景音樂或噪音。秦瑟給我讀過這句：人世間的事，百年亦何短，寸陰亦何長。」

她看一眼床邊的茶杯：「喝鐵觀音一天一天過去，學著勻速喝下這一小杯，直到那一天來。」

歇會兒，又攢些力氣：「難爲妳，給我講那些笑話了，有時能看出妳明顯在使大勁兒，看著我就想樂，只是有時也沒力氣笑……」

都什麼事兒呀……但誰說不是呢？這些話帶著一股魔力，幫胡琴卸下多日以來肩上那副重擔。那巨大重擔，固然有擔憂凡阿玲未來的不確定，又何嘗不是窺見所有凡人如己對命運無常的恐懼？竟是病床上好友，用她的方式描述了她那雙臨死之眼所見到的詩性，幫胡琴一併卸下過去、現在、未來的重擔。

凡阿玲說：「和秦瑟說起過，咱倆一起在宣化店那晚站過崗。我現在身邊有他，雖然在外人眼裡，他根本是個大流氓，坐過牢的大流氓。他年輕時，其實還寫過詩唱過民謠呢。」

交完錢的秦瑟回來，嘴裡往外嘟囔著成串的罵街，罵醫院那個痛經樣表情的年輕會計，「把她幹死！」凡阿玲看他，他不好意思自嘲的樣子，竟又極其無辜耍賴：「妳看，我還可以耽擱在特具體的現實裡。就這麼被妳給耽擱了，這輩子！」

凡阿玲轉向胡琴：「不早了，你倆去吃晚飯吧，旁邊有家餐館不錯。我是陪不了妳吃飯了，這回讓他陪妳。下次來，我再陪妳吃好的。」

好吧，下次來，下次。

秦瑟點的都是麻辣菜，說我操，陪床這麼多天，連麻辣什麼味道，都記不起來了。他一定忘了若干年前，在北大草地上的那首〈荒涼〉。既然忘了，就徹底忘了吧。連同後來那首〈九月裡的三十年〉。

「你倆怎麼搞到了一起？」胡琴問。

「妳知道的，我在靶場上和宣化店鬧的那些事。阿玲說妳都知道。奇怪不奇怪，有了病以後，反而我和她有希望了。我這十來年開過餐館，當過流浪歌手，倒過電子產品，試過高爾夫球場。結過婚，又離了婚，後來乾脆不結了，麻煩。去緬甸搞過一陣玉石生意，有賭贏的，也有輸得片甲不留的……扯進了黑幫，被扔進局子裡蹲了一兩個月。做生意，也不奇怪，就是騙別人，也被別人騙。沒少泡妞，泡她們，也被她們當取款機。每多泡一個，也就更想阿玲。還買通了關係，開了間射擊館，在北京郊區。說起來妳別笑話我，不爲掙錢，全是當初軍訓的靶場情結。是阿龍告訴我的，她的病情。當時我正在射擊館玩兒槍呢，槍清脆地一響，突然發現自己臭有錢，到處泡妞，到處騙人也被騙，閃轉騰挪，看上去全是花哨活兒，根本也是病入膏肓。就來深圳，找她治治我的病。她正在自家樓頂上看天，二十層樓頂上指給我看，太陽快落山了，說是大無畏，壯闊之美，襯得人特渺小。她不願把宮商羽扯進沒著落的將來，幾天前剛果斷與宮商羽分手，每天宮商羽都來看她，後來還和我們坐一會兒，一起喝茶。我得意極了，看哪，哈哈，老天終於給我機會陪她了！」

「住院了，她情緒還好？」

「我一開始以爲，女知識份子，還是比較眞的。但其實，她許多事比妳比我想得明白，說了妳別氣！時間越來越少，她比妳比我更清楚。好像更活出了些別的什麼來。哦，對了，她說叫詩意。其實，不蒙妳，我原來寫詩，也不錯的！」

「哈，這些都別窮扯。清楚可能要面對什麼嗎？病情不輕。按我的醫學知識推斷。」

「大夥兒總以為當下的就是自己一直擁有的，但生活早備了各種子彈和一桿槍，從外面襲過來，把它打得粉碎！砰……一聲。」

「說話怎麼還老夾著什麼子彈呀，槍的。」

「當眞呀，妳。當眞了就傻了！有的比喻，有的實指。沒聽出來嗎？說不定，我和她，從槍和子彈開始，也到槍和子彈結束。我這兒說笑話呢，瞎扯！妳可別句句當眞。當眞就傻了。我說話，可不會正經說的。像你們似的。她說妳上次來看她講了一堆笑話，陪她爬上樓頂看太陽落山，又送妳回酒店時看了那些奇奇怪怪的火烈鳥，她就跟我建議多講講笑話，但別老《開心一刻》那種，讓人麻木地一張嘴就傻樂。來點兒冷的，來點兒諷刺的，來點兒調侃和自嘲的。死的那一天就會來的，誰都一樣。不如，來點兒更狠的，更給勁兒的！」

「我以前不會講笑話，凡阿玲生病了以後，常要在腦子中攢著幾個。現在想起來，大都不是《開心一刻》，不一定都能惹她笑，講得笨手笨腳的。其實都。」

「我其實，也死笨的！我要會講笑話，就不會在軍訓靶場鬧自殺了，也不會在宣化店半夜找你們了。但像她要聽的那些狠笑話，總還是有的，只要願意找，只要換個角度。但笑話沒堅持講幾天，這不，就住院了。」該死，竟聽出他語氣中有些傷心。只好改吃辣椒，去濕氣。

「能做的，也許是讓她更安詳一些。」

「在醫院裡，我操！眞他媽難！」與其說是罵，他更像在自我說明，「醫院那種氣味、那些設備、那些藥和針頭，好像要故意挑起情緒的。不過她心裡，比妳比我能定得住。她從前就那樣，高考複讀時我倆同桌，瞄一眼，我就能安靜下來。看她現在，剪著俐索的板寸，收拾乾淨來醫院，我看著心裡就忍不住更喜歡。那表情，就是我當年喜歡的阿玲！但他媽的我是個大俗人呀，我摟著她，她在我懷裡，就想起年輕時寫過的：最甜美時刻，又有一種心如刀割的痛楚。我倆兜兜轉轉，中間離題千里，只是爲最後碰這一面。奇怪吧？我泡過很多女人，瞎玩瞎鬧。這輩子，最愛的是阿玲，卻從沒和她眞幹過一回。」

吃完面前幾盤帶刺激味道的菜，味蕾似又歸回到正常世界。再回病房時，凡阿玲已然沉浸別樣世界正昏睡。胡琴腦中晃過酒店中庭的那十幾隻火烈鳥，好像什麼都再折不了它。那理解光明者將自己藏在他的黑暗中。

對秦瑟說：「香港回來後再來看她，再見！」

13

胡琴一人在香港。John臨時被大徐揪回上海，有一筆更大的風險投資等待談判。還是別太感慨了吧：「沒有你的城市，意義喪失，盡是一座空城。」

但又如何不感慨，眼前這城市，意義喪失。再沒有白風琴，沒有質數，沒有雌雄同體，再沒有傳奇。胡琴仍在整個城市裡斂素材，爲了與好友凡阿玲的再會。也彷彿是在爲自己斂素材。

會議的歡迎晚宴結束，眾人散去，那個一直忙裡忙外的女人揹著碩大戒菸標誌的黑色雙肩包，對胡琴微笑，輕言細語：「以前來過香港嗎吧，晚上出去逛逛吧。」剛才飯桌上得知這女人身世。年輕時，該是八九〇年代的香港吧，是香港演藝圈的知名舞蹈演員。鼎盛時期，與白風琴搭過檔，一起在舞台上演繹「芳華絕代」。輕狂不羈，紙醉金迷，追求者無數。直到有天，查出了非小細胞肺癌早期。手術之後，致力戒菸。自己戒掉不說，自此一刀切斷與娛樂圈的臍帶，獨自供氧。找到這家基金會，開始到基金會做義工。素面朝天，堅壁清野，每日吃素，日日參加宣傳戒菸的公益活動已十餘年，至今單身。看她那已過四十歲的身段，依舊該細的細該粗的粗。她表情上，可以看出一股不尋常風格，清淡，優雅，自洽系統。算是一個小傳奇，回去講給凡阿玲聽。

「正準備去附近一家小書店逛，叫Neverland。」胡琴說。

女人知道那家書店，「永無鄉」，「那家雖小，挺有名。出酒店門右拐，十分鐘能走到。」

胡琴遞上印有「高級科學家」的名片——那本是爲白風琴印的名片——邀請她有空去上海給公眾講戒菸，那個城市不久就要綠色世博了。清淡優雅自洽系統女人仔細看名片，然後回看胡琴：「這麼年輕，已是高級科學家了，好厲害。」胡琴謙虛地笑，心裡美滋滋的。站在女人的目光中，甚至一瞬間覺得那目光裡巨大的溫暖，抵擋一陣心底潛流裡對病床上好友的想像。眼前場景，似曾相識，讓胡琴想起再不可能的與白風琴的會面。又讓她忍不住想起凡阿玲：她的九月，是否可以有三十年？

這問題在晚上十點的「永無鄉」書店，就蒸發了。書店裡，悄然無存時間的流痕。多是一些穿著個性的青年、中年，戴眼鏡的占了一大半。不願早睡的人們坐在地板上。這裡，胡蘭成的書沒有刪節。胡適可見全集。張競生的性學書也沒有驚了誰。不少英文原版書。一個原版眞實世界。英國作家詹姆斯・巴里的彼得・潘長住在一個遠離英國本土的海島，叫neverland，梁實秋將之譯作「永無鄉」。

席地坐下，背靠一大排外國文學書架。胡琴先翻到保羅・奧斯特的《幻影書》。再翻到本短篇小說集《困擾種種》，保羅・奧斯特的前妻所寫，書中有篇叫〈恐懼〉：「幾乎每天早上，我們社區的一個女人會奔出她的房間，臉色慘白、外套狂亂地擺動著。她大聲叫著：『救命，救命』，然後我們中的一個奔向她，抓住她，直至她的恐懼平息下來。我們知道她在無中生有，沒什麼事眞正發生在她身上。但我們理解，因爲有時候我們幾乎不得不想去做她已做的那事，而每一次，都需要用盡我們全部的力量、甚至朋友和家庭的力量，以使我們平靜。」

想起別時凡阿玲那張昏睡的臉，這個，算了，還是別講給凡阿玲聽了。

又有一篇叫〈一小時看二十個雕塑〉：「把一小時除以二十個雕塑等於三分鐘看一個雕塑」……「答案或許應該是這樣：一個小時比我們習慣認爲的要短得多，而三分鐘卻比我們認爲的長。」

這個不錯，可以下次趁凡阿玲清醒時，講給她聽。如同胡琴期待的，九月裡的三十年。

翻到博爾赫斯，《時間輪迴》：「任何人失去的只不過是現在擁有的生活，擁有的只是會失去的生命。現在屬於所有的人，死亡就是失去現在，它只是瞬間即逝的分秒之間的事。誰也不會失去過去或將來，因爲他所沒有的，別人無法剝奪它。……時間對我們來說，是一個顫抖的問題，假如我們知道什麼是時間的話，那我們就會知道我們自己，因爲我們是時間做成的，造成我們的物質就是時間。」

這個，雖然寫得很好，有點深，也算了，別講給凡阿玲聽了，她的腦袋已接近肝性腦病。

還有一本豎排的小說，綿密的細節和心思裡跳出這麼幾句：

糾正
無法糾正的錯誤
觸及
無法觸及的星辰
戰勝
無法戰勝的爭戰
實現
無法實現的夢幻

深夜的街道，足音稀落。走到一個十字街道的紅綠燈處，與身外陌生的人群齊齊停下，等綠燈，她給凡阿玲發短信：「香港街上瞎逛，想起一起年輕時。理解妳經歷的一切，感謝妳描述的眼前體驗。開完會去看妳，好友，再見！」

一個感嘆號，一個想起來依舊難免顫抖的問題，「再見」，一個曾經只能自己獨自消化的問題。發完短信，抬頭看夜空，那裡並未因夜燈擁擠璀璨而失去深邃。某處，凡人想像力不及之處，那與凡阿玲共看的太陽，落山復繼續自己的軌道。過街時，一個帶耳機的陌生男子撞了她，慌忙道歉。其實不必的，在這樣的街道，這樣的夜空下，這樣的接觸竟生出同類的溫暖，胡琴回以微笑。

「阿玲已走，走時安詳，天國快樂。」依舊是同樣的街道，同樣的夜空下，秦瑟發來短信。

這回遇到的義工女人的故事還沒講呢，在書店攢的那個笑話還沒講呢，〈一小時看二十個雕塑〉：「把一小時除以二十個雕塑等於三分鐘看一個雕塑」……「答案或許應該是這樣：一個小時比我們習慣認爲的要短得多，而三分鐘卻比我們認爲的長。」還沒講呢。

我曾在空中翱翔
現在的我將變成一顆塵埃

一物消亡之時

我們需想到另一物誕生

I find it kind of funny
I find it kind of sad
The dream in which I'm dying
Are the best I've ever had

14

這是一個我不應停留太久的世界。一位臉掛憂鬱的歌手不經意哼唱時，如今，我的好友凡阿玲已埋入眞實的大地。

悲欣交集，弘一法師的遺墨。如今，我的好友凡阿玲已埋入眞實的大地。

萬古長空，一朝風月。胡琴想。

群山之巔
一片靜謐，

所有的樹頂
你聽不見
一聲歎息。
林中鳥兒無語。
只等著，很快地
你也休息。

邊鐘與秦瑟出現在京城的同一張報紙上。這張報紙自誕生起，試圖模仿《紐約時報》的調調。終於在京城，它的出現讓報紙不再止於在地鐵、公車、出租裡被人漫不經心地讀完扔掉的命運。

邊鐘出現在《社會時評》那欄。胡琴對他說，老教授居然在出診時順帶賣給凡阿玲一劑於事無補的中藥。胡琴又說，凡阿玲出了醫院，寒風吹過，特別絕望，滿世界竟沒有一個人來告訴她眞正該買什麼藥。在老教授、深圳女教授以及中國所有有名望的腫瘤教授嘴裡，凡阿玲被判決只有九個月生存期的可能。在內科大查房一小時的鑒別診斷發言結束後，邊鐘穿著絕不破洞的白大褂，衝到老教授門診，質問他爲何賣藥，還不找零。老教授正拉開抽屜，面對新一位女病人，正再一次不準備找零。彷彿甘願接受一個無可避免的召喚，待與凡阿玲年齡相仿的女病人走出診室，邊鐘衝上去與老教授理論。彷彿並不情願地捍衛一種權威的必然尊嚴，老教授說：「你一個小主治，有什麼權利來管老教授?!從來，普世的年輕大夫都尊敬老輩。你爺爺要知道了會傷心的！」不提邊老大夫倒罷，提起來，就想起胡琴扔電話時大聲說：你爺爺如果當年不是迫害死，擱現在也得氣死。彷彿甘願接受一個無可避免的召喚，邊鐘幾乎是大吼著重複了這句。老教授臉脹得通紅，將邊鐘推出診室。邊鐘回擊，推搡中將曾經的人高馬大的老教授別倒在地。

以上這些，是邊鐘後來告訴胡琴的。胡琴笑：「當年張貝思揍你，現在你打了老教授，一物揍一物，能量重置。」

報紙的《社會時評》欄中這麼寫：

「普世醫院，曾經是、現在仍然是中國現代醫學的麥加之地，老教授、圖書館、病歷是普世三寶，新一代普世年輕醫生卻不再敬畏這些，以作爲自己日後職業可汲取能量的深層土壤。他們染上了如醫院外那個世界的年輕人如出一轍的通病：一知半解時急於挑戰老輩，急於摧毀規整塑形自己的權威力量。最近，在普世醫院，心內科主治醫生邊鐘，毆打知名乳腺外科老教授，致使老教授受傷停診，邊鐘被院方開除。此舉希望激發年輕醫生面對醫學的更多敬畏之心。」

開除後的邊鐘，去了一家跨國醫藥公司。在那裡，再沒人問起被過分張揚的打人事件，工資單上的薪水漲了四倍。何樂不為？與凡阿玲看病那晚相親的甜美小護士結了婚。小護士對開除一事，沒有反應，到後來，竟心生慶幸：原本一直只執著做醫生的邊鐘如今悟道下海，賺得更多，可以攢錢買房了。結婚了，總不能和邊鐘父母仍住在普世大院裡。再說，滿大院的人都知道邊鐘打了老教授，被開除了，別住那兒了，住在一個巨大的輿論壓力系統裡，風言風語的說不清。三環買不起，四環到五環之間總可以吧，離普世不要太近，反正就自己一個人在普世上班可以將就，邊鐘未來可以開車去寫字樓，開一輛奧拓就太丟人了，還是開輛馬六吧，哪怕貸款。

挺好。穿著西裝的邊鐘對胡琴說。從此，他與白大褂徹底無關。修身西裝上沾染的一些商業味道，倒讓戴眼鏡、高黑瘦的邊鐘顯得更精神起來，是那種沾了凡人味、接了人間地氣的精神氣兒，散發著這世界正口口聲聲擁戴的那種成功和自信。

其實，不僅是薪水漲了四倍，是凡阿玲生病這件事讓他徹底明白自己從此幹不了醫了。他拿下眼鏡，用手摁了摁眼眶，一團疲憊跟著他指節粗大的手如影隨形，滲入眼睛。他戴上眼鏡說：開除，只是順水推舟。

總以為自己不會抑鬱的，在醫院裡生生死死見那麼多了，死一個病人就是上一堂心理輔導課，從死亡線上救回一個病人，也是上一堂心理輔導課。但這堅強，或者說，貌似的堅強，凡阿玲的事情一發生，就徹底折了。那對曾讓他感覺到甜蜜、溫暖、希望的乳房，後來竟與時間的生硬短促糾結在一起。原來，醫學有太多自己無能為力的地方。那雙曾讓他感覺到甜蜜、溫暖、希望的乳房，後來竟與自己的躲閃膽怯糾結在一起。像翻砂子一樣，翻出了他內心的恐懼和逃避。

開始有一些對醫學的本質懷疑，在糾纏他。他又說。

這時翻讀邊老大夫留下來的信已不管用了，因爲上下文不同了，因爲年分不同了。他又說。

如果我不是足夠堅強，那我就逃避，逃避不當醫生，逃避不面對眞愛疾苦，逃避不讀爺爺的信，逃避去過最普通的生活。「天棚魚缸石榴樹，先生肥狗胖丫頭」，鐵定做不到。鈔票房子胖丫頭，還是可以的。眼前不是很多人都在逃避嗎，漸漸逃避也就舒坦了。他還說。

難道要想到這句：「我曾見的生命，都只是行過，無所謂完成。」一位現世罕見、接通中國古典與現代的中國詩人，一隻稀有動物，一人住在紐約一座公寓裡說。他家中爬滿四壁的書櫃中，有一本逃亡年頭帶來的書，《樂記》這篇寫：

> 鐘聲鏗，鏗以立號，號以立橫，橫以立武。君子聽鐘聲，則思武臣。
>
> 石聲磬，磬以立辨，辨以致死。君子聽磬聲，則思死封疆之臣。
>
> 絲聲哀，哀以立廉，廉以立志。君子聽琴瑟之聲，則思志義之臣。

邊鐘與秦瑟出現在同一張報紙上。這張試圖模仿《紐約時報》的報紙，最近別出心裁地開出了一個叫做〈逝者〉的欄目，其實是一些獨特的訃告寫法，寫這個城市裡一些剛剛逝去的普通人經歷。這此經歷，細細咀嚼都有味道，一股熟悉混合著輕渺的味道，這話在費城時訃告作家曾說過。訃告作家還說：這些經歷，也將是某日我們逝去時的那個普通人經歷，熟悉而輕渺的經歷。如果不是單個看，如果將〈逝者〉版上的一個個熟悉而輕渺的經歷拼接起來，竟又織成了展示山河宇宙的某段壯闊畫面。

讀到這一則〈逝者〉：

一家京城郊區的射擊館主人，本週一自殺，地點是自己的射擊館，當時他身處的環境荒且亂，但其實經過精心佈置。地板上鋪滿黃土和野草，看起來不再像是精心裝修後的室內射擊場，而像是中原地帶的某個軍營野外靶場。死者偏胖，板寸，左臉有道隱隱的疤痕，名叫秦瑟。保母稱，他曾離京數月，一個月前從深圳返京。遺書上寫：一生變調之歌，死唯壯闊之美。

胡琴將報紙疊起，仔細收好。再一次，它證明了自己作爲一份報紙，不再止於在地鐵、公車、出租裡被人漫不經心地讀完然後扔掉的命運。坐在胡琴對面的彭嗩吶，不，John Peng說起，剛去博物館看了場古代書法展，有個古人叫陳元素，書法是這幾個字：「無事此靜坐，一日當兩日。若活七十年，便是百四十。」

九月和三十年本無甚區別吧。如果可以選擇。

後記

玩兒的我與假想的你

豐瑋

「我曾告訴她：我走上戰場，腰帶上繫著一個墨水瓶。我的作品，曾用白灰寫在岩石上，用土紙抄寫，貼在牆壁上，油印、石印和土法鉛印，已感到光榮和不易。」

這是晚期風格的孫犁，回憶年輕。

讀到這句時，剛寫完《九月裡的三十年》。北京城中，一條寬闊的街道旁，一扇映照CBD繁燈的窗下，猜想，誰會來讀我這篇？又有誰，會讀到眼熱？不過幾分鐘後，我以更強大的理性，調侃自己洗洗睡吧，明天早上八點還有電話會議。

在九〇年代的北京，曾比這要熱烈千百倍地假想，我是一個玩音樂的。在荷爾蒙豐沛的年齡，身處一團粗糙又磅礴的北方搖滾樂氣氛中，是希望玩兒的。玩點更精神的，更給勁的，更本質的……也就是，更牛的東西。如此假想時，是有台下觀眾的。他們被我手中樂器，或是類似Janis Joplin的嗓音點燃。一顆顆心臟，如被大風掃過。

帶著僅止於幾把吉他、彈幾首完整曲子、滿滿一行李箱CD的初級音樂夢，畢業後我去了美國。白天在實驗室工作，入夜荒涼，大部分夜裡，盤旋於一個個演出場所，檢閱世界各地各段位的音樂。有的夜裡，會忍不住坐在桌前，寫下每個想表達的時刻，那些在第二天現實映照下不眞實得會立刻蒸發的時刻。它們卻也一再嵌進日子裡，成爲翡翠中那一抹令人無比依戀的綠。這麼寫時，讀者是假想的，卻眞實地與玩兒的我作伴，直到氣數盡了，異國他鄉的天邊亮了。

寫這部《九月裡的三十年》時，人已不如從前激越。希望玩起來的感覺，卻一如當年。甚至，生命越廢棄，越墜落，越期待玩兒起來。從前假想是音樂，如今更現實地，拿起筆，成本極小，踮腳飛升。兩年中，大部分是在上班結束後的夜間玩票。關於時間，眼睛，幻境，關於層層沮喪之後驚覺窮盡一生不經意間參與的更大場面……大多數黃昏，沾滿灰的車從北京三環鑽出，駛向五環開外，望著不太清晰的天邊，恍惚間那輪廓如同一片蒼茫群山。躡手躡腳回家，潛入四周寂靜，空氣濃重，時間倒轉，一點一滴掏空，人變輕，變薄……寫時的讀者，皆是假想，卻又無比眞實地與玩兒的我作伴。收筆時一怔，哦，其中是否還有「我的好友凡阿玲？」

一本書面市之時，是這假想的讀者一一附體眞人露面之時：有的臉上挂著在人群中對上暗號的竊喜笑容，有讀到三〇六頁不禁熱起來的眼睛，有的三十好幾了有皺紋有眼袋也曾年輕過那時老想看看前面究竟有什麼……

而在玩兒時假想的你，是什麼樣呢？

它不過是陪我一直到後半夜的那束燈光，自頭頂高高垂照。

它像是我敬仰的那些作家們的氣息，我曾在方塊字中與他們一一相遇（最近一次，是類似傳奇的朱家三作家）。

也像是，從不曾頻繁熱烈與我吃飯喝酒但一直在場外靜候的神交者、陌生人，因爲脱離了世俗生活的交集，他們其實面目模糊，成爲一點亮光，一個概念，一種沉默、遙遠也最不離席的等待。

至此，在孤獨身影外，還需要什麼物理的陪伴、物質的佔有，以及熱鬧的相擁呢？

INK PUBLISHING
文學叢書 297

九月裡的三十年

作　　者　豐　瑋
總 編 輯　初安民
責任編輯　洪玉盈
美術編輯　林麗華
校　　對　耿立予 洪玉盈

發 行 人　張書銘
出　　版　INK印刻文學生活雜誌出版有限公司
新北市中和區中正路800號13樓之3
電話：02-22281626
傳眞：02-22281598
e-mail：ink.book@msa.hinet.net
網　　址　舒讀網http：//www.sudu.cc

法律顧問　漢廷法律事務所
劉大正律師
總 代 理　成陽出版股份有限公司
電話：03-2717085（代表號）
傳眞：03-3556521
郵政劃撥　19000691 成陽出版股份有限公司
印　　刷　海王印刷事業股份有限公司

出版日期　2011年9月　初版
ISBN　978-986-6135-22-4

定　價　299元

國家圖書館出版品預行編目資料

九月裡的三十年 / 豐瑋 著；
--初版, --新北市中和區： INK印刻文學，
2011.09 面； 公分.（文學叢書；297）
ISBN 978-986-6135-22-4 (平裝)

857.7　　100003600